ハロウィン

ジョン・パサレラ［著］
有澤真庭［訳］

THE OFFICIAL MOVIE NOVELIZATION

HALLOWEEN

JOHN PASSARELLA

HALLOWEEN
THE OFFICIAL MOVIE NOVELIZATION
by
John Passarella

This translation of
HALLOWEEN
THE OFFICIAL MOVIE NOVELIZATION,
first published in 2018, is published by arrangement with
Titan Publishing Group Ltd.
through The English Agency(Japan)Ltd.

日本語版翻訳権独占
竹書房

CONTENTS

——目次——

主な登場人物

ローリー・ストロード……………一九七八年、ハロウィンの夜に起きた連続殺人事件唯一の生き残り。
カレン……………ローリーの娘
アリソン……………ローリーの孫娘。高校生。
レイ……………カレンの夫。
ヴィッキー……………アリソンの友人。
デイヴ……………アリソンの友人。
キャメロン・エラム……………アリソンの彼氏。
デーナ・ヘインズ……………ジャーナリスト
アーロン・ジョセフ＝コーリー……………ジャーナリスト
ランビール・サルテイン……………精神科医。マイケル・マイヤーズの担当医。
フランク・ホーキンス……………保安官補
クネマン……………スミス・グローヴ医療監察センターの刑務官
サミュエル（サム）・ルーミス……………精神科医。故人。かつてのマイケル・マイヤーズの担当医。
ジュディス・マイヤーズ……………マイケルの姉。一九六三年に弟の手によって殺害された。
マイケル・マイヤーズ……………一九七八年、ハロウィンの夜に姉を含む五人を殺害。

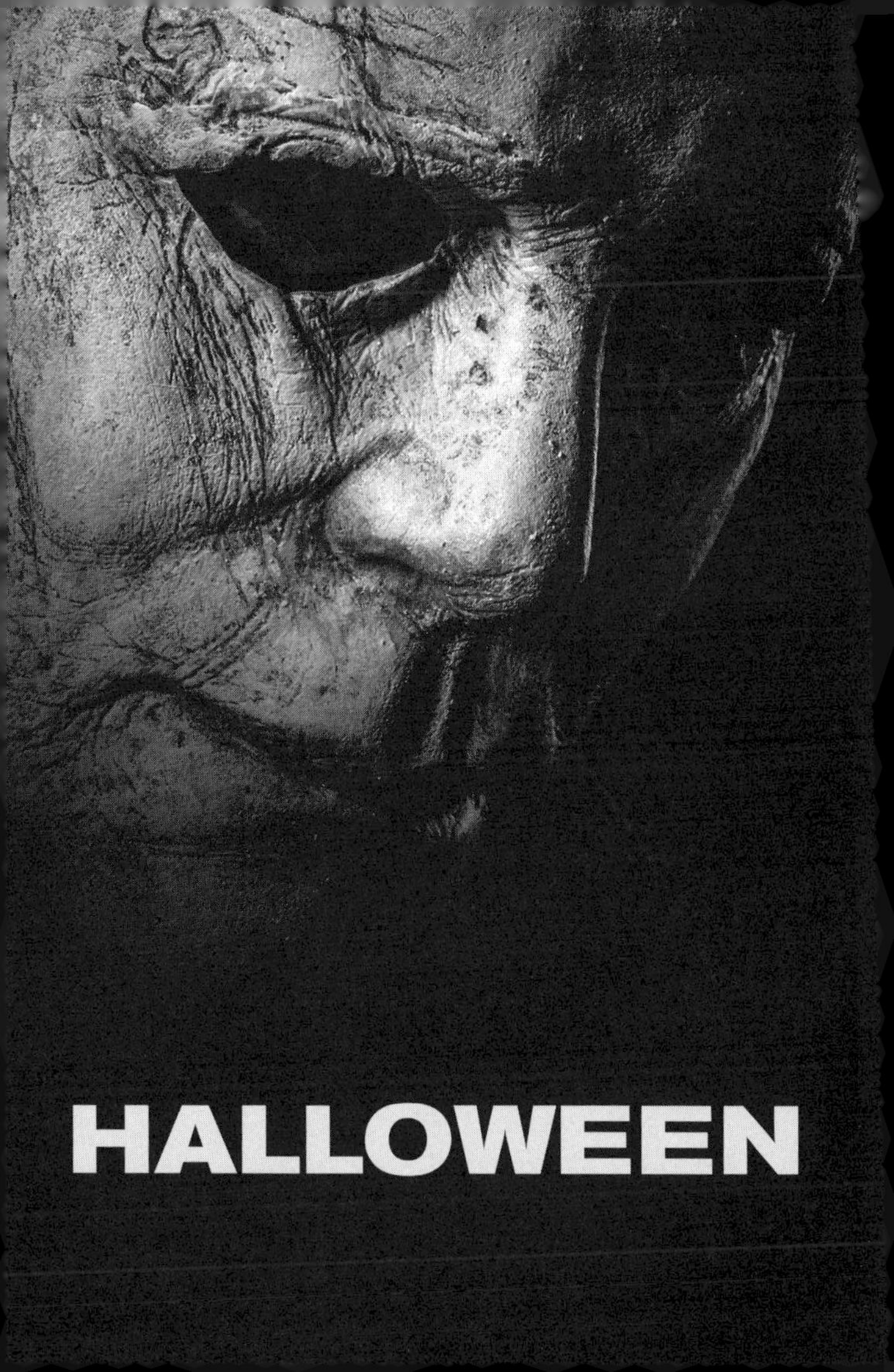
HALLOWEEN

妻アンドレア・パサレラへ
お気に入りの映画とお気に入りの祭日は同じことばだと君はいった

そのことばとは――
『ハロウィン』

第一章

イリノイ州　スミス・グローヴ

　数十年にわたる資金不足がたたり、スミス・グローヴ医療監察センターはセメントとコンクリートでできた精神医療の陰気な煉獄《れんごく》となり果てていた。汚れの染みついた見苦しい施設からは酸っぱい臭いが渾然《こんぜん》一体となって漂い、強力な消毒液を適当にふり撒《ま》いたぐらいではごまかしきれない。頭上の蛍光灯が、長い負け戦《いくさ》の果てに文字通り光を失い、かろうじて点滅する数本の蛍光管が目前の死を警告している。それまでは、「ジジジジジ」と絶え間ない音を発し、心を病む者たちから最後に残った正気の一片までこそげとろうと脅《おど》しつけていた。それでもなお、重苦しい周囲の状況とは裏腹に、デーナ・ヘインズははやる気持ちを抑えるのに苦労した。

　デーナたちは前代未聞の機会を目前にしていた。入念な計画と下準備の末に、この瞬間、超大物にたどりついた。アーロンが刑務官室の受付で必要書類に署名しているあいだ、デーナは肩にかけたバッグからボイスレコーダーをとりだしてスイッチを入れ、ヘッドホンを耳に当て、付属のマイクロフォンを口もとに寄せた。「チェック、チェック」

アーロンと目があうと、デーナの期待感が瞳に映っている。

デーナはかすかに微笑んで、マイクを相棒に差し向けた。

「テス、テス」抑えの効いた、事務的な口調でアーロンがいう。「ワン、ツー、スリー」

満足して、デーナがうなずく。「へえ、古典的ね」

「この場にふさわしいだろ？」

「そうね」

デーナはレコーダーを持って腕を伸ばし、左から右にゆっくり弧を描いた。刑務官室に隔てられていても、どきっとする音が唐突に突き抜けてくる。狂気じみた笑い。金属製のドアを拳で叩《たた》く音。悲痛なうめき声。普通の人間だったら、それだけでくるっと背を向けて施設をあとにするような音や光景だ。デーナは一瞬そう思ったが、アーロン・ジョセフ＝コーリーとデーナ・ヘインズは、普通とはちょっと違う。ネタの導くところ、どこへだろうと赴いた。そしてふたりの得意とする分野の性質上、行きつく先がデイ・スパや砂浜になることは決してあり得なかった。

「権利放棄の署名をしないと」アーロンがデーナをうながす。

一瞬とまどい、デーナは眉をひそめた。「権利放棄って？」

「訪問者は自己責任でうんぬんってやつ。お決まりの」

「ああそうね。有限実行よね」

「何だって？」

「何でもない」レコーダーを脇に置き、デスク上のクリップボードに付いているペンをとると、デーナは応対している刑務官にたずねた。「署名はどこにすれば？」

無言のまま、刑務官はデーナには読むつもりもない書類の一番下を人差し指でこつこつ叩いた。免責条項なんてどれも同じだ。組織が先手を打ってそっけない文面で責任逃れを表明し、問題が起きても彼らのせいにはできない。別のいい方をすれば、「自己責任でどうぞ」。

デスクの向こうでは、仲間の刑務官がモニターを監視していたが、ひとりはコンピュータのカードゲームに夢中で、もうひとりはカウンターの下の書類棚に並んだフォルダをぱらぱらいじっていた。その奥には娯楽室を見わたせる防犯窓があり、窓を向いて座っているひっつめ髪の看護師がターンテーブルのスイッチを入れ、回転しはじめたレコード盤に針を落としたところだ。最初にぷちぷちいったあと、針が溝にはまり、普段はＰＡシステムに繋《つな》がっている壁のスピーカーから『有頂天時代』の「ピック・ユアセルフ・アップ」が流れはじめる。

デーナはレコーダーをとりあげると、娯楽室の三人に注意を向けた。ウェーブがかったほぼ真っ白な髪と口ひげを蓄えた白衣の医師が、ごま塩頭の刑務官を従え、肩をすぼめた患者に話しかけている。処方箋に文字を書きつけようとして、いらだったようにボールペンを振ってインクの出を試し、それからそばのゴミ箱に投げ捨てると、より上質そうなペンを白衣のポケットからとりだす。

デーナのとなりで、アーロンが耳打ちする。「あの人だよ」

医師は処方箋を書き終えて署名し、一枚はがすと刑務官に渡した。刑務官が患者に向き直り、個室なり薬局なりに連れていく際に、デーナは制服のポケットに縫いとられた名前を盗み見た。〝クネマン〟。

医師が患者に話しているあいだ、本能的に防犯ドア越しにマイクを向けたものの、短いやりとりを細部まで拾いあげるだけの感度があるかどうかは疑問だった。特に、景気のいい音楽がかかっている今の状況では。もっともそのおかげで蛍光灯の絶え間ない音が消えてくれたのはありがたかった。

医師が顔をあげ、こちらにうなずいてみせる。アーロンはカーキ色のボトムとトレーナーにグレイのウール製コート、ブルーグレイのチェック模様の長いスカーフを巻いている。えんじ色のロングコートを着たデーナは、茶系でまとめた膝丈のドレスとストッキング、スエードのショートブーツという身なりだ。カジュアルというほどでもないが、顔合わせにはもっときちんとした服装にすべきだったかもしれない。だが迷ってももう遅かった。そもそもジャーナリストの触れこみで来ているのだし、妥当な範囲だろう。

防犯窓の脇にいる刑務官がデスク下のボタンを押すと、大きなブザー音がしてドアロックが解除され、安全バーがきしりながら引っこんだ。青い照明が点滅し、医師がドアを押し開けてあいさつに出てきた。

「よろしく」なまりのきつい発音で医師がいった。「医師のランビール・サルテインです」

「お時間を割いていただいてありがとうございます」自分たちのイギリスなまりも同じぐらい目立つのだろうか、と思いながら、デーナはあいさつした。「彼が新しい施設に移送される前に面会したいと願っていました。グラスヒルはここよりずっと非協力的ですから」

サルテイン医師は嫌悪感を露《あら》わにした。「グラスヒルは地獄だ。財政難で職員の数も足りない。彼は長年ここに収容され、研究されてきたんです。州はこれ以上成果を見こめないと判断したのでしょう」

ここのありさまをかんがみれば、グラスヒルはとてつもなく悲惨な場所に違いない。中世の拷問器具を使って患者を整列させるとか？

「ええ……」アーロンがいった。「だからここに来たんです」

自分たちは味方だと、サルテインに信じてもらうのが得策だ。

デーナはレコーダーに目をやった。「録音してもよろしいですか？」

サルテインは機嫌よく微笑んだ。「構いませんよ」

病棟に入ると再びブザー音をたててドアロックが閉まり、デーナは二度と出てこられないような胸騒ぎを覚えた。サルテインについて通路を歩いている途中、患者のひとりとすれ違ったが、相手は目を合わせずにひとりごとをつぶやくだけで、こちらに気づいた素振りを見せない。介護人に付き添われた患者もいるが、大半は鉄格子の背後にたたずんで、デーナたちが通りかかると恐怖と混乱、希望と諦念、動揺と敵意で精神を病んだ顔を凍りつかせた。デーナはふと足を止めて、乱れた髪、黄ばんだ不ぞろいの歯の奥に唇を引っこめた患者の様子に見入った。男は苦しそうにもがき、存在しない虫を体からむしりとっては指でつぶして脇に投げ捨てている。同じ動作をえんえんと繰り返しながら、こうつぶやいた。「多すぎる、多すぎる、多すぎる……」

そばの病室ではしわくちゃの老人が隅に座り、折り曲げた足を両腕で抱えてどこか遠くを見つめて、メトロノームばりの正確な周期で前後に揺れている。

あまりに多くの者が、自分の心のなかをさまよっているか、または歓迎されざる現実に囚《とら》われているようだった。看護師が落としたレコード針とは違い、彼らはたどるべき道すじを見つけて前に進むことができず、適応できない、満たされない可能性にしゅーしゅー、ぱちぱち、音を立てることしか知らなかった。

デーナはサルテインの声に注意を戻し、録音していることにほっとした。聞き漏らしてもあとで何度でも戻って確かめられる。医師のなまりは少なくとも彼のことばに耳を傾ける助けになった。マイクを持ちあげ、デーナがたずねる。「彼を診るようになってどれぐらいになるのですか？」

「彼の事件ファイルはすべて目を通しています。わたしは生前のルーミス医師に教えを受けましてね。その後、マイケルの担当にしてもらうよう、イリノイ大学に働きかけたんです」

「進展はありましたか？」

「五十名以上の精神科医が彼を診察しました。そのたびに違う所見が出ている」サルテイン医師は間を置いて、もったいをつけた。「ルーミス医師の下した結論は、〝純粋に邪悪な存在〟でした」

「その診断に同意しますか？」

「〝邪悪〟かどうかというのは診断ではありませんよ。わたしの指導のもと、当院では自然治癒力に頼った包括的なホリスティック療法をとりいれています。以来、彼の暴力的な性向はほぼ消え去っています」

次にアーロンが質問した。「あなたの治療法に効果があったと？」

通路を歩きながら、サルテインが振り返ってふたりを見た。「彼の個室に二匹の子猫を一晩入れておいたが、どちらも無傷で回収されました」ついで、微笑んで両手を広げる。「がっかりさせたら申しわけない」

アーロンが立ちどまる。「では、一九七八年に新聞の一面を飾った殺人鬼とは別人だとおっしゃるのですか……従順なあなたの患者とでは？」

サルテインが笑った。「マイケル・マイヤーズは年をとるにつれ成長しています、あなたや私と同じようにね。彼とは密に連携して治療に当たっているが、この通路が、わたしの分析には限界があることを表しています」

デーナはうなずいて、今一度周囲を見回した。石の壁、鋼鉄のドア、鉄の柵。まるで檻《おり》に入れられた動物だ。

「ルーミス先生はマイケルを野生の動物として見ておられた」ふたりを従え、サルテインは通路の奥へ進んでいく。「先生は最も自然な状態における彼の人間的な行動を目の当《ま》たりにしたが、われわれは監禁状態で観察する機会しか与えられていません」

サルテインはぶ厚いドアの前で立ちどまり、ズボンのポケットから鍵を出して差しこんだ。「たとえ大きな檻であっても」ドアを開け、中庭へとふたりをうながす。「檻は檻です」

デーナはまたたきをして、曇り空ではあるものの、戸外の明るさに目を慣らした。耳からヘッドホンをはずして首にかける。今にも太陽が雲間から顔を出しそうだったが、晴れない方に賭けた。嵐の気配がする。

二階建ての白いコンクリート壁と鉄格子の窓に四方を囲まれた中庭は、広々としていても真の自由は感じられない。しばらくすれば、患者は大きな穴のなかをさまよっている感覚を覚えるかもしれない。コンクリートの床は、抑えた赤とグレイのます目がたがい違いになった、人間大のコマを動かすチェッカーゲーム盤のような模様だった。自然を感じさせる草木は見あたらない。心に訴えかける壁画も装飾もない。不毛だ、とデーナは思った。病院に閉じこめられた現状から、いっときでも精神的に逃れることすらできない。

サルテインの後ろをついて歩きながら、デーナは頬の片側に傷跡があり、不自然なほど急な角度で一方に首を曲げた男に目をとめた。おそらくその姿勢に慣れてしまい、不自由さが苦にならないのだろう。じゅうぶんな時間があれば、疾患や不自由さが普通の状態になるのだろうか？

患者は全員拘束され、手首と足首の枷《かせ》が腰に通された鎖と繋がっている。薄汚れた白の入院患者用チュニック（黒い糸で〝SG〟や〝スミス・グローヴ〟と綴《つづ》った縫いとりが入っているのもある）を着て、歩けはするが走れず、行動は一律制限されていた。年かさの、てっぺんがはげて両脇に薄い白髪をなびかせた男が白い傘を差して歩いていた。デーナの右手では、ごま塩頭で顔に傷のある老人が、車椅子の肘掛けをぎゅっとつかみ、介護人に押されて中庭を移動している。黒髪の、十代でも通る若者がくすんだ赤います目におさまって立ち、次にどのコマに移動しようか頭のなかで計算しているような素振りをみせた。両手の指を脇に垂らし、人差し指から小指まで、順に繰り返し立てている。そのほか数名の患者が枷をはめた足でよたよた歩き、狭苦しい個室よりはるかに広いスペースに満足していた。

「当院の患者は外の空気と陽光に触れ、景色を眺め、適度な運動と健康的な食事をとれます。彼が劣悪な施設に移されるのは胸が痛みます」そういって、サルテインは中庭の中央を指した。「あそこにいます。彼は話せますよ。話さないことを選んだだけです」

アーロンとデーナはそろってサルテインが指さした方向を見つめた。ここを訪れた目的を、とうとう目にできる期待をこめて。いた！　デーナが見たのは、人の形——想像のなかで謎めいた姿をした男、人間の規範から抜け落ちて何かほかのもの、違うものになった男。悪意の化身。だが、それこそがふたりがやってきた理由だ。都市伝説の誤ったイメージをはぎとって実物をさらし、彼を形作ったもの、凶悪な犯行に及ばせた動機を探る。不可知の存在というより、彼は解決すべき謎だった。

雲間をぬって陽光が差しはじめ、中庭に光と影のまだら模様を作った。デーナの目にはベールがめくりあがるように映った。

二十メートル先の人影《シェイプ》が、地面に固定したコンクリートのブロックに繋がれ、錨《いかり》を下ろしたように、中庭の真ん中に立って背中を向けている。黄色く塗られた正方形の線が、彼の周囲五、六メートルをふちどっていた。上背で頑健——だが、男は老いている。五分刈りの白髪頭はほとんどはげかけていた。都市伝説は年をとらないが、彼はとった。四十年の歳月には誰も無傷でいられない、彼でさえも。

黄色いペンキの囲いの外で、刑務官がふたり、両側から見張っていた。周りではほかの患者たちが盤面の上を歩き回ったが、黄色の警告ゾーンに踏みこむ者は誰もいない。どんな精神疾患を抱えていようと、彼の手の届かない場所にとどまるだけの生存本能は残っているらしい。

ついさっき、デーナがはやる気持ちを抑えるのに苦労したのと同様、アーロンは興奮を内に秘めてくすぶらせ、外からはわからなかったが、それもマイケル・マイヤーズを目にするまでだった。

まるで〈シェイプ〉に魅入られたように、アーロンが進み出る。

「彼のそばに行ってぼくを認識できるか……それともできないか、試してみたいんですが」

「誤解なさらぬように。彼は認識していますよ。君らが着いた瞬間にね。中庭にいないときは庭に面した窓づたいに歩くんです。周囲を観察している」

アーロンはデーナと目を見交わした。こんなに近くにいながら、次に何が起きるかわからない。緊張病にかかったままの状態のマイケル・マイヤーズを想定したわけではないが、何を考え、何を感じているのか——四十年が経った今、その答えがとうとうわかるときが来た。ふたりはそう望んだ。

サルテイン医師がアーロンに近づき、「それから、左の靴ひもを結んだほうがいいでしょう。ミスター・トヴォーリ、傘を差している男性ですが、彼は〝乱れ〟に執着していましてね。当院のどの患者も軽く見てはいけません」

ふたりの気づかないうちに、雨に備えてか日よけなのか、白い傘を差した患者が近くに来ていた。サルテイン医師が話しているあいだ、ミスター・トヴォーリは指の爪を噛《か》んで暗い喜びに顔をにやつかせていた。

　恥じらう表情をちらっと浮かべたあと、アーロンはかがみこんでグレイのジョギングシューズのひもを結んだ。がっかりして、傘男が離れていく。デーナは男のため息を聞いたように思った。

　アーロンが身づくろいを終えると、サルテイン医師がいった。「黄色い線までお行きなさい。それ以上はだめだ。何があっても線を越えないように」

　サルテインが刑務官と意味ありげに視線を交わす。三人が中庭に来る前にマイケル・マイヤーズを興奮させるような、予想外の反応や暴力的な行動の引き金になるようなことは何もなかったのを確認したのに違いない。刑務官のひとりがかすかにうなずき、サルテインがうなずきを返す。

　医師はアーロンとデーナをコンクリートの床に描かれた黄色い線まで連れていった。線の内側に拘束された〈シェイプ〉は、こちらを振り向かない。サルテインが彼に呼びかけ、会話していたときよりも声を張りあげた。「マイケル。君に会いたがってる人がいる」

　じれったくなり、アーロンはせき払いをした。

「マイケル、ぼくはアーロン。何年もあなたの事件を追ってきたけど、ほとんどあなたについてはわかっていない。あの夜のことをたずねたいんだ。関わった人たちのことを」

背中を向けて立ったまま、〈シェイプ〉は動かない。

そして黙っている。

サルテインにもアーロンにも何の反応も示さない。

沈黙にいたたまれなくなり、アーロンはなんとか反応を引き出そうとした。「彼らのことを考えるかい？　彼らの運命に罪の意識は覚える？」

反応なし。

アーロンはデーナを見て、肩をすくめた。デーナがアーロンに近づく。励ますためだが、次の手に備えてでもある。

「ローリー・ストロードを覚えてるか？」アーロンがたずねた。一般的な質問では無関心なうわべを切り崩せない、ならば特定すれば……？　特定の人物を出せば、相手はどう出るか。

ローリー・ストロードの名前を聞いて、〈シェイプ〉は指を伸ばし――それから両脇にたらした手がぴたりと止まる。サルテインはその一瞬を見逃さなかった。

「ローリーはお姉さんに似てたのかい？　マイケル」突破口を探して、アーロンがたたみかける。「それが彼女を選んだ理由？」

〈シェイプ〉の体が半分こちらに向く。そのせつな、デーナはマイヤーズが答えると思い……だが何も返ってこなかった。焦《じ》れたアーロンがサルテインを見る。いよいよだ、事前に話しておいた行動に出るときだ。アーロンの探る目つきの意味を解したサルテインがうなずいて、進める許可を与える。

アーロンは深呼吸をして、デーナを見た。

もちろん、何を求めているのかわかっている。

デーナがバッグのファスナーを開ける。

アーロンがマイケルに近づいた。「法務長官のオフィスに勤める友人に、これを借り受けてきた。あなたに見て欲しくてね」

ショルダーバッグに手を伸ばすアーロンの指がかすかに震えているのに、デーナは気がついた。茶色いつけ毛のついた白いハロウィンマスクの一部を引きだす。マイケル・マイヤーズの歴史の証人。

サルテインが前に出て、やりとりを観察する。

後頭部のつけ毛をつかみ、アーロンは彼の前にマスクを突き出した。えさか、ルアーのように反応を引き出そうと——。どんな反応でもいい。

〈シェイプ〉はぴくりとも動かない。

だが中庭にいるほかの患者がざわつき、とり乱して、めちゃくちゃに歩き出した。心配顔のデーナがあたりを見回す。まるでわたしたちには手の届かない原始的なレベルで何かを感知したみたい。一方、アーロンはマスクを持った手を伸ばしたままだ。無言で告発しているように。

「これがわかるだろう、マイケル?」アーロンは声を張りあげ、なんとか反応を引き出そうとした。年月とともにすり切れ、端が少々よれていたが、まごうことなき彼のマスクだった。「どんな気分がする? 何かいえよ」

叫びだす患者が何人かいた。赤います目に貼り付いていた若者が、膝を落として手のひらを額に当ててうめく。車椅子のやけど男がむせび泣き、台無しになった両頬に爪を突き立てて、骨を露出せんばかりの勢いでかきむしっている。

デーナを最も不安にさせたのは、鎖と力比べをして手首と足首の容赦ない金属に抗《あらが》い、血がにじみだすほど一心不乱に引っぱる患者たちだった。血まみれの手が滑って、枷からはずれないかと心配になった。そして自由になったとたん、とり乱した要因を、闖入者《ちんにゅうしゃ》の存在を排除しようとする?

それでもひるまず、アーロンは叫んだ。「**何か**いえ!」

この頃には中庭の患者全員がたがのはずれた恐慌状態に陥り、狂気のコーラスを奏でていた。たったひとりをのぞいて。

〈シェイプ〉は不気味に静まり返っていた。

第二章

イリノイ州　ハドンフィールド

目覚まし時計が鳴る頃にはすでに目を覚ましていたアリソンは、手を伸ばしてスイッチを切り、家族を起こさぬようにした。これまでずっと朝型人間だった彼女は、家族や親友からときどきいやみをいわれた。朝っぱらからいやになるほど元気だね、こっちは命綱さながら栄養ドリンクや湯気を立てるコーヒーマグにしがみついているのに。新たな一日が新たなチャンスをもたらし、その日を楽しみたいと思うなら、朝一番にはじめるに越したことはないのだが。

ランニング用の服は前夜に選んでおいたが、予報によれば朝方は冷えるらしい。クローゼットを開けてハンガーの列をバタバタさせながらトップスを脇によけていき、グレイのランニングジャケットと、ピンクとネイビーブルーのストライプ入り長そでシャツを選ぶ。これならパウダーブルーのランニングショーツとも相性ばっちりだ。ジャケットのそでを通しながら部屋を振り返り、まるで今初めて気づいたかのように、子ども時代の工作や思い出の品に視線を落とす。これらの品を箱に詰めたり屋根裏に放りこんだことは一度もない。中学校の工作、ぬいぐるみ二、三体、マジック8《エイト》ボール（占いのおもちゃ）その他、高校の友人が遊びに来たら恥ずかしく思うだろう。十七歳ともなれば思春期も終盤で、次の段階に進む時期なのだろうが、どういうわけか移行期に課せられた「子どもっぽいものを片づける」仕事に手をつける気になれない。

クローゼットのドアを閉め（子ども時代の遺物が少なくとも二、三個は入る余裕があるのは確実）、ベッドを整えてから朝の冷気のなかへ滑りだす。明るい茶色の髪をポニーテイルにまとめ、ストレッチを二、三種類こなしてウォームアップし、朝のランニングに出発する。数ブロック走ってやっと体がほぐれ、呼吸とフォームに意識が集中する。走りに没頭していると、瞑想《めいそう》中のような感覚に近くなり、呼吸が安定してコントロールできた。住宅を囲む一・五メートル丈の錬鉄柵を通り過ぎ、その一瞬後、視界にぼやけた動きをとらえ——

——フェンスに突進してきた犬が、激しく吠《ほ》えかかる。

心拍数が跳ねあがり、ペースを乱したアリソンはあわてて柵を離れた。最後の呼吸がのどにつかえている。だが、犬は柵の向こう側にとどまり、差し迫った危険はない。数歩ストライドを乱したあと、気を取り直した。深く、落ち着いた呼吸を二、三度繰り返すと先ほどの恐怖は後ろにすり抜けていったが、忘れはしない。ひとりで走るときの鉄則をひとつ破った自分を叱る。常に周囲に気を配ること。

アリソンの「今日を楽しむ」精神には当然の帰結がある。「その一瞬にとどまれ」。この年頃にはたやすいことではない。友人たち同様、アリソンも過去の過ちを悔やみ、将来を決めたとたんにふたつ目、三つ目の選択をする。実質的に、前途に待ちうける人生すべての局面において、成功の可能性と同じ数だけ選択を誤り落伍《らくご》する道がある。だが、それが本当の心配ごとではなかった。成功への道はぼやけて見つけにくく、反対に失敗への道がぱっくり口を開けているとしたら？　もしくは究極の恐怖――成功は、風が吹き荒れるなかを綱渡りした先に待っているとしたら。

ゆっくりしたペースで、居住区のコミュニティガーデンを走り過ぎたアリソンは、花と野菜の大半が枯れているのに気がついた。庭園のなかで、赤とオレンジのサリーを着た女性が植物にラップをして、天候の変化や冷気から守っている。アリソンは深呼吸をして手を腰に当てると、足を止めて忍耐強い女性を見守った。女性のその様子は、世間で待ち構える突然の残酷さから子どもを守る親を思わせた。

＊

アリソンの母、カレンが朝食の支度にかかり、スキレット（鋳鉄製のフライパン）のベーコン、フライパンの卵、トースター用のパンの山に注意を振りわける一方、父レイはネズミ捕りの台座にピーナッツバターを塗りたくるというただひとつの目的を実行していた。バネが跳ねあがる前にネズミがかすめとるのを用心しているのかしら、とカレンは首を傾げた。

「見た？　マシュマロからピーナッツバターに替えたぞ。小悪魔め、盗み出せるかやってみろ」

「ピーナッツバターはまだ残ってるの？」

「ああ、まだ罠が作れるよ」

カウンタートップに置いたラジオが背景のおしゃべり程度の音量で、朝のラッシュアワーの交通情報を定期的に伝え、その合間に通勤時間帯担当のＤＪが、ラジオ局は呪われていると信じこまされた局のインターンを笑っていた。ＤＪは若者をかついでいるのだろうと見当をつけたが、話についていくのに苦労した。レイがテレビをつけて朝のニュースを聞いていたからだ。だが何気なくレイがチャンネルを変えると、テレビショッピングの番組になった。『ちょっと待った、さらにお得な……』いつでも〝さらに〟がある。お得過ぎてとても抵抗できない。時間限定、オペレーターが待っている。バネのストッパーをはずしたあと、レイはかがんで戸棚を開け、奥に手を伸ばして罠を仕掛けた。「ただめし食いの命運もこれまでだ」

「朝食の席を奪われないか心配？」

「君はすてきな女性だけど殺害本能に欠けるな」

「ほめことばだと受けとるわ」カレンが笑った。卵をひっくり返し、うっかりベーコンのスキレットに手をかすめて指をやけどした。「大丈夫か？」

「何でもない」指を唇に押し当てる。たまの軽いやけどは大急ぎで料理する代償、キッチンでマルチタスクをこなすための手数料だ。

「アロエはないのか？」

「いつも買い忘れちゃう」

シャワーから出てきたばかりのアリソンが、ピンクのカーディガンとジーンズという登校用の服装で、バックパックのファスナーをあげようと苦労しながらキッチンに入ってきた。常に自分たちよりも三歩先を行っているように見える。あれぐらい元気があればいいのに、とカレンはうらやんだ。「すべて順調？」

「ばかなファスナー。つかえてばっかり」

「潤滑スプレーをかけりゃいい」二個目のネズミ捕りを仕掛けるのに気をとられながら、レイがいった。

「やだ、マジ？　ぽたぽた漏れるよ！」

「何いってる？　揮発性だぞ」

アリソンがファスナーを引っぱる。「そもそも、ファスナーは布に挟まるんだから滑りの問題じゃないの」

朝食を三枚の皿にとり分けながら、カレンがいった。「最後のセッションを変更したから、今夜の式に行けるわ」

「そんなことする必要ないのに」やっとファスナーが自由になる。「たいしたことじゃないから」さりげなくつけ加えた。

そうは聞こえないけど、とカレンは思った。

「もちろんたいしたことだとも」やたら大きなピーナッツバターの塊を二個目の罠に載せ、レイは満足の声でいった。これならどんなに疑い深いネズミだって抵抗できない。「全米優等生協会に入れたんだ。たいしたもんだよ」バネのレバーを引いて、注意深く指を引っこめる。「おれも工作のクラスでは一番だった。灰皿と巣箱を作ったもんだ」

アリソンがネズミ捕りに目をやってうなずいてみせる。「殺しの道具は作らなかったの？」

「残念ながらこれよりましなネズミ捕りは、今のところ思いつかん」

カレンは二枚の皿を持って、キッチンテーブルに運んでいった。「キャメロンにも会いたいし」

「父親のロニーとウォメスおじさんなら知ってるぞ。エラム一家は全員……いわくつきだったからな」

カレンがたしなめる目つきをした。「レイ、よして」

「何だ？　あそこの家を知ってるだろ」レイは仕掛け終わった罠を持ちあげた。「事実だ。あそこの一家は丸ごと……」

別の棚に向き直り、罠を押しこんだ拍子に手のなかでバネが閉じ、指を挟まれた。驚いて身をすくめ、罠を落とすとえさの塊が床に落ちた。指から血がにじんでくる。「くそっ！」

「こっちを見ないでよ。人道的な罠にすればっていいましたからね」

「そんなのフェアじゃないよ、パパ」アリソンは笑いを抑えきれない。「キャメロンはそんな人じゃない。いいやつだもん」

カレンは三枚目の皿をテーブルに置いた。今日くらい三人そろってゆっくり朝食を食べられそう。

レイが流しに向かい、冷水で指を洗ってからペーパータオルで軽く叩いた。「いいやつじゃないとはいってない。ただ――トラブルメーカーだのまぬけだのとつきあうには、お前は賢すぎるよ」

「その通り」アリソンは同意した。キャメロンはどちらにも当てはまらないという点に関してだ。カレンはコーヒーをマグカップ三個に注ぎ、レイは冷蔵庫からオレンジジュースのパックをつかみ出した。

アリソンが席に着く。「おばあちゃんは呼んだの？　呼ぶっていってたけど」

カレンは夫と目を見交わした。大人同士のやりとりを、アリソンが気づかないふりをするのは知っていた。娘がちらっとこちらを見てから、目玉焼きにフォークを突き刺す。

「したわ」長すぎる間があいたあと、カレンが返す。「昨日話した」深呼吸してから席に着く。「来れないって」

となりの空《あ》いた席に置いたバックパックをつかみ、ファスナーをしっかり引っぱりあげながら、アリソンは母親に疑わしげな目つきをした。「ホントに?」

向かいに座るレイが、娘の視線を避けようとカレンに注意を向ける。「今朝は指にとっては災難だな。どの指をやけどした?」

カレンは指を振ってみせ、視線は娘に置いたままだったが、指にキスしたときに夫がたしなめる目つきをしたのは見逃しようがなかった。たぶんこう伝えようとしたのだろう。この子には通用しないぞ。手遅れになる前にパラシュートのひもを引いて逃げ出せ。

カレンは心のなかでかぶりを振った。アリソンのためだ。少なくともそう自分にいい聞かせる。「広場恐怖症なんだって。認知療法を必要として……ええと……行動の――」

その場を救うかのように、チャイムが鳴った。

「ヴィッキーが来た」とアリソン。「行かなくちゃ」

「でも、朝食をまだ食べてないでしょ」

アリソンは自分の皿に目を落としてから、母親を向いた。「もういっぱい食べた」こと

ばが宙に浮くなか、テーブルに置かれたフルーツボウルに目をやり、とりつくろうように
つけ加える。「朝走る前にバナナを食べたし」
「……でも、たんぱく質は？」逃げるようにキッチンから出ていく娘に、カレンが問いか
けた。
「バッグにバーが入ってるから」キッチンの外から返事が返ってくる。「途中で食べるよ」
「もちろん」と、カレンがレイにいった。「バックパックにプロテインバーが入ってるな
んて信じない」
レイは皿を押しのけて立ちあがり、カレンを見すえた。
「カレン？」憤慨して首を振る。「何だっていうんだ？」

第三章

　アリソンが表に出る頃には、ヴィッキーとデイヴは縁石のあたりまで引っこんでいた。プラスチックの透明なコップでタピオカ入りのマンゴー・バブルティーをするヴィッキーは、増える一方のピンバッジのコレクションをデニムジャケットにつけ、えりぐりが白いえび茶色のリンガーTシャツと黒っぽいオーバーオール姿で、コンバース・ハイトップの赤がアクセントになっていた。高校生の標準装備、バックパックの代わりに、ざっくりしたニット製のショルダーバッグを好んで使い、まっすぐなブロンドの髪が革ひもにかかっている。一方、デイヴは定番のバックパックを背負って、グリーンのキャンバス地のポーチを斜めがけし、毛皮のふちどりがある帽子、ナバホ柄のフランネルコート、ダークグリーンのカーゴパンツ、それに擦り切れた茶色のブーツという出で立ちだった。ポーチには（あえて推測するなら）学校ご禁制の品物が入っている。

　もちろん、親友を置いて登校するつもりはふたりにない。正面玄関から離れたのは、チャイムに答えるのがアリソンじゃない場合に備えてだ。というのも、デイヴは朝っぱらから——驚くなかれ——マリファナをやっていた。アリソンが出てくると、デイヴは思い切りハッパを吸いこんだ。もう気兼ねはいらない。

「ちょっと早いんじゃない、デイヴ」アリソンがたしなめる。それからたちまち心配になった。母親の方便につきあったおかげで、説教くさく聞こえたかもしれない。

「医療効果がある」

「どんな効果？」

「つっこまないでよ」ヴィッキーがあきれ顔をする。

「学校に行く覚悟がつく。くだらないことへの許容量があがるんだ」

ヴィッキーはアリソンを横目でにらんだ。「いったでしょ」

むとんちゃくそうに振る舞ってはいるが、デイヴは大人とすれ違っても陰になるように、ふたりの後ろをやや遅れて歩き、脇に下げたマリファナをふかしている。

通り過ぎる家々はどこも思い思いにハロウィンの飾りつけをしていたが、たいてい階段か玄関のポーチに少なくともひとつは、かぼちゃをくり抜いた提灯――ジャコランタンを置き、茂みか窓か玄関先に装飾用のクモの巣を張っていた。ただし、アリソンの家はのぞく。何ごとにも例外はある。

ヴィッキーがアリソンを肘でつついた。「何か悩みごと？」

「どういう意味？」

「緊張して見えるよ。いつもはリラックスしてるでしょ、朝走ったあとは。どうかした？」

「うん、まあね。ママがうそついたの。今晩、おばあちゃんを招待したっていったけど、してなんかない。電話すらしなかったんだよ」

「どうしてわかるの？」

「電話したから」

「おばあさんに？」

　アリソンがうなずく。

「ふざけてんな」デイヴがいった。

「お母さんはどうしたの？」ヴィッキーが訊《き》く。「なぜ、うそを？」

「わたしをおばあちゃんから遠ざけたいのよ、文字通り。この時期はおかしくなるから」

「わたしがアリソン家の人《ち》だったら、やっぱり祝わない。代わりにクリスマスツリーを飾る。気色悪いハロウィンはスキップしちゃえってさ、ね？」

　マリファナの効き目を味わいながら、デイヴがまじめな表情でうなずく。「感謝祭まで飛ばすなら納得できる。清教徒、豊穣《ほうじょう》の角、伝染病、飢え、インディアンの虐殺。気色悪いところはどこにもない」

「デイヴ、意味が通ってないよ」

「しょうがないだろ。おれは意味の通らない男なんだ」

「ああもう」ヴィッキーがかぶりを振ってアリソンを向いた。「その話、おばあさんがしたことある？」

「それしか話さないぐらい。それがおばあちゃんの人生を決定づけたんだ。あれ以来トラウマになってる。おばあちゃん家を見たらわかるよ」

「やばいね」

デイヴが頭を働かせようと、眉をひそめる。「おばあさんの兄貴がベビーシッターを残虐に殺して回ったんじゃなかったっけ?」

「違う。実の兄妹だって話を盛ったのは、そういうことにすればみんな安心するからだと思う。誰にでも起こるわけじゃないんだって思えるから」

「ほんと、怖いよね」ヴィッキーが同情のこもった震え声でいった。「友だちがたくさん、どっかの頭のおかしい人間に殺されるなんて」

「そうかな?」と、デイヴが異議をとなえる。「今は世のなかがもっとずっと悪くなってる気がする。ひとりの男がたかが二、三人殺しただけだろ」

ヴィッキーがあきれ顔でデイヴを見返した。「おばあさんは、もう少しで殺されそうになったんだよ、デイヴ!」

「そして逃げのびたんだよな!」ヴィッキーの剣幕に、デイヴは少々あわてた。「それから犯人がつかまった! それで、今そいつは、超厳重に閉じこめられてる」両手をあげてなだめるような仕草をする。「おれがいってるのは、あれがひとりの人間に起きる最低最悪のできごとじゃないってことだよ。今の基準からすれば」

ヴィッキーが足を止め、ぐるっと回ってデイヴに向き直った。「黙れ、デイヴ。口を閉じな」

「ごめん。バカなことといってるってわかってるけど、とめられなくて。悪かったよ」

アリソンは、デイヴと同じくらい驚いた。ヴィッキーが祖母のつらい体験を擁護《ようご》した。ヴィッキーはしょっちゅうデイヴをからかい、ときには手厳しかったが、たいてい皮肉な調子で、声を荒らげたりはしないのに。

干し草の俵が装飾用に置かれ、その上にジャコランタンが載っているのに目をつけたデイヴが眉を吊《つ》りあげ、いたずらっぽく目を輝かせた。あるいは単に、ヴィッキーの怒りの矛先をそらしたかったのかもしれない。「このカボチャ、爆発させてもいい？」

ヴィッキーの顔が、わずかに緩む。「うん、いいんじゃない」

アリソンはジャコランタンのふたになっているへたをもぎとった。「やっちゃえ」

デイヴはコートのポケットからM‐80（爆竹）らしきものをとり出し、指をやけどしそうなほどちびたマリファナの吸いさしで、導火線に火をつけた。

「ヒューストン、点火終了」そういってカボチャをくりぬいた穴に爆竹を落とし、アリソンがふたを戻した。デイヴがジャコランタンを道ばたに置くや、導火線のちりちりいう音が聞こえる。「走れ！」

爆発を避けて走りながら、デイヴが叫んだ。「ハッピー・ハロウィン！」

アリソンが肩越しに振り返ると、くぐもった爆発音がした。

オレンジ色の塊とどろどろしたペーストが、歩道や近くの柵や白いＳＵＶの車体に飛び散る。三人とも、笑いが止まらなかった。

第四章

ひとことでいえば、ローリー・ストロードは自分が住むファームハウスの裏庭を、射撃場に造り変えた。だがこの場合、「裏庭」ということばは単純化し過ぎている。敷地の裏手は自然のままの林に面し、人里から離れているため、騒音を訴えられたり詮索好きが不用意に射程内に入りこむ心配をせずにすんだ。

もちろん、射撃の腕を磨くのは町なかの射撃場を利用し、自宅の庭は休日のバーベキューや家族の集まり、バドミントンや蹄鉄《ていてつ》投げの競争用に空《あ》けておくこともできた。なんなら庭園にしたってよかった。だが、そんな用途にはまず縁がない。家族はローリーのちょっとした泣きどころだ。別に望んでそうなったわけではない。娘の意志を尊重するほかなかったのだ――どれほどつらくても。屋外で遊ぶゲームはみんなと同じように好きだが、バドミントンの羽根も蹄鉄も護身には向いていない。

それに裏庭に射撃場があれば、ベッドから出るのと同じくらい気軽に、練習を習慣にできる。そういう環境なら練習をさぼる割合も減る。

自衛となると、ローリーにいいわけは無用だった。これまでずっと警戒を怠らずにやってきた。それが精神にいい効果を与えたかといえば、うそになる。四十年間、安全だと心から思えた覚えはない。だが常に備えはできていた……。

スミス&ウェッソンのリボルバーを構え、続けざまに撃つ。六メートル先の木枠にとりつけた頭と胴のマンターゲット（人間のシルエットをした射撃練習用の標的）を銃が空《から》になるまで撃った。煙をあげる銃身を上に向け、ひとかたまりになった弾痕を満足して見つめる。ばらつきなし、ど真ん中に命中していた。この距離で頭を狙うのはリスクが大きい。

四十年もあれば、いろいろ様変わりする。

わざわざ鏡を見なくても、かつては若々しかった顔にしわが刻まれているのはわかっている。時間の――そして、忘れようのない恐怖が頼みもしないのにせりあがってくるとき、ウィスキーに頼って紛らわせてきたつけだった。目の下のくまは、あまりにも多くの眠れぬ夜を思い出させる。現実と想像上の恐怖――ずっと昔のあの晩同様に鮮明な恐怖と、悪夢を凝結させる意味をなさないグロテスクな恐怖に満ちた、長い夜。時間とともに、自分をむしばむ恐怖は目立たぬ染みのように広がっていき、家族への重い責任にも及んだ――最初は娘、次には孫娘に。それでもなお、すくみあがって麻痺《まひ》する代わりに、恐怖はローリーを奮い立たせた。ローリーはこれまでの人生を費やして、終わりのない準備を繰り返してきた。生ける恐怖と再びまみえる日に備え、鍛錬と準備を重ねれば重ねるほど、わずかな疑いが潜在意識を苛《さいな》む。どれほど備えようとじゅうぶんではなく、結局は自分と愛する者を守れずに終わるのでは……

確かにたくさんの変化があった——だが、恐怖は今も変わらず生き続けている。

ローリーはリボルバーに弾をこめた。

裏の林ぎりぎりの、中古タイヤの山とサンドバックに挟まれた場所に、枕木を組み合わせて壁を作った。壁の前に、ローリーはデパートのマネキンを山ほど立たせてある。右肩あがりのトレンド、オンラインショッピングの犠牲になった実店舗のひとつから、タダ同然で手に入れたものだ。さまざまなポーズをつけられた青白いマネキンが、幽霊めいた姿をさらしている。夕暮れどきはことさらに。たまに霧がたちこめると、墓場の住人が永遠の眠りから目覚めて再びこの世を歩いているようだった。ローリーにとっては、装飾目的でも誰かを脅すためでもない。単純な、実用的な目的があった。

立ちポーズの男性マネキンまで歩いていく。マネキンはまっすぐローリーを、まるで何者だかわかっているかのように見ている。つかの間、青白く、死んだ目をした空虚な顔と、真っ白なマスクから覗《のぞ》く、マネキンとは違う死んだ目——慈悲も良心の呵責《かしゃく》もない目との相似性を考えた。

マネキンから一メートル半ほど離れた場所でローリーは腕をゆっくりくりせりあげ、頭を狙って吹き飛ばした。手応えのある爆発が起き、ファイバーグラスとプラスチックの破片が五、六メートル四方の雑草に降り注ぐ。ローリーはこれをリハーサルとみなし、きっぱりとけりをつける日を夢に見た。これぐらい簡単にすむかもしれないと思えることもある。一発の銃弾。だが悪夢では、一発の銃弾と一丁の武器では決して足りなかった。だからこそ、時間をかけて武器庫を充実させてきた。

　粗末な木製の日よけが付いた作業台に戻り、リボルバーを下ろしていちごミルクのコップをつかむ。二、三口でミルクを飲み下し、手の甲で口をぬぐうと、高性能ボルトアクションライフルを手にとった。正確な射撃が必要な際には頼りになる武器で、着脱式マガジンで装弾数を増やしてある。

　振り返ってポーズをつけたマネキンの活人画《タブロー》に向かい、狙いをつけて撃つ。ボルトを引いて二発目、そして三発目と、標的に弾が当たるのを暗い満足感とともに眺めた。一分足らずでマネキンの頭と手足と胴体が砕けてファイバーグラスとプラスチックの破片が雨あられと降り注ぐ。かすみが晴れると、マネキンの残骸がそこらじゅうに散らばっていた。非人間的な大虐殺。切断された頭や折り曲がった指つきの手がほぼ損なわれずに転がっている。

　ライフルを下ろして、ローリーはひとりごちた。「フェンスに置いた空き缶なんかに用はないね」

　練習結果に満足し、銃と弾丸をダッフルバッグにまとめると、そばに駐《と》めたニッサンの黒いピックアップ・トラックまで歩いていって後部座席に投げ入れた。未舗装の道を走り、タイヤで砂利《じゃり》を踏みしだきながら家に帰る。寄せては返す恐怖に日中はあまり煩わされないが、一階の窓につけた防犯用の柵を目にするたびに覚える安心感は否定できない。

自分と家族を守るには、攻撃と防御が必要だ。銃は攻撃、要塞化したわが家は防御の役を果たす。

ピックアップを降りてダッフルバッグをつかむあいだ、風鈴の穏やかな音が神経をなだめてくれた。立ちどまり、深呼吸をして、秋の空気を鼻腔《びこう》一杯に吸いこんで、しばらく肺にためこんでから吐きだす。もう一度。深く落ち着いた呼吸を何回か繰り返すと、日々血肉に染みこんでくる不安の影を振り払えた。

しばらくして、ダイニングルームのテーブルに座ったローリーは、タンクトップ姿で左肩の傷をさらしていた。あの晩の忘れ形見、肌に彫りこまれた暗い死の督促状が、決して忘れるな、油断するなと警告する。あいつが生きているあいだは決して忘れてはならない。テーブルのつやを保つため、床に敷いたマットの上にリボルバーとボルトアクションライフルを置き、周りを銃の手入れ用品で囲む。溶剤《ソルベント》、クリーニングパッチ、ボアロッド、ブラシ、ガンオイル。ローリーは生き残るためには射撃練習は欠かせないと考えた。同じ理由で、銃の手入れを怠ったことはない。メンテナンスが行き届かないと、ここぞというときに弾が詰まったり故障しかねない。

射撃後の掃除はちっとも苦にならなかった。それどころかこの手順は気が休まる。必要になったときにすべてがきちんと動くのを、着実に確かめた。もしではない、決して〝もし〟ではなかった。いつもそのときだ。何年も繰り返したおかげで眠ってでも銃の手入れができそうだった。

まずライフルをとり、ボルトを固定しているレバーを解除してはずす。弾薬筒《カートリッジ》が詰まっていないか長い銃身をつぶさに調べる。次に、クリーニング・ロッドにパッチ・ホルダーをとりつけ、パッチを挿入してソルベントに浸してから、銃尾の端から押し入れて銃身の先端に届かせたのちに戻す。それからパッチ・ホルダーをブラシに替え、やはりソルベントに浸し、押し入れて戻す。弾薬くずや真鍮《しんちゅう》のかけらをソルベントが溶解できるようにライフルを床に置き、溶剤に浸したハンドブラシに持ち替えてボルトの汚れを落とした。

作業の途中、いつのまにかローリーはハミングしていた。

*

陽光がまばらに差す田舎道を、アーロンはレンタカーで走っていた。紙の地図やオンラインマップを参照せずとも道順は覚えている。もうすぐだ。口もとにボイスレコーダーを持っていき、インタビューの手順を頭のなかで組み立てる。もうすぐ、それが叶うといいのだが。ふたりは厳密にはアポをとっていなかった。相手はいまだに謎めいている――マイケル・マイヤーズと変わらないほど。

助手席のデーナが前方からとなりに視線を移した。「わたしたちって、何を追いかけているの？」

直接答えるかわりに、アーロンはレコーダーに吹きこんだ。「本来の環境にいるけだものを見たが、今や更生は不可能に思える。だがこの場合、怪物はもうひとりの怪物を創造したようだ。犠牲者は自らを閉じこめた。自身の恐怖に囚《とら》われている」意味ありげに相棒に目をやり、絶妙なタイミングの問いに感謝した。「われわれの目的は、両者を同じ空間で引き合わせることだ。もう一度彼女と対面したら、更生の道が開けるだろうか？」

デーナがフロントガラス越しに指さした。「あれよ」

アーロンは車のスピードを落とし、路肩に寄せて停めた。目にした光景は勇気づけられるものではなかった。〈私有地につき立ち入り禁止〉の看板《ボード》が、金網フェンスにくくりつけてある。私道を一般道から隔てるゲートの正面に、郵便物のあふれた郵便受けとインターコムが並んでいた。留守にしているかも？　インターコムはとりつくしまのない障壁そのもので、家主はふたりと対面せずに門前払いできた。あの女性は喜んでこちらと会う（というより話を聞こう）とはしないだろうから、これが彼女のためになると説得しなければならない。たやすい仕事ではなかった。幸い、アーロンは自分たちの使命と自分の口のうまさを信じていた。

「ほら」デーナが現金の詰まったオレンジ色の封筒をバッグから出して寄こす。「これが要《い》るかも」

アーロンはため息をついて、封筒を拒んだ。「ジャーナリストはインタビューの相手に報酬を払ったりしないよ、デーナ。これは彼女が十五分間有名になれる機会なんだ。この世界には彼女のことを気にかける人間がふたりいて、今、どちらもこの車にいる」

ローリー・ストロードについて集めたファイルをぱらぱらめくり、デーナがいった。

「彼女は経済的に不安定だわ。およそ考えつくあらゆる種類の仕事に過去四十年就いてる。ケータリングから美容品販売員までね。現在は無職」

ファイルを閉じて手のひらを置き、デーナはアーロンに険しい視線を向けた。

＊

ライフルのクリーニングを終え、ローリーはリボルバーを手にとると、しばらく見つめてから弾倉をはずした。マットの上でスミス&ウェッソンを上向きにして空の薬莢を振るい落とす。二個が落ちた。エジェクター・ロッドをはたき、残りをだす。マットに転がる薬莢の横に、一発の実弾が置いてある。親指と人差し指でつまみ、触って威力を感じた。それから空っぽの薬室に入れて弾倉を回し、唐突に叩《たた》いて戻し入れる。弾がどこにあるかはわからない。

リボルバーをきつく握りしめ、またも迷う……

時折、暗い考えを抱く瞬間があった。

練習と準備が自信をすり減らし、闇の声がより速やかな、恐怖と疑念との果てしない戦いを終わらせるより効果的な方法をささやく——この状況を思えば自然な現象だ。そう自分にいい聞かせる。ただ……流れにまかせろ。

何度か深呼吸をしたあと、するりと恐怖が忍びこんだ。つかの間、自分がひとりではないと想像して、否応もなく、あいつが——

〈シェイプ〉が目の前に立っている。

襲いかかる機をうかがい——

ローリーが屈するのを待ち——

ローリーはそのまま……均衡を保ち——両方のあいだで麻痺し——

ブーッ！

音に驚いてローリーはわれに返り、おそらくは危ういところで崖っぷちから戻った。

〈シェイプ〉は消えた。はじめからいなかった。

いつもそばにいる……。

無理やり息を吐きだし、防犯カメラの白黒モニター四台に目をやる。レンタカーに乗った招かれざる客がふたり。男と女、三十代後半、いや四十代かもしれない。男は運転席に座り、ガラスを下ろした窓から左腕を垂らしている。

＊

インターコムまで車を移動し、ボタンを一度押し、二度目を押そうとしたところでアーロンはスピーカーが息を吹き返すノイズを聞いた。

「はい？」女性の声がたずねる。

ローリー・ストロード。間違いない。

〝通話〟ボタンに手を伸ばしたがわずかばかり届かず、車のドアを開けて片足を地面に下ろし、体を近づけなければならなかった。防犯カメラがお飾りでないなら、有能な職業人としてベストな第一印象を与えたとはいいがたい。

「どうも」とうとつにアーロンがいった。「ローリー・ストロードさんを訪ねてきました」

まずないだろうが、留守番相手に話している可能性もある。

相手の反応はない。

アーロンはせき払いをした。「わたしはアーロン・ジョセフ＝コーリーと申します――えー……わたしたちは……その……ポッドキャストをしておりまして」

参ったな、まじでおれはガチガチに緊張してるのか？　次は何だ、尻もちか？

幸いアーロンはひとりで来たのではなかった。

デーナが運転席の方へ身を乗りだしてスピーカーに声を届かせる。「わたしたちは調査報道の記者です」

「お時間をいただけないでしょうか」アーロンがつけ加えた。「あなたとお話したくて、はるばるやってきたんです」

大陸をまたいで。七つの海を渡って。いや、ひとつだけど……

オーケー、今度は心のなかでぶつぶついってるぞ。

反応なし。

素晴らしい、惨めな失敗だ。まあ、主にぼくのせいだけど。デーナはよくやってる。だけど関係ない。ローリーが口をきいてくれないなら。

あわてて、アーロンはもう一度せき払いをして考え直した。ジャーナリストの倫理なんてくそ食らえ。「お話しくだされば報酬をさしあげます」

デーナをちらっと見ると、眉をあげている。

「なりふり構っちゃいられないよ」通話ボタンからつかの間、指を離してアーロンがいった。

ローリーはいまだにお出ましにならない。

アーロンは助手席に手を伸ばし、指をひらひら動かした。

デーナが封筒のお札を数えてからその手に置く。アーロンは封筒を窓の外に出してカメラによく映るようにした。

デーナが再びアーロンの方へ身を乗りだして声を張りあげた。「三千ドルでどうですか?」

しばらく待ったあと、あきらめてモーテルに引き返し、残された手段を検討しようとデーナに合図を送ろうとしたそのとき、ブザーが鳴り、ゲートがガラガラと音をたてながらおもむろに開いた。車をゆっくり乗り入れながら、アーロンはほっとひと息ついた。デーナを見ると、高いハードルを突破して拝謁を許された今、期待を胸に膨らませている様子だ。ファイルの正当性を信用したのが効いて、アーロンを満足そうに見た。

ふたりはチームだ、ゴールへ一歩近づいたぞ。

フォードをファームハウスの前に駐めて、そろって前庭を進む。ローリーがインターコムに出なかったなら廃屋だとみなしたかもしれない。黒いピックアップ・トラックの先に、のび放題の枯れ草や雑草が、家をとり巻くポーチの白い手すりまで届いている。青い下見張りはそうでもないが、ポーチにあがる階段とデッキはペールブルーのペンキがひどく色あせ、腐りかけた木目が露出していた。今は枯れ葉の積もる古びた黒い屋根板に、すすが筋を作っている。長い屋根の両端に、ローリーは大型のスポットライトを二個づつ木枠にはめて、とりつけていた。夜間、家の前に近づく者があれば誰であれ、四本の平行な光の筋に照らされる。

　鈴なりになった風鈴がポーチの階段をのぼるたびに鳴った。すべての窓に面格子がとりつけてあるのに気がつき、アーロンは監獄みたいな家だと思ったが、この〝監獄〟は人間をはねつける設計だった。または、少なくとも、ある特定の人間を。

＊

　ローリーは木製の重い正面ドアまで歩いていき、招かれざる客をよく見ようとした。扉の両脇にすりガラスのスリット窓が明かりとりにはめこまれており、ローリーは右の窓から品定めをする。自分の娘に近い年代だが、女の方が男（アーロンなにがし）より何歳か年下に見える。ガラスでゆがめられていてもなお、ふたりが自信満々なのが見てとれた。アーロンは気短そうで、心なしかそわそわしている。それ以外は無害に見える。

　ローリーはドアの上部にある南京錠をはずし、その下のスライドロックを開け、ドアノブのロックをひねり、最後にドアの中央で押さえている閂《かんぬき》の横木を持ちあげた。ドアにとりつけた鋼鉄の金網は、誰かが蹴ったとしてもびくともしない。ドアを細めに開け、訪問者がふたりきりで来ており、丸腰なのを確認してからなかに入れる。

第五章

玄関前に立ち、デーナはローリー・ストロードがドアの錠をいくつも開ける音を聞いていた。窓からなかをさりげなく観察していたアーロンを小突き、ドアに向かってうなずいてみせる。アーロンがうなずき返す。今さっき吹きこんだローリー評の正しさが証明された。この場所に引きこもり、ゲートを張り、窓に柵をつけ、ドアを破城槌《はじょうつい》にも持ちこたえるほど何重もの錠で補強している。

マイケル・マイヤーズによるベビーシッター連続殺害事件の唯一の生存者ローリー・ストロードについてあれほどリサーチしたあとでさえ、遂に本人を目の前にしたときに自分が何を期待していたのか、デーナははっきりしなかった。だがローリーがこんなにも……ごく普通の人だとは想像していなかった。当然老けはしたが、運命のあの夜から四十年が経《た》ったことを思えば上手に年を重ね、健康そうでもある。心も体も、おそらくは精神的にも深く傷ついただろうに、そんな形跡は表からは見えない。

中年を過ぎ、きちんと櫛《くし》を入れたブロンドを肩まで伸ばし、ワイヤーフレームの眼鏡をかけたローリーは実用的な身なりだ。青い長そでのデニムシャツはそで口をまくりあげてアナログ時計の茶色い革バンドを覗《のぞ》かせ、グリーンのジーンズとショートブーツを履いている。確かにローリーは人目を避け、へき地の農家にひとりで住んで過剰なほど厳重に防犯対策をしているが、錯乱したり、たわごとを吐くといった偏執狂《パラノイア》のあからさまな徴候はまったくない。愛想はないが分別のある女性といった印象だ。デーナが気づいた赤信号はひとつ――ベルトに狩猟用ナイフが下がっている。ホルスターに入れた拳銃や、弾をこめたショットガンでドアを開けられていたらもっと不安に思っただろうが、どちらにしろ穏やかでない。

ローリーはふたりを質素なリビングルームに通した。壁はウッドパネル主体で一面のみ赤レンガ、レンガ壁の前にはレンガを敷きつめ段差をつけたスペースがあり、そこに薪《まき》ストーヴをしつらえ横には薪が積んであった。もとは暖炉だったのをローリーが防犯のために塞ぎ、ストーヴに替えたふしがある。レンガ壁の左手には作りつけの本棚、右手に置かれたラックにはフラット画面テレビとビデオデッキ、ＶＨＳテープの小さな山が載っていた。

おそろいの花柄のソファとラヴソファが、ガラスと竹材のコーヒーテーブルをＬ字型に囲んでいる。アーロンがソファに座り、デーナはラヴソファのアーロン寄りに腰かけた。ラヴソファのとなりの色あせたウィングチェア（背もたれの上部の両側が翼のように前方に突き出した椅子）は無視し、ローリーは座り心地の劣る木の椅子をキッチンから持ってきて、ふたりと向かい合わせに座った。コーヒーテーブルにいちごミルクの入ったコップを置き、ふたりとの壁を作る。露骨にデーナたちには飲み物を勧めない。三千ドルの約束目当てに家（要塞化した掩蔽壕《えんぺいごう》といった方が正確かもしれない）には入れたが、客をもてなす気はさらさらない。こちらの言動に厳しく目を光らせているに違いなかった。

デーナはレコーダーをテーブルに置き、マイクを上に立てて双方の話をとらえられるようにした。「ここには一九八五年から住んでいらっしゃる？」

ローリーはしばらく考えて、うなずいた。「そんなところね」

デーナは部屋を見わたし、同居人の存在を物語る形跡がないのを確認した。隣家からは遠く隔たり、訪問者はいたとしてもまれだろう。

「孤立してる気がしますか？」

「しない」

何てシンプルで断定的なものいい。デーナは果たしてそのことばを信じたものか、わからなかった。

だが、アーロンはとりあわない。「ご家族を守っていると自分にいい聞かせているんですね。彼が再びあなたを襲いに来るときに備えて、愛する者たちから遠く離れている」

デーナは得心《とくしん》がいったようにうなずく。

「アーロンとわたしは、公共ラジオでスクープを発表して何度か賞をもらっています。最新の企画では、二十年前の殺人事件に新たな光を当てました。事件を再検証する試みです。時間が経ったあとに違う角度から見直そうとするとき、新たな真実が現れることもありますから。あなたが味わわれた恐怖の体験から、わたしたちの学べることがたくさんあると信じます」

　ローリーは眉をひそめた。「見直すことなんかない。四十年前のできごとから学べることなんて何もないよ」

「では」アーロンがいった。「彼は実在するんですか？」

「誰が？」

「〝ブギーマン〟。あなたがそうおっしゃるのを――」

「ブギーマンを信じないの？」

　デーナはローリーの顔に笑顔の兆しを探った。冗談をいっている印を。だが、ローリーは完全に真顔だ。

「マイケル・マイヤーズは信じています」もったいぶってアーロンがいう。「気の触れた連続殺人犯。でも、ブギーマン？　信じませんよ」

　ミルクをひとくち飲んでからローリーが返事をした。

「信じるべきね」

「あの戦慄の夜のあとに録音されたルーミス医師の証言があるんですが」アーロンは答えをはぐらかし、次の問いに移った。「医師の知性は、抽象概念や終末論的な見方で曇っています」

「彼はただマイケルを殺したかったのよ。なのに、誰も聞こうとしなかった」ルーミスの非論理的な態度がローリーに伝染したのかもしれない。ふたりともマイケル・マイヤーズを重篤な欠陥のある人間として見るのを拒み、ある種の超自然的な存在、悪の権化として格上げした。

「マイケル・マイヤーズは六歳のときに姉を殺した」デーナは事実に固執し、形而上的な憶測は意に介さなかった。「そしてあなたを狙った……。わたしたちは理由が知りたいんです。彼の心のなかを覗きたい。だからあなたのお話が重要なんです」

「わたしの話？」

「二回の離婚。娘さんとお孫さんとのこじれた関係」アーロンが非難の色を浮かべる。「ほかにも問題が……」

「アーロン」デーナは声に軽い警告を含ませた。

アーロンがテーブルに散らばる処方薬の空きびんにあごをしゃくる。

ローリーは背中を伸ばして座り、守りの姿勢をとった。「マイケルは五人殺し、それでも人の子。わたしが二度離婚したらもうノイローゼってわけね。おもしろいじゃない」

「すみません」アーロンがしおらしく謝る。

「あの夜はぼんやりして、ところどころしか覚えてない。あんたがたが探している洞察なんてないの」

アーロンがうなずいたため、無言で負けを認めたのだろうとデーナは想像した。彼の質問は道半ばにして袋小路にはまったらしい。

「彼が移送されます」

「知ってる。明日」

「生涯あの場所に監禁されます」デーナは約束するようにいい、彼の命運が尽きるとわかり、心の平安を得られたローリーが、もしかして、ひょっとしたら、気が変わるのではと期待した。

「という話ね」ほとんどわざとらしいほどさらりとした口調の裏に、疑惑の色がにじんでいる。疑念がどこから来ているのかはわかっていた。ブギーマンの信念を膨らませすぎたために、四十年間の悪夢に対する単純かつ終生におよぶ解決法を受け入れがたいのだ。

「更生の努力を放棄するんですか？」

ローリーがあざ笑った。「四十年経てば峠を超えるって、みんな知ってるから」

再び会話が行き詰まったのを感じとり、デーナは話題を変えた。「あなたの娘さんを州が取りあげたときの話をしましょう」微妙な話を持ち出せば、もっと感情的な反応を示すかもしれない。「十二歳のときでしたね。母親不適任だと判断が下されて。親権をとり戻すまでにどれぐらいかかりました？」

「とり戻してない。知ってるくせに」

ローリーは立ちあがると、ふらりと正面玄関まで行き、外の木立に視線と注意を移した。自分の敷地を越境してくる自然のなかに心をさ迷わせている。悲劇のあと、違う道を選んでいたら、自分と娘の人生がどうなっていたかを考えているのだろうか。一晩の恐怖に支払い続ける代償……。

「ローリー」アーロンは口調に切迫感をにじませた。デーナと同じく見限られつつあるのを察している。「彼と会って欲しいんです。マイケルと――安全な環境で。あれは誰とも話そうとしません……でも、あなたとは話すかも。彼に積年の怒りをぶちまける機会です」相手の反応を待ったが、自分のことばが響いたかどうか確信がもてない。「一緒に来てください。お手伝いさせてください……あなたが自由になるための」

森から視線をはずしてふたりを見下ろすローリーの目は、鋭い光を宿していた。「時間よ。報酬をもらうわ」

ほとんど聞きとれないため息をつくと、アーロンが立ちあがり、デニムのジャケットを払いのけてズボンからオレンジ色の封筒をとりだした。黙ってローリーに差し出し、相手が数えるのを待つ。

ジーンズのポケットに封筒をしまい、ローリーは順繰りに玄関の錠を開け、重たい金属の門をはずした。デーナは空気の減圧する奇妙な感覚を覚えた。ローリーの自作掩蔽壕に閉じこめられて、空気が重い。息をするごとに努力が必要なほどだ。そばにかかる壁時計の時を刻む音が増幅し、奇妙な重力を過ぎゆく時間に与えているように思える。

デーナが連想したのは天体物理学者のとなえる説だった。ブラックホールの〝事象の地平線〟付近では時間が遅くなり、戻れない地点に近づくものすべてがやがて動きを止め、永遠に凍りつくという理論だった。防備された四方の壁のなかで過ごすと精神が錯覚を起こし、心理的なゆがみを部屋にいる者にもたらして、感情的にひどく怠惰になる。過去がローリー・ストロードをがんじがらめにし、この家をむしばんでいた。アーロンはローリーに「自分を解放する」手伝いを申し出た。だが、目の前にいる年輩の女性は、自ら進んで心理的な虜《とりこ》となっていることを認めるのを拒否した。

ローリーはドアを大きく開いて下がった。「あんたたちのジャーナリスティックな洞察力があれば、帰り道はわかるわね」

家を離れながらデーナが振り返ると、ローリーが戸口に立っている。ドアを閉めるせつな、思いを巡らしているようなその目を垣間見たように思った。

まだ望みはあるかもしれない……。

第六章

授業がはじまる前の朝のラッシュ時、生徒たちの波がハドンフィールド高校の廊下を流れていく。ロッカーを使う者が岩や浅瀬になって、流れの向きを変える。いくつもの会話が重なって不協和音となり、金属製のロッカーのドアを勢いよく閉める音が不規則に挟まれる。

始業のベルが鳴り、ノートと本を胸に抱いたアリソンは空《あ》いている手でロッカーを閉めた。

振り向いたとたん、ハスキーな声に驚く。「つかまえた！」

一瞬後にはボーイフレンドの顔を認めて、自分を脅かそうとこっそり近づいて声色《こわいろ》を出したのだとわかった。だが、その前に本を落としてしまった。「キャメロン」辟易《へきえき》していった。「脅かさないでよ」

キャメロンはとなりにかがんで散らばった教科書を拾うのを手伝った。

「覚悟しろよ、ベイビー。明日の夜のコスチュームは用意できた？」壁にテープでいくつも貼られた手描きバナーのひとつにあごをしゃくる。ハロウィンのダンスパーティの告知だ。「〝ボニー＆クライド〟はふたり一緒じゃないとね」

アリソンは本の束を腕におさめ、すり切れた『グレート・ギャッビー』のペーパーバックを一時限目の授業用に一番前にして首を振った。

「今夜が心配で」

「今夜？　まじか。両親が行儀にうるさいって話は冗談だと思ってた」

「ちゃんとしてよね」キャメロンが親と初めて会うのに落ち着かない様子なのをアリソンは好ましく思った。普段はゆったり構えて毎日のあれこれに惑わされず、ときおり肩に届くウェーブがかった茶色の髪を指ですいてすませている。それなのにこの一件では社交アレルギーをわずらっていた。「うまくいくよ。うちの親に会って欲しいってだけだから。行儀にうるさいのは、わたしの方。あんまり気に入られ過ぎないでね。はらはらさせておきたいんだ」

にっこり笑って、アリソンは身を乗りだし、彼の唇に軽くキスをした。

「熱いね、おふたりさん」すぐ横から声がした。「ぼくにもわけてよ」

ふたりは唇を離した。

なれなれしいこの声の主は、オスカーだ。早口のオスカーはいつもおどけてみせて、隠そうとする……一抹の気味悪さを。オスカーの何かがアリソンを居心地悪くさせた。いつもなれなれしすぎ、人のパーソナルスペースを尊重しない。

合図でもあったかのように、オスカーがすり寄ってふたりの頬にキスをした。

「よせよ」キャメロンが手の甲で頬をぬぐう。「ひび割れた唇の皮が付いたぞ」

「つけてないよ」オスカーは抗議の声をしりぞけた。実際、唇は悲惨な領域に迫っていたのだが。「大騒ぎすんなよ。覚悟しろよ、ベイビー。明日の夜のコスチュームは用意できた？　〝タンゴ＆キャッシュ（映画『デッドフォール』の主役コンビ）〟はふたり一緒じゃなきゃ」

やだ、アリソンはぞっとした。わたしたちの会話をずっと盗み聞きしてたわけ？　キャメロンの友だちは本気でうさんくさかった。変態、覗《のぞ》き屋、ストーカー？　実際のところ、どれぐらい危ないやつなの？

オスカーはポケットからリップクリームをとりだしてぐるっと塗った。上から下、左から右まで。

「えーと……」キャメロンがつまる。

オスカーは素早く親友のカップルを見た。「何だよ？　おれたちでスライとカート（シルベスター・スタローンとカート・ラッセル。タンゴとキャッシュを演じた）をやろうってお前がいったんじゃないか。ハロウィンダンスに行こうって。どうした？　おれを捨てる気？」

リストに〝しつこい〟も追加だ。アリソンはキャメロンの肩を叩《たた》いた。「またね、恋人たち」それからキャメロンにこう付け加える。「今夜だよ」

ふたりから離れ、笑って頭を振った。キャメロンはオスカーの何がいいんだろう。

一限目に遅刻必至の生徒がまばらに見えるぐらいに人影の減った廊下を歩いていくと、

キムなんとかいう女の子が好奇の目を向けてきた。オスカーがじゃれつくのを興味津々に見ていた子だ。どういうつもりかいぶかしく思ったが、ぐずぐずしていたら英語の授業に遅れてしまう。

角を曲がり、ジョンソン先生のクラスに小さくなって入り、後ろの席に滑りこんだ途端にベルが鳴った。急いでノートを開いて白紙のページまでめくっていると、左に座るエマ・ワグナーが親しげな笑顔を向けてきた。

「はいはい、いいですか。『グレート・ギャッビー』の回は今日で最後ですよ」ジョンソン先生は朝一番のクラスに漂うどんよりしたムードに気がついた。「あなたたちの活発な議論と深遠な知性で、先生をうならせてくれる準備はいいかな?」

「もっとコーヒーがいるよ」左はじの生徒、たぶんベン・ギャンジェミだ、そっちを見て何人か笑っているから。

「残念だけどコンビニまでひとっ走りする時間はないから、目下のカフェイン濃度でがまんして」先生は机の前にもたれ、『グレート・ギャッビー』を左手で持って読みあげた。

「『だから帰ろう、流れに逆らう舟に乗り、どこまでも過去へと戻っていこう』」教室を見わたす。「ニックはこの最後の行で何をいいたいんでしょうか?」

祖母を思い、その一文にアリソンはことさら共感を覚えた。考えにふけるあまり、エマが手をあげて答えているのに遅まきながら気がつく。

「過去はどこまでもついてくる」

ジョンソン先生がうなずいた。「じゃあ、わたしたちに望みはない？」続けてこう質問する。「過去から逃れることはできるのか？」

エマがすぐに返事をせず、ジョンソン先生は視線を彼女の右どなりに移した。「アリソン？　何か意見は？」

アリソンは驚いて顔をあげた。祖母と母の緊張した関係について考えていたのだ。ひとりは過去を忘れようとせず（もしくはできず）、もうひとりは前に進もうと決め、それでもふたりともたくさんの犠牲を払い、対立する視点にしがみついている。

「これは葛藤についていってるんです」

第七章

〈ハドンフィールド・ハーモニー・コミュニティセンター〉で、カレンはセラピールームに置かれたテーブルの一番奥に座った。思春期前《プレティーン》の子どもの集まりのため、一見、小学校の教室のようだ。だが実際、この子たちは危険な環境に身を置いている。望ましくない家庭環境で暮らしていたり、里親のあいだをたらい回しにされたり、なかには虐待されている子もいた。ほとんどすべてのケースで情緒的に問題を抱えている。大人でさえ悩むような問題であり、この年頃の子どもならなおさらだった。ＰＴＳＤ（心的外傷後ストレス障害）の兆候を示す子もいた。

これまでに持った数度のセッションで、カレンは手作りのパペット人形を作らせた。年長の子は男の子か女の子のパペットを作り、髪の毛を羽にしたり、まん丸の目玉をつけたりと、ところどころにユーモラスなタッチを加えた。海賊、宇宙飛行士、かかし、スーパーヒーロー数種類、それにばかみたいに長い髪のプリンセスなど、年少の子はパペットに衣装を着せたがる。ハロウィンの時節柄、おばけや魔女も二体いた。

テーブルにパペットを立たせて、子どもたち自身はまるでうたた寝か眠りこんでしまったようにうつむいて、パペットに自分たちの気持ちを語らせた。そうすれば自分の恐れや感情を、人形に自由に投影できる。だが、パペットが投影しているのは作り手自身かもしれないし、違うかもしれない。自分を動揺させ、怖がらせる相手を投影したパペットもいた。ある男の子はピエロのパペットを作ったきり、見向きもせずに絡まったヨーヨーのひもを夢中で解いている。

「誰が最初にする？」カレンがたずねた。

「ぼくはブラッドリー王だ」タイラーが王様のパペットを左右に傾けていった。「雨に怒ってる」

タイラーのファイルによれば、義父の名前はブラッドリーだ。

「お兄ちゃんが仕事から戻ると」コーディが参戦した。「ぼくは怖くなる。仲間を連れてきてけんかして、壁に投げ飛ばすから。壁に穴が開くんだ」

ミアは女の子のパペットをテーブルに寝かせ、虹色のドレスを左の手のひらで押さえつけて頭をあげさせた。胸がふさがれるような無防備な目でカレンを見すえる。「おうちから逃げたら、誰にもいじめられなくなる」

少女が自分の状況をいっているのかコーディにアドバイスをしてるのか、カレンには判断がつきかねた。だが、プレティーンの子どもに家出は勧められない。もっと安全な道がある。「わたしたちは自分を愛してくれる人に囲まれて、保護と安心を得る必要がありま す。でも、その前に自分の気持ちを確かめて。あなたたちはみんなとても難しい環境にいて、ときどき悪い人に立ち向かいもします」

ミアが小さくうなずく。カレンの話に同意をつぶやく子が何人かいた。まだ意見を表に出さない子もいる。だが、全員がじっと聞いていた。

「でも話し合いを通じて、よね？　声を出して、信用する大人に心のなかで起きていることを話せば、問題にうち勝って自分の気持ちを大切にできる」

「カレンみたいに？」

カレンが笑った。「その通り。わたしみたいに。でも、信用できる人間はわたしだけじゃないのよ」

ミアがうなずき、パペットを持っておじぎさせ、ロールプレイをはじめる用意をする。

＊

セッションがはじまって一時間が経つ頃、ローリーは黒のニッサン・ピックアップ・トラックで荒廃した区域を走っていた。ホイッスルと催涙スプレーなしでは、夜、ひとりで歩きたくない場所だ。もちろん、丸腰なんて論外だ。通り過ぎる家はどれも様々な荒廃ぶりを見せている。ベニヤ板（それに段ボール）を割れた窓代わりにしている家は、一軒や二軒ではない。落書き《タギング》が壁、信号機、ベニヤ板まで覆っている。

道ばたの車はどれもこれも、ショウルームをあとにしてから二十年は経《た》っていた。歩道のコンクリートブロックに乗りあげているのが一台。ホイールキャップがなくなり、さまざまなへこみや下塗りだけのクォーターパネルの車が目につく。小さな前庭は手入れの行き届いた家もあるが、雑草がのび放題なのがほとんどだった。

玄関の階段に腰かけてビールをびんや缶で飲んでいる大人が数名、所在なさそうにだらしている。無職または腰をあげようとする意欲を持たず、社会に見捨てられ、逆風にもまれながら自力でやっていくしかない者たちだ。

標識を確認して左折すると、前方にコミュニティセンターが見えた。中年の男たちがセメントのコートで野球をしたり、ボールをネットのないリング（盗まれたか、もともとないのか）に投げ入れている。センターの向かいの駐車場に曲がりながら、子どもの集団、見たところ七歳から十歳ぐらいが白いヴァンに並んで乗りこむのが目に入った。そのあとでカレンを見つけた。アシスタントらしき人物と並んで、子どもたちにさよならの手を振ってから、センターに戻っていく。

ローリーはトラックに数分座り、エンジンが冷えるあいだハンドルを指でトントンと叩《たた》き、それから深いため息をついた。娘とのわだかまりを晴らしたかった。アリソンのためだけではない。だが、カレンの職場に個人的な問題を持ちこむのはフェアだろうか？　娘は受け身になるのでは？　それとも攻撃的になる？　強い感情がともなえば、議論はどう転がるかわからない。

一番したくないのは、職場でのカレンの立場を気まずくさせ、ローリーの強迫観念の影響を受けていない娘の生活圏を汚染することだった。

決めた。話し合いは次の機会だ。

ピックアップを始動させ、ローリーは町のましな区域、最後に安穏《あんのん》とした日々を過ごした土地へと向かった。

＊

後ろの隅に座って歴史の授業を受けていたアリソンは、うわの空だった。微積分と物理の授業を続けて受けたあとでは、本日最後の授業である歴史に集中する気力が出ない。デジョン先生が電子ボードに映しだすスライドショーに集中しようとした。アーロン・バーとアレクサンダー・ハミルトンの気まずい関係から有名な決闘に至るまで。だがデジョン先生はマット・エヴァンズが巻いたえさに食いつこうとせず、人気のミュージカル『ハミルトン』を引き合いに出そうとしなかった。アリソンは舞台を七回観ており、歴史上の細部はぼんやりした政界の内輪もめにとって変わった。

アリソンならブロードウェイミュージカルについての議論にしただろうが、授業計画が勝利を収めた。デジョン先生は職務一筋――いや歴史一筋か。授業をポップカルチャーに割く時間はない。

あくびをかみしめて窓の外を眺めると、学校の金網の向こうにぽつんと人影が見えた。肩の長さまでのブロンド、ワイヤーフレームの眼鏡。

アリソンは背筋を伸ばした。おばあちゃん？

*

フィールドハウス（更衣室や用具入れを備えた運動場の付属施設）の上にできたホームチーム応援スタンドの上段で、ローリーは〈ハドンフィールド・ハスカーズ・フットボールチーム〉の練習を眺めていた。青と黄色のホームユニフォームの下にフルパッドを着け、基礎練習をこなす部員にコーチが檄《げき》を飛ばしている。ラインマンがうめき声を出しながらブロッキング・スレッドを押している。クォーターバックはハンドオフの練習中で、バックペダル（パスをするために後ろ向きで走ること）でパスをとり、レシーバーにトスしてから走って後退した。そして、ロボットのような正確さで、キッカーがフィールド・ゴールを次々に決めていった。

横に座るアリソンが、オレンジ色の封筒に入った札束を指でぱらぱらなぞる。ローリーがイギリス人ジャーナリストのふたりから受けとった報酬だ。最初の二、三列目をのぞいて、応援席にはローリーたちしかいない。

「こんなの……受けとれないよ」アリソンがいい、祖母に封筒を戻す。

ローリーは抗議を無視し、フィールドを見つめている。「したいと思うことに使って」

アリソンは封筒を膝に載せて考えた。「このお金は――」

「楽しむために使うのよ」アリソンが利他主義的な発言をする前にローリーがいった。「はめをはずして」

ローリーは立ちあがってこの場を去ろうとした。

「ばかなことをしないよね？」

ローリーがとまどってアリソンに顔をしかめてみせる。

意味は明白だろうというように、アリソンがいった。「その……自殺とか？」

「自殺？」

「よくいうから……そういうときは財産を手放すって……おばあちゃんが悩んでるのは知ってるし……それに――」

ローリーが笑った。「今日はその日じゃないよ、アリソン。マイケル・マイヤーズが今夜スミス・グローヴを離れる。あの夜から四十年後に。移送されるんだ。永遠に閉じこめられる。それがあいつの運命だ。まずあいつを見たい。決別するために」

「それがおばあちゃんの運命？」

ローリーが考える。「そうかもしれない」そういって頬をゆるめた。「自分の恐れと向き合う」

アリソンはくすっと笑った。「おばあちゃんはローリー・ストロードだよ。他人を怖がったりしない。他人がおばあちゃんを怖がるの」

「かもね」ローリーは自分の過去に居座る不愉快な真実を認めた。否定できないが変えようもない因果と行動のパターン。「恐れに支配されたら……犠牲者になるのを受け入れたら、恐怖が襲ってくる。心を責め立てる。押しとどめ、自分の運命に気づくのをさまたげるんだ」しばらくフィールドを見つめ、自分の人生の望ましい解決策を見極めようとした。答えは予想通りに暗い。「できるなら……この手であいつを葬ってやりたい。『さよなら、マイケル』っていってやる。『さよなら』って」

下のフィールドでは、来たる試合に向けて体を鍛え、ヘルメットとパッドをつけたフットボール選手たちが互いにぶつかり合っていた。

第八章

　高くついたローリー・ストロードへのインタビューが、殺人犯と生存者の対面という望ましい展開の可能性すら潰して終わったあと、デーナとアーロンは〈シエスタ・モーターロッジ〉に戻った。モーテルは〝昼寝《シエスタ》〟という名前通り、金の無駄だった。ランプと照明のスイッチをいくつつけても、部屋は暗いまま。より詩的に表現するなら、今現在におけるふたりの心境を反映しているといってもいいかもしれない。

　アーロンはバスケットボールを引き合いに出して、両者の対面を取材で決めそこなったスラムダンクの決勝点とみなしていた。だが、あのふたりの対面が叶わなくとも交渉決裂したわけではない。まだ語るべきストーリーがある。

　それに、ローリーが気を変えるかもしれない。今は、それ以上楽観的な気分にはなれなかった。時間が限られていたからだ。スミス・グローヴがマイケル・マイヤーズをコロラド州一警戒厳重な施設のグラスヒルに移送したあかつきには、ふたりを同じ空間で会わせるという望みは完全に断たれる。アーロンはそう信じていた。

　ローリーに無理強《むりじ》いすることができない以上、別の角度からアプローチするしか道はない。ローリーの気を変えさせる、ちょっとした情報を見つけるのだ。デーナがモーテルのベッドにあぐらをかいて座り、ルーミス医師のファイルをぶちまけて記事や論文、証拠書類を調べながら、アルミホイルにくるまれたデリサンドイッチをかじる一方、アーロンは狭い部屋を歩き回り、ひらめきが降りてくるのを待っていた。

ふたりはローリーと家族の写真を手に入れていたが、利用できそうな情報が見つかるとは思えなかった。〝利用〟とはいやな表現だが、それより適当なことばが見つからない。カレンとアリソンはマイケル・マイヤーズの脅威にあったことは一度もない。ローリー自身の経験を通して間接的に知るだけだ。たぶんそれはふたりにとっていいことなのに、とデーナは思った。自分たちの報道倫理は早くも後退していた。

アーロンは古いカセットの手描きラベルを確認し、テープレコーダーに挿入して再生ボタンを押した。古い録音で、音声はくぐもって聞こえるため、音量をあげる。州に派遣された医師がルーミスに、悪名高い患者について専門的意見をたずねたものだ。

州の医師による前置きは、時間の経過と技術上の制約で失われた。中ほどの部分を再生する。

「サミュエル・ルーミス医師、一九七九年一月二二日。以前担当された患者のマイケル・マイヤーズについて意見をいただけますか？」

ルーミスの返事にためらいはなかった。「わたしの意見は、抹殺すべしだ」

「容赦ないわね」デーナがコメントした。

「マイケル・マイヤーズに関しては、ルーミス医師は頑固一徹だ。絶対にぶれない」

ルーミス医師の陰うつな提言、ほぼ四十年前からの警告は続き……

＊

その頃、スミス・グローヴ医療監察センターの精神科病棟では、ベテラン刑務官を自認するクネマンが、マイヤーズの独房に向かいながら少しばかりおびえていた。患者にはたいてい様々な性癖や変わったところがあり、残りは躁《そう》か鬱になりがちだったが、マイケル・マイヤーズは例外で、病院の人口分布を示すどんな釣り鐘曲線の上限をも、軽々と越える異常値といえた。不気味で、ほとんど非人間的なほど冷静な抑制された威圧感を発し、冷酷な暴力の恐ろしい潜在能力を人の形の下で煮えたぎらせている。この連続殺人犯に抱く印象が、過去に犯した事件で曇っている可能性をクネマンは考えた。だがそれ以上のものがあった。

もちろんサルテイン医師は、マイヤーズが少なくともある程度は更生したとみなしている。サルテインは専門家であり、彼の意見を受け入れて、淡々と仕事をこなすべきだ。それでも、クネマンは金属製のドアの前に立ってしばらく開けるのをためらった。

やつはここにいるじゃないか。異常な点など何もない。

〈シェイプ〉は独房の隅に立ち、ドアに背を向けている。今一度、クネマンはマイヤーズの不動ぶりに注意した。体重移動もなければ、揺れもない。腕を両脇に垂らしたまま、およそ指ひとつ動かさなかった。大理石像でさえ、これよりじっとしてはいない。

「A―二二〇一。マイケル・マイヤーズ」

〈チオペンタールナトリウムを注射すれば、意識不明になる〉

*

スミス・グローヴの外、道路を挟んだ向かい側で、ローリーはアイドリング中のピックアップ・トラックに座り、防犯フェンス越しに病院を見ていた。ここに来るつもりはなかった。もう少しで自分を納得させられるところだった。アリソンに話したように運命に任せ、マイケル・マイヤーズはコロラド州一警戒厳重な施設に移される。それに今夜は、孫娘を祝う家族の夕食会がある……だが、気がつけば家のなかを落ち着きなく歩き回り、遂にはたまらず家を飛び出した。トラックに乗りこんだが最後、心のオートパイロット《自動運転》でスミス・グローヴに直行した。魂の奥深くに棲《す》みつく何かが安らぐことを拒否し、人任せにさせておかなかった。ローリーの一部は、自ら行動に赴き自身の役割をつとめる準備をしなければ、無力な犠牲者に再び成り下がってしまうと信じた。

グローヴボックスに手を伸ばして開け、なかからスミス&ウェッソンリボルバーの心地よい重みをとりだす。

次にどうするつもりか、もし、そう訊《き》かれたとしても、答えられなかっただろう。

その考えにローリーは身を震わせた。

＊

〈シェイプ〉はもはやじっと立ちつくしてはおらず、手首と足首をいましめている手錠と足枷《あしかせ》に動きを制限されながら、薄暗い廊下を足を引きずって歩いていた。クネマンは拘束によって、マイヤーズの得体の知れない不気味さが薄れるのを期待したが、鎖はよりいっそう危険に見せるだけだった。

夜の移送を予定されているほかの患者は、すでに通路に並ばされて壁を向いて立っている。ハスケルはスミス・グローヴの刑務官の職に就いてもうすぐ四年になるが、不服従な患者に最も容赦がなく、やはり護送の特別任務にあたっていた。患者の寄せ集めをうさんくさそうに見張り、警棒を手にしている。患者同士でしゃべっている者もいるが――毎日の日課にはずれることに、たいていの患者はとり乱す――とりとめなくひとりごとをつぶやき、自分にしかわからない個人的な意見を垂れ流している者もいた。

マイヤーズが列の後ろに歩いてくると、ハスケルは二度目か三度目の指示を患者たちの一団にわめき、手のひらに繰り返し警棒を打ちつけて命令に重みを与えた。「立て！　手をあげろ！　だまれ！」

あわてず騒がず、〈シェイプ〉が最後尾に加わる。クネマンは再び、マイヤーズの悪評が最近の実体をかすませて、自分をおびえさせている可能性を考えた。

〈次に塩化カリウムの注射により心臓が止まる。静かに死ぬ、とどこおりなく〉

「壁に頭をつけろ！」ハスケルが続ける。

クネマンは移送患者のチェックリストをあたり、全員そろっているか確認した。「A—二二〇九、アーロン・ホワイト……A—二二一七、アンソニー・マーフィ、A—二二四三、ジェフリー・ニューンドルフ」

点呼が終わり、十二人の患者を搬入出エリアに連れていく。長いブザーが響き、ドアロックが解除された。クネマンとハスケルが患者を駐車場へ連れだすと、強力なスポットライトの下、護送バスがアイドリングしている。クネマンが前に出て、武装した運転手とチェックリストを確認しあう。

乗りこむ直前、今にも顔から目が飛び出しそうな患者のリンチがマイヤーズの後ろに回った。バスのドア前で、クネマンがぞろぞろ歩く集団に叫ぶ。「全員並べ！　出発だ！」

ハスケルが集団を行きつ戻りつ、なんとか列を整えた。運転手にうなずいて、クネマンは開いたドアから離れると、先頭の患者に合図をしてバスに乗りこませる。〈刑の執行にはわたしも立ち合い、やつの命が燃えつきたことを確認する。耳を胸に当てて心肺停止を確かめる。その時点で検視官の手を借りて脳髄は研究用にとりだし、遺体は速やかに焼却する〉

患者が次々にバスに乗りこみ、運転手が名前を確認する。ここではない、誰かほかの者の頭痛の種になるのももうすぐだ。

〈シェイプ〉の乗る番になると、ドアブザーが再び鳴り、サルテイン医師がバスに駆けつけた。いつもの白衣姿ではなく茶色のスーツで、ファイルを携えている。医師は、不気味なほど静まり返っている患者の横についた。「心配するな、マイケル。わたしがついている」

クネマンは信じられずにかぶりを振りたい衝動を押さえつけたが、驚くまでにはいたらなかった。アンケートをとるまでもなく、スミス・グローヴの職員のなかでサルテインだけが唯一、マイヤーズが去るのを悲しんだ。ほかの者は全員、州を三つばかり西に行った施設にやつが監禁されてしまえば、枕を高くして寝られると軽口を叩《たた》いていた。

「もっと早く来るつもりだったが」サルテインがクネマンの方を見ていった。「報告書を二、三片づけてから旅に出ようと思ってね」

好奇心に駆られ、クネマンは〈シェイプ〉を見たが、マイヤーズの表情や素振りからは、サルテインの存在を気にとめたかどうか、さっぱり読めなかった。マイヤーズは足枷で不自由な足でステップを注意深くあがった。

＊

ピックアップ・トラックのなかから、ローリーはゲートのドアロックが解除されるブザーを心の耳《ミュート》で聞いた。背筋がこわばり、リボルバーを握りしめる両手が汗ばむ。ほとんどまたたきをせず、バスに乗りこむ準備をする患者の一団を見つめた。似たような格好の十二人の患者を個別に見分けるには遠過ぎたが、あいつは目立つ。やつには見まごうことなき〝異質さ〟があった。完全な静けさ。ほかの者は動き回り、いらつき、気を散らし、興奮し、神経質になり、またはそれらの感情が混じり合っていた。あいつは違う。あいつがじっと立っているとき、手足を縛る枷のリングひとつ動かない。エネルギーのすべてが内に向かい、無限の忍耐のたたずまいを見せる。

ローリー・ストロードはそれがうそっぱちだと知っている。

彼の忍耐は非人間的だが、無限ではない。

だが、もはやそんなことなどどうでもいいのかもしれない。手のなかにあるリボルバーに目を落とす。

あいつを閉じこめて鍵を捨ててしまえ。それで終わりにできるかもしれない。次にローリーが顔をあげると、あいつがバスに乗るところだった。ほどなくして全員乗りこみ、ドアが閉まる。

ローリは息を吐いた。

「それがお前の運命だ」バスに目を据えながらいう。「迷信は終わりだよ」

＊

クネマンはハスケルについて、刑務官と患者を隔てる鋼鉄の仕切りを抜け、後部へ向かった。詰めものをした座席が二席ずつ、中央の通路に隔てられて三列に並び、バスは十二名の囚人を収容できた。クネマンが警備に立ち、ハスケルはかがんで患者の枷を、バスの床にボルトで固定した鋼鉄のリングに繫ぐ。クネマンは前を向き、サルテイン医師が乗りこんで、武装した運転手の後ろに座るのを見守った。医師は彼の大事な患者が座る位置を確認している。真ん中の列の窓側だ。満足して、サルテインはファイルを開き、リーガルパッドに高級そうなペンで書きこんだ。医師がどこかしらまとう、さりげない特権意識がクネマンの気に障った。

「A—七三七六、固定」ハスケルが立ちあがり、制服のズボンで両手をはたく。「すべてよし」

　ハスケルはリンチの鎖をよけた。

　素早く目を走らせマイヤーズがどこにも行かず、席についているのを確認し（少なくとも三度目だ）、クネマンはバスの前方の仕切りまで戻った。医師ののたくった手書き文字を一瞬覗《のぞ》き見ただけで、とても判読できないと確信する。せき払いをしてサルテインの注意を引く。「なぜ先生がここにいるのか、まだわからないんですが」

　書きものの手を休め、サルテインがクネマンを見た。「マイケル・マイヤーズをほかの者が引き受けるまで、彼はわたしの患者だ。最後まで自分の責任を果たす」

〈殺さねばならん。殺さねばならん！〉

　クネマンが口を開きかけたそのとき、リンチが叫びはじめた。「何なんだ――ハスケル？」

　しかめっ面《つら》をしたハスケルが立ちあがり、リンチの腹を一発殴る。

　ぎゃっとうめき声をあげ、リンチは席にうずくまり、苦痛にうなった。ハスケルは片膝を落とし、リンチの枷が床の輪にはまっているのを確認した。腰に拳を当て、座っているリンチにのしかかり、食いしばった歯のあいだからいった。「すべてよし！」

　ハスケルが前に戻り、クネマンは仕切り越しにいった。「シートベルトを締めてください、サルテイン先生。一座が巡業の旅に出ますよ」

〈悪を生殺し状態にしておいても何の得にもならない〉

ハスケルはクネマンのとなり、運転手とは反対の席に収まった。全員が席に固定され、頭数を数え直し、運転手にバスを出すように合図する。サルテインがペンを再びノックして、注意を〈シェイプ〉に向けた。〈シェイプ〉は左側の中央に座り、石像よろしく窓の外を見つめている。

クネマンは、殺人鬼がスミス・グローヴをあとにして喜んでいるのだろうかと、ふと思った。それとも残された日々、独房に監禁されて過ごすことを心配しているのか。なぜか知らないが、もはやあの男は何も気にしていないという印象を抱いた。

これまでもしたことがないと。

*

ピックアップ・トラックの見晴らしの利く位置から、ローリーは護送バスを見守った。スミス・グローヴの敷地の境界まで行っていったん止まり、ゲートが重たそうに開くのを待つ。ローリーは目を閉じた。

自分を解放できるだろうか？　自由になれる？

その瞬間を見ないでやり過ごそうか……？

自ら作った闇のなかで永遠に窒息しそうな気分に襲われた。

目を開けて、グローヴボックスからウィスキーのミニボトルをつかむ。手が震え、しばらくふたをうまくつかめずフロアマットに落とした。小さなびんを口もとへ持っていき、ふた口あおる。

バスが州道に乗り出し、こちらへ向きを変えると、駐車したピックアップ・トラックの方へと近づいてくる。その間《かん》ローリーは、催眠術にかかったように座ったまま――固まっていた。

〈死のみがマイケルという存在の解決策だ。静かなる死を、再びやつが殺しはじめる前に……〉

息を詰め――

――またたきひとつできず――

――暗い、金網に覆われた窓の列を見つめ――

〝イリノイ州矯正局〟とペイントされた側面と後部ドアを見せて護送バスが通り過ぎ、後ろに土煙をあげながら、ピックアップ・トラックをざらついた土埃《つちぼこり》で覆っていく。

そのときようやく、ローリーは息をついた。

そして、胸が裂けんばかりに叫んだ。過去四十年間出したことのないほど大声で、のどがひりつくまで、裂けた肺から血が吹きだし埃っぽいフロントガラスに飛び散るに違いないと思えるまで——

空《から》になったウィスキーのびんを投げ捨て、膝に置いたリボルバーをつかむと、汗ばんだ手で握りしめ、冷たい銃身の先をこめかみに押しつける。

——さらに叫び続けた。

だが、旅立つバスの誰も、そして医療監察センターの誰もローリーの原始の叫びを聞く者はいなかった。誰もやってきはしなかった。駐車スペースのはずれに停めた車のなかで、人知れず苦悶《くもん》しているあいだに、ゲートが閉まった。

第九章

　アリソンのリクエストに従い、カレンは〈リストランテ・ベリーニ〉に予約をとっていた。店はL字型になった商店街の一番奥にある。質素な界隈《かいわい》や化粧直しの必要な駐車場に反し、〈ベリーニ〉はキャンドルにともされた親密な雰囲気と、おいしいイタリア料理を出した。イタリアの田舎を描いた額入りの絵に並んで、旧世界風の地図が壁を飾っていたが、アリソンたちの席はお気に入りのメインルーム、火のともったキャンドルが立ち並ぶ壁のそばにある。キャンドルの明かりは部屋に落ち着いた雰囲気とぬくもりを与えるだけでなく、少なくともアリソンにとってはともしびのひとつひとつが希望のシンボルを表し、人生の荒波を静めるように明るく輝いていた。

　チキン・パルミジャーノやほかの料理に舌鼓《したつづみ》をうつ一方、アリソンが祝いの夕べに〈ベリーニ〉を選んだ本当の理由はその雰囲気だった。いつ来てもくつろいでゆったりした気分になる。店がどんなに忙しくてもスタッフは落ち着いて、てきぱきしていた。テーブル席とブースのあいだにはじゅうぶん距離が空《あ》き、運ばれてくる皿を避ける心配も、椅子を極端にテーブルに寄せる必要もなかった。〈ベリーニ〉は、ぐずつく不安をぬぐい去ってくれる。

何より、この店はアリソンと母親にきれいなドレスを着る機会を与え――アリソンのドレスは全米優等生協会が進呈してくれたゴールドのストールであしらわれている――家族一緒に特別な晩を楽しめた。

キャメロンはアリソンの優等生協会のトロフィー（レーザー彫りのモダンな透明オベリスク）を事故防止のためにテーブルの端に押しやって、反対側では給仕がローリーのためにもう一脚椅子を用意した。学校の友だちからのメッセージが携帯にとぎれとぎれに表示され続けるため、アリソンは液晶を下に向けてキャメロンの方へ滑らせ、トロフィーの脇に置いてもらった。食事をあらかたすませ、ときたま冷めた皿をつつき、みんなが笑い、楽しい時間を過ごした。だが〈ベリーニ〉の和やかな雰囲気はその真価をまだ問われていなかった。なぜなら、アリソンの祖母――娘と衝突する可能性あり――が顔を出していないから。アリソンは明るい材料、キャメロンがパニックを起こさずに両親と対面を果たし、両親は四の五のいわずに彼を受け入れたことに集中して、祖母の不在は頭から追い出した。

キャメロンが自分の家族について両親と話しているところで、アリソンは自分にこういい聞かせた。今を楽しめ。

にんまりしてレイがいった。「その通り！　君の父親とは同窓だったからな。よくペヨーテ（幻覚剤の一種）を売りつけられた」

「パパ！」アリソンは気まずくなって口を挟んだ。

「本当だぞ。ロニーと一緒にトリップして、自分についていろいろ学んだ」

「うそだなんていってないよ」父親のわめき声に比べ、つとめて声を落とす。「ただ……恥ずかしいでしょ」

「パパにはフィルター機能がないのよ」カレンがいった。

「何だって？」レイがうそぶく。

「やめてよレイ、わが家の新しい友人に個人情報をバラしすぎ」カレンはテーブルの向かい側にとなり合って座る若いカップルに注意を向けた。「ハロウィンの予定は何かたてたの？」

アリソンがキャメロンに目くばせをする。

「学校で催しがあるって聞いたけど。コスプレパーティか何か？」

そういうと、カレンとレイがしたり顔で笑う。

キャメロンはアリソンに調子を合わせた。アリソンは両親のデリカシーのなさにあきれて目を回した。「コスプレダンスのこと知ってるのね。でも、何で？」

カレンが肩をすくめる。「ママたちだっておしゃべりぐらいするのよ」

「何の仮装をするんだ？」レイがたずねた。

キャメロンはアリソンを見た。「いっていい？」

「どうぞ」

「ボニー&クライドです」

レイが手をぱちんと合わせ、喜んだ。「鉄板だ！」

「キュートね。楽しそう！」とカレン。

給仕のエンゾがやってきてコップに水をなみなみと注ぎ足し、会話が途切れる。誰もが笑い、キャンドルの明かりに照らされ、レイとカレンはグラスワインを飲んだ。心地よい沈黙。とうとうアリソンはがまんできなくなった。知る必要がある。「ママ、おばあちゃんから何か聞いてる？」

「ない。聞いてない……最近は」

「来るっていってた。学校に来たの。ちょっと話した」

「わたしは知らないわ、アリソン。何か用事ができたんじゃない」

母親にさっと差した表情は、まだ朝のうそを引きずっていることを物語っていたが、今回は誠実さを出そうと必死だった。

「じゃあ、けんかしたとか、脅して追い払おうとしたとかじゃないのね？」

きっぱりかぶりを振ってカレンがいった。「そんなことしてない」

「神かけて？」アリソンがからかう。

「フィストバンプ（互いの拳を突き合わせること）でね」

「誓う？」

「針千本飲んでもいい」

「指切りげんまん？」

「ハンドジャイブ（手を打ち鳴らす陽気な踊りの一種）しながらやっちゃう」

「車のトランクに古いポリグラフがある。持ってこようか……ミセス・ベリーニが構わなければ」レイが口を挟む。

「パパ！」

キャメロンがアリソンの方へ体を傾け、手で口もとを覆った。「君のパパはうそ発見器を……？」

「冗談よ」

「何？」レイが肩をすくめる。「おれはふざけちゃだめなのか？」

「わかった」アリソンが母親にいった。

「わかった？　じゃあ納得できた？」

「質問がひとつ」アリソンはうなずいていった。「それなら、おばあちゃんは今どこにいるの？」

カレンの口が開こうとしたそのとき――

アリソンはテーブルにやってくる祖母の声を聞いた。「あらまあ」ローリーは少しばかり息を切らし、ひどくぴりぴりして鼻をすすっている。「やっと見つけた。どこにいたの？」

振り返って母を見あげ、カレンはとまどいの声をあげた。「ママ？」

ローリーは娘越しに、アリソンに話しかけた。「学校に行ったけど、見つからなかったから。でも、ともかく……来たわ」

許しをこう目でカレンを見てから、キャメロンに注意を向ける。「こちらが新しいお相手ね。名前は？」

「キャメ――」突然の注目に不意を突かれ、キャメロンはやり直した。「キャメロン・エラムです。はじめまして」

ローリーが手を伸ばす。

キャメロンは席から腰を浮かせて握手した。

「しっかりした握手だ」ローリーがうなずいて承認する。「レイみたいに汗ばんだ手じゃないね」

目をぐるりと回して、レイがいった。「会えてうれしいよ、ローリー。今夜はキャメロンとの初顔合わせを兼ねてアリソンの優等生入りをちょっとばかり祝おうと……」

鏡のように穏やかだったアリソンの心に、さざ波が立ちはじめる。虹やユニコーンは期待していなかったが、祖母がもし顔を出しても、せめて一晩、みんなが礼儀正しく振舞ってくれるぐらいの期待はしていた。

「今夜はみんなでお祝いしなくちゃ、でしょう？」ローリーがテーブルを回ってカレンの肩に手を置いた。「受賞式はどうだった？」

「すごくよかった。座らない？　ママ」

「いいの」

ローリーは指をカレンのワインに浸して味見した。

面くらって、カレンが母親に耳打ちをする。アリソンとキャメロンに聞こえないように声を落として。「何やってんの？　もうお酒は飲まないって約束したじゃない」

声はアリソンが聞き漏らすほど低くはなかったが、母と祖母の緊張の高まりに目が離せない。キャメロンの方はというと、聞こえていないように振る舞ってはいたものの、本当のところはわからなかった。

「飲んでないよ」ローリーはあたりをはばかろうともせず、ことばとは裏腹にどうみても酔っていた。

アリソンの頭に、〝酒の助けを借りる〟といういい回しが浮かぶ。祖母は一杯ひっかけなければ、孫の社交的行事に顔をだす勇気が出なかったのだろうか。

「でも、そうした方がよさそう」ローリーがいいわけがましく続ける。女たちふたりのあいだに座り、アリソンを向いた。「これはお祝いでしょ？」

てるのよ」

カレンがレイに声をひそめていった。「なのに、どうして連絡してこないか不審に思っ

　ふたりして事態を悪化させてる、とアリソンは思った。

　ローリーがテーブル越しに手を伸ばしてレイのグラスをとり、一口ワインを飲んだ。そして口からグラスを離したあと、テーブルの全員が非難の目つきを寄こすのに気がついた。当のアリソンからも。アリソンは叫びたかった、「何でそんなに自分を――わたしたちを苦しめるの？　全部ぶち壊しよ！」

「これまでは――」ローリーが声を張りあげた。「家族の集まりに来ない悪い母親で、今は来たら悪い母親なのね。わたしのことをわかってない」かぶりを振って声をあげたと思えば、突然席を立つ。「自分のことがわからない、くそっ」

　今度は周りの客たちが目をむいた。

「やめてよ」カレンが決然といい、両手をテーブルに押しつける。「やり直し。最初からはじめましょう」

「そうね、賛成。ソーダ水にライムを垂らしてちょうだい。つまり、わたしが酔っ払って見えるっていうならだけど」ローリーが振り向いて大声で給仕を呼ぶ。「ちょっと、ウエイターさん？」すぐに反応がないと見てとると、さもがっかりしたといわんばかりにため息をついた。「誰かいないの？」

「やめて」再度カレンがいう。声を落とすために歯を食いしばらなければいけないほど腹のなかが煮えくり返っていた。作り笑いは憤怒《ふんぬ》の形相と紙一重だった。「そこに水があるじゃない」

「ライムが欲しいの！」ローリーがいい張る。水とライムのささいな違いが、まるで母と娘のもつれた関係すべてを端的に表してでもいるように。

「実はもう、会計してもらうところだったんだよ」

「黙んな、レイ」ぶっきらぼうにローリーがいう。「ここに来たのは孫娘を愛していて祝いたいからよ。この世にいるのは――今このとき――アリソンを愛しているからなの」

キャメロンが口をあんぐり開けてローリーを見つめた。

「ママ！」カレンが叫ぶ。

「もうたくさんだ、ローリー」レイがとうとう腹をたてた。「気は確かか？」

「ママ」レイの叱責に被せてカレンが声をふり絞る。「ママ！」

沈黙がレストランじゅうに落ちる。

落ち着いたムードが台なし。アリソンはがっくりとうなだれた。ここでリラックスしていたときのことが思い出せない。それも全部自分のせいだ。母親に祖母を招くよう無理強《むりじ》いした。母親にいわずに祖母を招いた。悪くなりようがないよね？

いっそ、テーブルの下に隠れてしまいたい。

突然の沈黙を破り、カレンが最後通牒《つうちょう》の口調で母親にいった。「前に何ていったか覚えてる？　過去は後ろに置いていくっていったのよ。だったら今、それをやって」

恥じいっているのか、それとも反発してなのか、アリソンにはもうわからなかったが、祖母は母の目を見ようとしなかった。だが口を開いたとき、声は苦しそうなささやきになっていた。「できない」

ジェットコースター並みに感情が乱高下し、アリソンの目に涙があふれた。あんまりだ。はじめは祖母が来なくてがっかりし、次に来てくれてうれしくなり――遅れてくる方が全然来ないよりましだ。と、思う間もなくすべてが失望に変わり、家族の集まりに望んだものとは似ても似つかない惨状になった。それでも足りないとばかり、今度はキャメロンと〈ベリーニ〉のディナー客全員が注目する公共の場でさらしものの刑にあうとは――祖母はまだ、テーブルの食事に手をつけすらしていないのに。今後〈ベリーニ〉に再び顔を見せられるかわからない。

それ以上何もいわず、ローリーはきびすを返して出ていった。

キャメロンと顔を合わせるのを避けて、アリソンは祖母が駐車場を横切り交通量の激しい大通りまで遠ざかるのを窓越しに見ていた。次の瞬間、アリソンはテーブルの端をつかんだ。祖母が車には目もくれずに縁石を飛び出したではないか。走ってきた車が急ハンドルを切り、警笛がいくつも鳴った。

ローリーははっとして縁石まで戻り、自分がどこにいるのか気づいたようだった。アリソンのなかの何かが、羞恥心の殻をかなぐり捨てさせた。椅子からあわてて立ちあがると家族の呼ぶ声を無視し、店を飛び出して駐車場を走り過ぎ、道路の反対側へ（左右を確認してから）渡り、ピックアップ・トラックのそばにいる祖母に追いついた。

何もいわず、年かさの女性に腕を回すと、祖母はきつく背中を抱きしめてきた。しばらくのあいだ、アリソンの羞恥心はどこかへいってしまった。祖母は安全だ。それならほかはどうでもいい。

第十章

〈ワイルドキャッツ〉の試合を観た帰り、十四歳のケヴィンと父親は早めの夕食に〈パリーシのピザ・プレイス〉に立ち寄り、〝世界的に有名な〟ディープ・ディッシュ・ペパロニ&ソーセージを食べた。これはノースウェスタン大の試合に行ったあとの恒例になりつつある。だが年々ケヴィンは、〝世界的に有名〟の主張には疑いを抱くようになった。とはいえ、来るのはたまのことなので、父と子のノスタルジアにちょっぴり浸れ、渋滞を避けて席が空《あ》くのを待つ価値はあった。

ふたりが古いブロンコに乗って家路につく頃には、太陽は秋空低くにぶら下がっていた。三十分もすると暗闇がおりて、長い一日の重みを実感する。交通量はヘッドライトが北行きの車線をときおり疾走する火の玉となるまで減り、ふたりの前方で、赤いテールランプのまばらな流れは数えるほどだった。

家まではまだ何十キロもあり、父親が州道に乗り入れて家への一本道をひた走る頃には自分たちだけになっていた。街灯のない田舎道はふたりが人の住めないまっ暗な島を渡っているような印象を与える。ブロンコのヘッドライトに照らされ、二車線を区切る途切れ途切れの線が行く手に浮かびあがり、道路脇の幅の狭い泥と砂利《じゃり》の路肩は丈の高い雑草にふちどられていた。だが、ライトの届かない前方とすぐ後ろを、暗闇が支配した。学校のサイエンスおたくなら、光に汚染されていないと喜んだだろう。星を眺めるには理想的だと。いいさ、虫にたかられて生きたまま食われても気にしないならね。

星のことより、こんなへき地で父親の古いブロンコが壊れた場合をケヴィンは想像した。歩いて帰るなんて考えただけでもうんざりする。携帯電話の受信状態はきっと悪いはずだ――圏外でないとすれば。虫しか住まない町からレッカー車を呼んでこれる可能性はゼロだ。

ラジオ局がどんどん減って、まれになっていく。ひとつ消え、次の局がゆっくり圏内に入ってくる。父親がダイヤルを回し、雑音に挟まれたニュースか、「トップ40」の細切れのごった煮よりもましな音を探した。だが、雑音が夜を支配する。

「受信が悪い」父親がぼやいた。「洗車のとき、アンテナが曲がってからずっとだ」

「何にもないのかも」

「いや、局はたくさんあるさ。ガソリンスタンドにアンテナ代を請求するべきだった」

「この車の?」

「どういう意味だ?」

「もう年なんだよ、パパ」

「ヴィンテージっていうんだ」

「『古い』って意味のおしゃれないい方だ。新しいラジオを買えば」

「何度いわせるんだ？　ラジオじゃない。アンテナのせいだ」

「何でもいいよ」

「考えてみると、お前が正しいかもな。ラジオ代を請求できたかも。そうすべきだった。なのに、ナイスガイぶっちまった。〝ああ、たいしたことないよ、たかがアンテナだ。気にしないでいいよ、洗車の店長さん〟、てな」

ケヴィンがくすっとした。「そう呼んでるの？」

父が顔をしかめる。「いいや、もちろん違う。名前を知らないだけだ。おれはただ……大ごとにしたくなかったんだ」ため息をついて局探しをあきらめ、雑音を低いつぶやきにまで下げて、何か引っかかるのを期待する。「ほかの話をしよう」

最悪だ。最初にラジオがだめになった。次は何だろう？　これは警告かも。悪い予兆かなんかで、ブロンコがぐちゃぐちゃに壊れるか爆発するかどうにかなる。暗闇――完璧な孤立状態――が、奇妙なぐらいケヴィンを不安にさせた。墓場を通るときは口笛を吹けということわざを聞いたことがある。しつこくまといつく暗い考えを追い払う方法だ。ブロンコがエンコして、ぶんぶん飛び回るイリノイ州原産の虫どもの、気の進まない血液ドナーになるという考えが頭を離れなかったため、お気に入りの話題を喜んで話した。カレッジフットボール。「あんな試合、あり？」

「いつでも勝てるわけじゃないさ」父親は気まずい話題を終わらせたいみたいな口ぶりだ。

「先週勝ってたらって想像してみてよ」ケヴィンはなおも食い下がる「リーグ十八位のオフェンスを破ったのに、ボールを守るのを完璧に失敗した。マイナス八ヤードで今季最悪のマーク、トータル二九五ヤードで五回のターンオーバー（攻守交代）だよ」

「ボロ負けだ」

「ターンオーバーが五回だよ。頭にこびりつかない？」

「試合をするなら短期記憶を持つんだ、ケヴィン」

「うん、だよね」まだ話をやめようとしない。「ランドールが二八点奪った、二一点は決定的な後半に」

「進み続けた、勢いが衰えずに」父親はハンドルから手を置いたまま、かすかに肩をすくめた。「そういうときもある」

「選手たちはあのあと自信をすっかりなくしてた。びくついて試合した。負けないように試合したら普通は何が起きる？」

「負ける！」ふたりは声をそろえていった。

　スピーカーから雑音が響き、低いハム音が聞こえてきた。父親が音量をあげて登録しておいた局のボタンを押したが、まだ圏外らしい。再びいらついてダイヤルを左右に回し、何でもいいから聞くに堪えるものをとらえようとした。

「ぼくにやらせて。パパは……運転に集中しなよ」

「何をしてると思ってんだ？」父親がぼやく。「一日じゅう運転してたんだぞ」

ケヴィンはこんな想像をした。ラジオに気をとられた父親が道路をはずれ、溝に突っこんで車軸が折れる。虫がたかる合図。そのためケヴィンはダイヤルをいじり、音楽かトーク番組に合わせようとした。こうなったらお天気番組だって構わない。霧の薄い膜が車の両脇と前方の道路低くの空気にたちこめ、視界がさらに悪くなる。

一瞬、スピーカーから男の声がして債権利回りと住宅ローンの利率について話した。よくてもくそみたいにたいくつな話ばっかりだ。でも、父親の気が休まるかもしれない。「ほら、何かみつけ――」鋭い雑音ががなり、不毛なラジオの孤独な声を飲みこんだ。

「くそっ！」父親だ。「ラジオはなしにするか？」

「いいよ、パパ」ケヴィンが父親を見ると、ちょうどラジオを見下ろしており、目を――

「パパ、前！」

ヘッドライトの届く一番奥に、白いシャツ、白いズボンのやつれた男が、道の真ん中に立っている。最初、ケヴィンは幽霊かと思った。ブロンコが走り過ぎる霧の断片ぐらい実体感がなかった。だが、細部――シャツのしわ、すそについた泥のしみ――が形をとった。ケヴィンの父親はブレーキを踏み、衝突を避ける。ブロンコがスリップして止まったが、運転席側のドアから数センチ離れて静かにたたずむ男は車を避けようとしなかった。

ヘッドライトに照らされた鹿みたいに、とケヴィンは思った。だがそれはショックを受けたというよりも、まるでどうなろうと気にかけていないか、ブロンコは自分を傷つけられないと信じてでもいるようだった。ケヴィンが顔をあげるのが一瞬でも遅れていたら……「まいった」父親は息を詰めて真っ青になり、ハンドルに置いた手が震えていた。「突然現れやがって……」

だが、ブロンコが近づく以前に男はずっとそこにいた。霧と闇に包まれ、ヘッドライトが照らしだすまで。分別のある人間の振る舞いではない。「あの人何か変だよ、パパ」

「まだ生きててくれてよかったよ。何であんな格好なんだ？　皿洗いか何かか？」

「さあね。聞いてみたら」

「そうだな」父親が運転席側の窓を下ろした。手が少しおぼつかなさそうだったが、もう震えてはいない。窓の外に向かって呼びかける。「どうかしたのか？　あんた」

男はつかの間、父親を見つめた。それから何か、男だけに聞こえるか見えるものに気をとられ、ひとことも発せずに離れていった。

「あー、やばいよパパ、見て」

左の方に男が数名、丈の高い草のあいだを墓場から抜け出した幽霊のようにふらふらうろついている。似通った白いシャツとズボンを着ており、そでかズボンに「ＳＧ」の縫い取りのある者もいた。つまり、本人のイニシャルじゃない。まごついてるか迷子か……病気に見えた。

「病院の患者かな?」

「こんなところで、こんな時間に? 何だ? 夜の遠足か? このあたりに病院はないぞ。ただ……」

ケヴィンの疑問は、木立のそばに停止している護送バスを見た瞬間に消え去った。道路をそれて越え、急な土手で止まったらしい。重なりあう木の枝の下に、非常灯がまたたいている。

「見て」ケヴィンが指を指す。「木のそば」

父親がバスを見てうなずいた。「衝突事故じゃないな。たぶん故障だ。責任者はどいつだ?」

ケヴィンが首を横に振る。

「ここにいろ、ちびすけ《ランピー》」ニックネームが定着してしまう前に背がのびるよう、ケヴィンは願った。「見てくる」

ブロンコを降りる前に、父親はグローヴボックスから弾倉をとり、それからフロントシートの後ろに手を伸ばして吊《つ》り下げられたラックから、二丁のライフルのうち一丁をつかんだ。

「パパ、何でライフルを持ってくの?」

「何でもない」素早く父親がいった。「後悔先に立たずってやつだ」

やつれた男はブロンコからふらふら離れ、草むらの方へとほかの患者たちに加わりに行った。ケヴィンの父親は男を通り越し、集団の方へ向かって叫んだ。「おい！　大丈夫か？　何ともないか？　助けがいるか？」

「このあたりに病院はない。ただ……」

そのひとこと、「ただ」がケヴィンの頭に引っかかった。何をはしょったにせよ、憂慮すべきことだったらしい。片田舎の血を吸う虫よりひどいものがあるのかも。何とか電話が通じるだけの電波が来ているように願い、携帯をとりだして画面を見た。バッテリー残量は少ないが、棒が二、三本立っている。ケヴィンは緊急通報の番号を押した。棒が一本、またたいて消える。呼び出し音が鳴り、雑音が入るなか、デジタル信号が回復しかける。

がんばれ繫《つな》がって――

ピシャ！

何かが窓にぶつかり、ケヴィンを揺らした。

「わあ！」

携帯を危うく落としかけたそのとき、スピーカーから落ち着いた声が聞こえてきた。

同時に右手でした大きな音にびっくりして、窓に注意を向ける。うろついていた亡者がブロンコの助手席側に立ち、分厚い手のひらを強化ガラスに押しつけていた。大きな手から目を引きはがし、自分を見つめる丸顔に注意を移すと、相手は気が違ったようににやついている。笑顔の裏で「出てきて遊ばない？」という声を想像した。

ケヴィンは無言で首を横に振る。

笑みを貼り付けたまま、ようやく大柄な男はきびすを返し、ふらふらと離れていった。男の腰回りに鎖がベルトのように通され、はずれた手錠らしきものがベルトに付いた別の鎖からぶらさがっているのが見えた。

緊張から解放され、携帯から聞こえる励ましの声がじょじょに耳に入ってきて、ケヴィンはやりかけの仕事に戻った。「はい？　ハロー、もしもし」急いで反応する、緊急通報対応のオペレーターがいたずら電話だと思って切ってしまうのを恐れて。「事故か何かがあって……バスが停まってます。人が道路をうろつき回ってて……」当然、オペレーターの女性は場所を知りたがった。「ちょっと待って」

ケヴィンは窓の外を見た。ブロンコの背後は暗すぎ、ヘッドライトの届かない前方は何もない。アイディアがひらめき、ハイビームをつけてヘッドライトの範囲を広げた。携帯を口もとに持っていき、説明する。「道標《マーカー》がありました。三六五キロみたいです」

「マーラ・ロードにいるの？」

「そうです。オールド・ギブス・ブリッジを過ぎた裏の道」

「けが人は？」

「パパが見に行きました。わかりません。待って、見てくる……」

あたりを素早く見回してブロンコのそばに誰も潜んでいないのを確かめてから、ドアを開けて外に出た。懐中電灯がないとはっきりしないが、患者はみんな消えてしまっていた。電話をしていたのはほんのちょっとのあいだなのに、あたり一帯に人気《ひとけ》がない――静かだ。

ケヴィンは神経質に父を呼んだ。「パパ？」

答えはない。

いったいどこへ――？

もちろん、みんなバスに戻ったんだ。でも、パパは？　やはり見あたらない。もしかして――？

「ただ……」

ケヴィンはブロンコに戻ると後部に手を伸ばして狩猟用ライフルをつかみ、汗ばんだ両手で握りしめた。緊張のあまり、くすくす笑いが口もとから漏れる。ほんの少し前、ケヴィンの最大の恐怖は虫刺されだった。今は、自分たち父子が何に直面しているのか、さっぱりわからない……

前方のバスに目を据える。非常灯が誘うようにこちらに向かって点滅している。砂利を踏みしだきながら、路肩を歩く。次の一歩でブロンコのヘッドライトが投げる明るいコーンから出て、丈の高い草むらと、真っ暗闇のなかに入った。地面はでこぼこし、石ころが転がり――走ることになったら危険だ。ゆっくり気をつけて進んでいると、突然草むらから片腕が突き出され、足首をつかまれた。

ケヴィンははっとして息を呑んでよろめき、倒れそうになる。

目をこらすと、黒っぽい制服が見えてきた。険しい顔とクルーカットは軍人を思わせる。男の顔は血の気が失《う》せ、血を流していた。死にかけているのは間違いない。最後の力を振り絞って、ケヴィンを止めたらしい。

「助けてくれ」

かがんで男をよく見ると、血まみれだった。胸ポケットの名前は〝クネマン〟とある。

「警察がこっちに向かっています」ケヴィンが励ました。希望を持たせろ、持ちこたえるかもしれない。「何があったんですか？　父さんはどこ？」

クネマンが口を開いて何かつぶやいた。それから顔をそむけて血の塊を吐きだした。

内部出血してる？　どれだけ悪いんだろう？　何が起きたんだ？　ケヴィンに何か伝えようとしたが、その声は弱々しく、ことばをなさなかった。「何ていって――」ケヴィンが問いかけたそのとき、クネマンののどが鳴り、口から血が吹きだした。

あわててケヴィンが立ちあがる。「待ってて。パパを呼んでくる」

ケヴィンに応急手当ての知識は何もなく、男を助けられもしなければ、血を流して死んでいくのをただ見ているしかないのにも耐えられなかった。父親ならどうすればいいか知っているはずだ。警察と救急車が来るまで、ふたりで何か思いつくだろう。

「だめだ」クネマンの声は、必死に絞り出したせきのように聞こえた。手を動かして再びケヴィンの足首をつかもうとしたが、離れ過ぎて死にゆく男の手には届かなかった。「逃げろ」

　ケヴィンはクネマンがもっと何かいうかと思ったが、頭が落ちて、目が上を向き失神した。一瞬戻って彼の脈をとり、死んだのか気絶しただけなのか確かめようと思ったが、その考えに震えあがった。どちらにしろ、この男にしてやれることは何もない。ケヴィンは周囲をうかがい、闇に目をこらした。ブロンコからは遠く離れ、バスの非常灯の点滅のみが周囲をうかがう助けになった。

　両手の汗をズボンでぬぐい、ライフルを掲げて握りしめ、狙いをつけたが、標的は見えない。心臓が高鳴り、慎重に一歩ずつ歩いてバスとの距離を縮めていくあいだも、一瞬後には別の手がのびて足をつかまれはしないかと心配した。

　バスに近づくと、車体に書かれた文字がやっと見えた。イリノイ州矯正局。刑務所のバスだ……

「パパ？」父親がバスから出てきて、この場はパパに任せ、ブロンコに戻って警察を待てといってくれるのを期待した。昔ながらの恐怖、小さい頃に抱いた暗闇への恐れをこれまでにないほどリアルに感じる。ベッド下の怪物、クローゼットに潜むブギーマン。バスの開いたドアが目に入ったとたん、それらの歳月は溶けて消えた。「パパ?」

ライフルを視界に入るように右目近くにあげ、暗い車内のバスに足をかけて階段をのぼると、重みで金属がきしむ。

最上段に届く前に、大きなハンドルにもたれかかった運転手が目に入った。運転手が心臓発作を起こしたのなら、バスが道路をそれて激しく揺れながら木にぶつかった説明になる。だが何かがおかしい、運転手の首が……

バスの奥を覗《のぞ》きこむと、死んだ運転手と前部を隔てる金属の仕切りが大きく開いていた。だが、ほかには誰も――

そのとき、刑務官の制服姿の男が床にのびているのに気がついた。体の一部は座席に隠れ、血に濡《ぬ》れた首をさらしている。

「わあ、やばい!」ケヴィンはささやいて、がたがた震えた。「パパ……?」

ライフルの銃身を左右に振ってから元の位置に戻し、注意深く足を前に踏みだす。もう一歩――

そのせつな、素早い動作で、誰かが座席の下から起きあがった。

「撃つな!」

暗いバスのなかにライフルの音がこだまして、耳をつんざいた。

突然の動きに、精神科の患者（あるいは囚人）に襲いかかられるのを恐れ、引き金に置いたケヴィンの人差し指がけいれんしたのだ。

弾は白髪の男性の左肩に命中し、体がよじれた。

ケヴィンは相手がビジネススーツ姿なのにはっと気がついた——病人服でも囚人服でもない。それから男がくずおれる。

「ああ、どうしよう」

関係ない人を撃ってしまった！

パニックになってケヴィンは駆け出し、どたどたバスを降りて丈の高い草むらを駆け抜け、自分をつかまえて止めようとする手があったとしても構わずにブロンコめがけてまっしぐらに突進した。一度よろけて足首をくじいたものの、起き直り、路肩を超えて運転席側のドアまで走った。幸い、父親はキーをイグニションに入れたままだ。あわててドアを開け、ライフルを空いた助手席に放って運転席に滑りこむ。

どこに携帯を置いたか思い出せない。ダッシュボードの上かと思ったが、ない。加えて、バスの様子を見に行く前に助手席のドアを閉めたか思い出せない。関係ない、自分にいい聞かせる。あとで心配しろ。

イグニション・キーを回す。免許はなく、運転を許される年齢ではないが、ハンドルを握った経験なら多少あった。父親が無人のショッピングセンターの駐車場を走り回らせて、ケヴィンの好奇心を満たしてくれたことがある。それに、道路には車がない。ほかの車にぶつかる心配はなかった。ゆっくり、慎重に行くんだ。

ギアをドライブに入れる前に、バックミラーを調整して後ろの道路を見た。リアウィンドウに照り返るテールランプの光が遮られ――

暗い人影が背後で起きあがる。

ケヴィンは警戒して、息を止めた。

半分影に隠れた無表情な顔とつぶれた左目、白い上着がケヴィンの目に飛びこんでくる。

力強い手が細いのどを締めあげた。やがて、ケヴィンの視界は暗闇に覆われていった

――

第十一章

「怖がらせてごめんね」ローリーはアリソンを近くに引き寄せた。「あなたのおばあさんはボケたわけじゃないの。ちょっとのあいだとり乱した、それだけ。二度としない。約束する」

ついで腕をほどき、あふれる涙を指でぬぐう。アリソンの目も、涙で濡《ぬ》れていた。だがローリーは孫娘の涙のわけが、車の前に飛び出しかけた祖母を目撃したことに限らない点に心を痛めた。むろん、そのためにおびえたのは疑いないが、それは単に今夜、レストランで見せた祖母の許しがたい醜態のあとで肝を冷やしたというだけだ。どれだけ変わろうとしても、ローリーは娘を遠ざけ、孫娘を失望させ続けた。

「よかった」アリソンが遠慮がちに笑う。「おばあちゃんを失いたくないもの」

「その倍の気持ちよ、お嬢さん」ローリーは涙を飲みこんだ。自分がいない方が、この娘《こ》の精神衛生のためにはよいのではないだろうか。「それに、あなたの特別な夜をぶち壊しにしてごめんなさい」

「してない。大丈夫……」

わたしが現れるまでは。たぶん食事に遅れてきたのはいいことだったんだ。

ローリーが顔をあげると、カレンが通りの向こうで距離を置いて立ち、孫との時間を邪魔しないように見守っていた。車が途切れ、レイとキャメロンがやってくる。キャメロンはアリソンのトロフィーと携帯とコートを持っていた。ふたりはカレンを迂回《うかい》してローリーとアリソンの方へ向きを変えた。

ローリーはアリソンを振り向いた。「もう行かなきゃ……」

「残っててもいいのに。よかったら、家に来て」

「行った方がいいの。今のわたしは変人だから」ローリーが微笑む。「その点については全員一致ね！　あなたのママがいうように〝やり直し〟しないと。次からは仕切り直してくるよ」

「すぐだよ。約束」

「約束する」ローリーはアリソンの手を両手で握りしめた。

アリソンはローリーの頬に素早くキスをして、背中を向けると拳を震える唇に押し当てて、母のもとへ駆けていった。ローリーは追いかけていってなぐさめたい衝動に駆られたが、そのつとめは母親のものだと悟った。いつも母親がそばにいる。ローリーは距離を置きすぎた。家族との絆《きずな》はあるにせよ、すり切れて、今にもぼろぼろに崩れてしまいそうだ。

あいつに関しては、自分ひとりで向き合わねばならない。護送バスに乗り、形式上はこちらの人生から永遠に去っていく場面を見たあとでさえ、あいつの脅威を忘れることはできなかった。やつが生きているあいだは、たとえ警戒の超厳重な施設に監禁されようと、四十年前のつけを払いに戻ってくるという恐れを心から解き放てなかった。ひどく落ちこんだときは、あいつが死んだあとでさえ自由になれるのか、いぶかしんだ。あの夜の記憶に死ぬまで苛《さいな》まれるのだろうか。これから先も、正常な人間関係を妨げ続けられるのだろうか？

レイとキャメロンが近づいて来たが、アリソンはふたりをやり過ごして、母親の腕のなかへ駆けこんだ。

レイはピックアップ・トラックの横にいるローリーに歩み寄った。あきらかに何か思うところがありそうで——たぶん何をいわれるにせよ、自分はそれに値《あたい》するのだろう。先手を打って過ちを認めて矛先《ほこさき》をかわそうとした。「そうね、レイ。やらかしたわ。二度としないと約束しても、きっとまたする。わたしは完璧な人間じゃないけど、努力している……よくなろうと」

レイがローリーを見つめる。

「これでいいかしら？」ローリーが訊《き》き、笑顔をひきつらせる。

「運転できるのか？」

レイが疑わしそうに聞いているところに、キャメロンがやってきた。

「キャメロン、会えてよかった。ほんのつかの間だけど。もっとよく知りあう機会が来るといいわね――もっといい状況で」ローリーは心の底からそう願った。
「ええ、そうですね」キャヤメロンがうなずいた。
一、二歩下がったあと、さりげなく左右を見回し、キャヤメロンがその場を離れる。
「質問に答えてない」レイが食い下がった。

「もちろん運転できる」

「酔ってるようだが」

「わたしの問題はアルコール関係だけじゃないの。今日はもっと……いろいろあって。でも、もう大丈夫――ましになった」

「あの子は祖母を愛している」

ローリーがうなずく。熱い塊がのどにこみあげてことばが出ない。

「がっかりさせないでやってくれ」

ローリーは「そっちもね」とつぶやくようにいった。責めたてないでくれたことには感謝した。ある種の和解だが、ちょっとだけだ。ものいいには警告が含まれていた。

確信をこめてローリーはいった。「させないわ」

レイはキャヤメロンとその場に立ち、ローリーがピックアップに乗りこんで緑石から離れ、車の流れに入って行くのを見送る。ローリーは深呼吸して気を静め、バックミラーに目をやり、視界から遠ざかるふたりを見つめた。ローリーと離れていれば、ふたりはごく普通の人間だ。誰もが望むもの。普通の暮らし。決してローリーには手に入らない。

ローリー自身は家族を失望させるつもりは露ほどもなかった。だが彼らの命と安全を、普通に生きることよりも優先させた。ローリーはカレンをブギーマンに立ち向かえるように――生きのびるため――育てた。カレンは幸いにも敵を一度も見たことがなく、そのためにローリーの極端な行動を理解することができなかった。意志の戦いの片側、執念深い悪魔との戦いに備える母の姿を知るのみだった。

「ブギーマンは殺せない」

ローリーはトミー・ドイルの恐ろしいことばを決して忘れない。あの晩、ローリーが子守《ベビーシッター》を頼まれた子ども。ブギーマンを殺せないなら、どうしてガードを下げられる？　悪魔から「逃げのびた人間」として、ローリーに安全な日が訪れることはない。恐怖から隠れて暮らす代わりに、そのときに備えて準備する方を選んだ――〝もし〟ではなく〝そのとき〟に備え。ローリーのせいで、カレンとアリソンも危険だった。ふたりに迫る危険がローリーにはわかっていた。たとえふたりには理解できなくても。

娘のカレンの場合、〝知らぬが仏〟とはいかなかった。それどころか、自分の母親とその奇妙な振る舞いにおびえた。カレンはローリーから引き離され、その結果、普通の子どもらしい生活を送れた。アリソンを祖母である自分から遠ざけるのはそのためだ。これまでの行状と態度を見るにつけ、娘はアリソンを祖母から離した方がいいという信念を新たにする。

アリソンは典型的なティーンエイジャーの反発心で、束縛を嫌ってローリーに近づいてくる。だが、あともうひとつかふたつ、今夜のような件があれば、ストロード家の次世代を自分から遠ざけるのに成功するかもしれない。

自分自身を苦しめ、「こうなったら」だの「ああだったなら」だのとどれだけくよくよしようと、ローリーにとって逃れようのない真実は、もし今の状態がわかっていたとしても違う手段はとらないだろうということだ。今このときでさえ、つらい道のりを歩んだおかげで未来への備えができたと信じている。もしやつが死んでローリーが間違っていたとすれば、後悔するかもしれないが、確信は揺るがない。

まだあいつの最期を目にしていない……

＊

カレンは娘を抱きしめ続け、〈ベリーニ〉でとり乱し、レストランの外で車と衝突しかけた祖母につきあって、たかぶった感情がある程度静まるまでそうしていた。ようやく落ち着いたとみると腕をほどいて娘の肩を抱いたが、まだ離しはしなかった。

レイとキャメロンはローリーについて短く会話を交わし、緑石を出るピックアップから離れた。

「あの姿を見る必要があったの」カレンがアリソンにいい聞かせる。「知っておく必要があった。ママはあるときは伝道師かと思うと、次の瞬間には傭兵《ようへい》になる。わたしは他人を誰も信用するなと教えこまれたわ」子ども時代の話をすると、鮮明なイメージが心に浮かぶ。突然八歳の頃に戻り、鹿狩り用の小屋に座って母がとなりでライフルの狙いをつけ、引き金を引く――バン！

「うちの家は、掩蔽壕《えんぺいごう》だった。子ども時代はずっと閉じこもって生活していたの。ママのパラノイアが起きるたびに地下室に隠れてた。今でもあの部屋の悪夢を見る」カレンは間《ま》を置き、生々しい記憶を振り払おうとした。じめついた地下室、よどんだ空気、母親が心配そうに耳元でささやき、生涯続く悪夢の種を植えつける。やはり八歳のカレンが、地下室の床をモップがけしており、見あげると階段の上からシルエットになった母親が見下ろしていた。

「学校に行かせてもらえなかった。その代わりに銃の撃ち方と戦い方を……」十歳のカレンが木にぶら下がった自家製サンドバッグにパンチやキックを入れるそばで、母親が叫んでいる。「もう一度！　もう一度！」裏庭にはタイヤのブランコもハンモックもない。重いサンドバッグと様々な射撃用の標的だけ。

「ソーシャルワーカーが来てわたしを連れていくまで……」十二歳になり、背がのびたカレンがカントリー・セダンの座席から窓の外を覗《のぞ》き、ポーチに立つ母親の遠ざかる姿を見つめている。あのときカレンは世界中でひとりぼっちの気がした。だがトラウマ的な別離から一年も経《た》たずにほぼ健全な子ども時代を送りはじめ、母親の世界を支配する閉所恐怖ともパラノイアとも無縁になった。「ママが頭に植えつけた強迫観念を忘れ去らなきゃならなかった」

レイが母と娘に近づき、あとからついてきたキャメロンからコートを受けとったアリソンはそでを通し、冷気をよけた。娘から妻に視線を移し、レイがいった。「君のお母さんをさっぱり理解できない」

「ママが選んだのよ。執着し続ける道を」

「平等を期せば、反対じゃないか?」

「違う。母に起こったことをいってるんじゃない。母の反応をいっているの。大人になったあとの人生全部を費やして、過去の準備をしているみたい。毎日あいつが戻ってくるっておびえて暮らしている。もうどうしたらいいかわからないのよ」

「ああ、〝ブギーマン〟はもうとっくの昔にいなくなった」レイは腕時計を見てからいった。「だからあの人も折り合いをつけないとな」

「母は壊れてる、レイ。できるとは思わない」

＊

フランク・ホーキンス保安官補は、〈ケイシーズ・クイックストップ〉の奥に設置されたお気に入りのピンボール台で、魔法《ウィザードリィ》の腕を披露していた。宇宙戦争がテーマの台で、バックボックスには真っ赤なフォントで〝ミッション：アルファ〟と書かれた文字と、宇宙船と触手のあるエイリアンの絵が描かれている。デザインがどことなくホーキンスのお気に入り映画『宇宙戦争』を思わせた。ジーン・バリーのバージョンで、トム・クルーズのリメイク版ではない。シンプルな時代。地球の細菌みたいに原始的な存在で圧倒的な惑星侵略を阻止できると考えて安心していた時代。近頃じゃ、ずっと昔に退職のタイミングを逃してからこっち、簡単な答えなんて何ひとつありはしない。映画のなかでも現実の生活でも。すべてが複雑極まりなかった。

少なくとも、ピンボールはシンプルなままだ――盤面の揺らし方をこのウィザード・ホーキンス様ぐらい心得ていれば。まさしく、ホーキンスは絶好調だった。〝ミッション：アルファ〟の文字が点滅し、ピロピロ、ビービー、カチカチ、パチパチ電子音をたてる。ベルの音と、チカチカする明かりが光線銃の効果音と爆発音と一緒に散らばる。スコアは天井知らず、ホーキンスがフリッパーのボタンをはじき、銀玉を跳ね回らせるあいだ、台全体が震えた。

休憩中の保安官事務所の同僚、コーリーとスタンフォードのふたりが彼の両側に立って眺め、たまにアドバイスを寄こす。遅番の店員シャミールがカウンターのそばに立って、スラッシーのディスペンサーから大きなプラスチックのカップにドリンクを注いでいる。

「ねえ、ホーキンス。いちごスラッシーとブルーラズベリー・スラッシー、どっちがいいの?」シャミールが呼びかけた。

「今ウィザード・モード中だ、シャミール」跳ね回っているボールから目を離さず、ホーキンスが叫び返す。「よければコーヒーをくれ。ありがとう。あとで払うよ」

「おれはいちご」スタンフォードがいった。

にやついて、コーリーがいった。「もちろんな」

「どういう意味だよ?」スタンフォードが身構えるように訊いた。

「お前はいつもいちごじゃないか」

「いや違う」

「そうだよ。い・つ・も・決まって。だよな、ホーク?」

「話しかけるな」

スタンフォードが肩をすくめる。「自分の好みはわかってる」

「一度変えてみろよ」

「いちごに不満はない」

「ブルーラズベリーを飲んでみなって！」

「静かにしてくれないか？　マジックをやってて……くそっ！」

一度の打ち損じで、ボールがフリッパーとフリッパーのど真ん中にほぼスローモーションで落ち、手も足も出なくなった。ボールが盤から消えるとともに、拳の先でガラスをコツンと叩《たた》く。「まじか？」

「台を壊さないでよ」シャミールが厳しくいって、あわてててつけ加えた。「おまわりさん」

「法の番人は負けるようにできてるのさ」コーリーがおどけて首を振る。「どう転んでもな」

少なくともスタンフォードはためになる意見をいった。「ボールが緩くなってきたらバウンスパスはするな。あの壊れたフリッパーに当たってからスリングショットの底を叩いて真ん中に落ちる」

「そのアドバイス、六十秒前にいってくれよ」

「おい、おれはウィザードじゃないぜ」

「そうかよ」

次のボールが現れ、そのとたんホーキンスの無線が鳴った。

〝ユニット六〇一へ。マーラ・ロードで衝突事故《10−50》。応答せよ〟ため息をつき、ホーキンスは手を伸ばして無線のリモートスピーカーマイクの送信ボタンを押した。「了解。現場に向かう」

シャミールがホーキンスを呼びとめてコーヒーを渡した。

「ありがとう」コーヒーをすすり、親指を立て、それから同僚に叫ぶ。「おいコーリー、ゲームを代われ。法の番人は負けるようにできてるんだ」

コーリーは二分ともつまい。絶対だ。

ホーキンスがコンビニエンスストアを出ると、板ガラスのドアが背中で閉まり、スタンフォードが叫んだ。「持ち場に戻れよ、ホーキンス。〝保護と奉仕〟だ」

ホーキンスが笑った。「くたばれ、スタンフォード！」

＊

パトカーに乗りこみ、ホーキンスは事故現場の正確な位置を知らされた。マーラ・ロードのうらさびれた道を走り、マイル・マーカーと点滅している護送バスの非常灯を見つける。パトカーの速度を落とすと、木の幹と垂れ下がる枝を背景にバスの輪郭が浮かびあがった。しばらく、なぜバスの運転手が路肩を越えて土手まで走らせたのか、首を傾げる。故障したとかガス欠とかじゃない。居眠り運転か、心臓発作を起こしたか。鹿を避けようとしたのかもしれない。

路肩に車を寄せ、ライトバーをつけ、赤と青にまたたく照明で現場を照らした。ホルスターの銃に手を置き、パトカーを降りてバスの乗客を探したが、誰もいない。

「保安官事務所の者だ！」暗闇に向かって呼びかける。「助けが要《い》るならいってくれ！」

一歩前に出て、危うく何かを踏みそうになってよろけた。制服姿の男が路肩の砂利道《じゃりみち》で血まみれになり倒れている。ホーキンスは放棄されたバスに注意を向けていた。あと一メートルも車を進めていたら、死体を引いたかもしれない。

ホーキンスはマイクの送信ボタンを押した。「応援要請。警官一名が負傷。警官がやられた。応援がいる。至急応援を頼む」

〝了解、六〇一〟通信指令係が答える。

ホーキンスは自分を健康だと、とりわけ六十代にしては優秀だと思っていたが、かがんでうつぶせの男の脈を測ろうとしたときに年季の入った膝に痛みが走り、無言で寿命を訴えてきた。不幸にも、クネマン――制服に縫い取られた名前――は手の施しようがなかった。

現場から背を向けることなく、ホーキンスはパトカーに手を伸ばしてシュアファイア・ウェポンライト（銃に装着できるフラッシュライト）つきショットガンを持ちあげていつでも撃てるように構え、前方に忍び寄り、バスの車体に沿ってライトを動かす。「〈イリノイ州矯正局〉か。まずいな」

バスの後部の何かをホーキンスの目がとらえた。二、三歩近づくと、点滅する非常灯を浴びて座っている人影が、ぎこちなくこちらへ顔を向けていた。

ホーキンスはライトをまっすぐ人影に当てた。

「手をあげろ！」

動かない。

「今すぐ！」

反応なし。もう二、三歩近づいて、謎が解けた。男は四十代の民間人で、ことされていた。頭が極端に傾き、ぱっくり口を開けている。間近から当てたライトが折れた首を露《あら》わにし、色の失《う》せたのどの肉が、砕けた背骨に押しあげられて引きのばされていた。

男のかたわらで、少年（十代、男の息子だろう）が血の海に横たわっている。保安官事務所に通報してきた子どもと思われる。のどを痛めつけられており、ホーキンスは片膝をついて手首の脈をとった。止まっている。

バスのなかから声が聞こえ、ホーキンスはバスの後部に視線を向けた。ドアを試すと錠はかかっておらず、開けて暗い内部を覗きこむ。左手でドアの枠を押さえながら車内に乗りこみ、ショットガンとライトを前方に向けていった。

「手をあげろ！」

弱々しい声が応《こた》えた。「無理だ」

声を追ってライトを向けると血まみれの体が座席に繋《つな》がれている。白髪に口ひげ、茶色のビジネススーツ姿。目をすがめた男は、肩傷の痛みに息を呑《の》み、弱った体が座席から半ばずり落ちていた。

「しっかりするんだ。救急車を呼んだぞ」傷は致命傷に見えなかったが、どれだけ失血したのか、ほかにも傷があるかもわからない。男はホーキンスと同じぐらいの年に見え、ショック状態か心臓発作を起こす危険があった。財布の身分証によると、スミス・グローヴの医師、ランビール・サルテインとある。「しっかり！」

突然、サルテインが顔をあげた。勢いよく、極めて重要な何かを突如思い出したように。目を見開いてたずねる。「彼は……彼は逃げたのか？」

男のことばから、ホーキンスは今夜ここで少なくとも三名を殺害した犯人は単独らしいと推測した。

「誰が？」ホーキンスの質問に答えない。「誰だ？　誰が逃げたんだ？」

サルテインのまぶたが閉じてきて、一時的な活気が消え、意識を失った。

鳴り響くサイレンの音が近づいてくる。

第十二章

十月三一日

濃いコーヒーに加え、デーナは一日のはじまりを熱いシャワーに頼っており、それ抜きではぼんやりした頭でだらだら朝を過ごすことになる。残念ながら、安モーテルの水圧はけだるい筋肉を刺激するには役不足だった。それとも非難すべきはノーブランドのシャワーヘッドの方か。標準かつ唯一の設定は、よくてもしとしと雨だ。たっぷり時間をかけて長い赤毛をシャンプーし、泡をすすぐのにとんでもない時間がかかった。コンディショナーをスキップしなければ熱いお湯が尽きてしまっただろう。

頭をシャワーヘッドの真下に下げて目をつぶり、じっと立ちつくして髪に水を通す。時間短縮のため、毛先の泡と水気を手で絞る。

かすかな音——きしみ音——がしたが、自分でたてた覚えはなく、はっとなった。

顔をあげ、半透明のシャワーカーテンを見透かそうとまばたきをして目から霧のスプレーを追い払う。シャワーから流れ出る水がバスルームから先へ広がる。想像力が暴走し出したようだと思い、シャワーヘッドに向き直りかけ、固まった。長方形のドアが数センチ変形して、開いた。

さっきのはドアノブの回る音だったの？　蝶番《ちょうつがい》のきしみ？

一瞬後、ドアの手前で影が動いた。シルエットははじめ、おぼろげで――。数歩近寄ると、ぼやけた形は人の姿をとってじっとたたずみ、待っている。シルエットの何かにデーナは胸騒ぎを覚えた。どこかしら、いびつだ……人間にしては。

原始的な恐怖がデーナを襲い、声を奪われ息が詰まった。

突然、人影の腕があがり、シャワーカーテンの端をつかんで横に払いのけ、露《あら》わになる。

男は一糸まとわず――マイケル・マイヤーズの青白いマスクと茶色の毛髪に隠された顔以外――デーナの前に立った。叫び声はのどもとで立ち消え、安堵《あんど》に押し流される。顔を隠していても背の高い体つきでわかる。

「もうひとりいい？」アーロンが訊《き》いた。

デーナが笑う。「そのひどいしろものをとってよ」

アーロンはマスクの後ろに手を回してはずした。

「もう、アーロン。怖くて死にそうになったじゃない。コーヒーを買いに行ったと思ってた」

「何年前の話だよ。どれだけシャワーを浴びてたんだ？」

「二、三年間？」

「そうみたいだ」アーロンは考え深げにマスクを見た。「これをつけたとき、ある性向というか……マスクの歴史に触発される渇望を感じたよ」

「お願い、殺さないで」

アーロンはマスクを洗面台に置いた。それからデーナの手をとって唇に持っていく。リージェンシー・ロマンス小説（英国の摂生時代を舞台にしたもの）で貴族が淑女にあいさつするように――ただし細かい部分、ふたりともヌードでひとりは泡だらけという点はのぞく。

「絶対殺さないさ。ぼくには君の笑顔が必要なんだ」

「早く入って」デーナが笑っていった。「冷えちゃうでしょ」

アーロンがシャワーブースに入り、後ろ手にカーテンをしめて温度と湿気を閉じこめた。両手をデーナのウエストに回し、尻のふくらみまで下ろして引き寄せる。

バスルームの開いたドアから、テレビのくぐもった声が聞こえた。アーロンがつけっぱなしにしておいたのだ。無人のバスが前夜道路脇にうち捨てられていたとかどうとか、レポーターが伝えている。デーナにはもう聞こえず、アーロンに引き寄せられて長いキスを唇に受けると、シャワー室の親密な狭さに注意のすべてを向けた。アーロンの高まりを感じ、デーナはつぶやいた。「コーヒーなんて誰が要《い》る？」

*

アリソンは走りながらやや前傾姿勢になって、朝ランの速度をあげた。新たな一日。新たなスタート。祖母はやり直しについて話した。だが、リセットするごとにわずかながらも逆戻りが組みこまれ、同じ過ちを繰り返しまうのが人の常だ。過去は変えられない。だから新しい選択、新しい経験に望みを繋ぐ方がいい。

母は祖母への非難を止められず、祖母はこれまで続けた自滅型の習慣をやめられない。アリソンはふたりに機能不全の状態にとどまって欲しくなかった。改善して――変わって――欲しかった。それが可能かさえわからなかったが。けれど、ふたりに変わる見こみはないように思えはじめ、心が痛んだ。

朝のコースであるコミュニティガーデンを通り過ぎたとき、目の隅に何かが引っかかった。影のなかで何かが動いている。速度を落とし、頭を後ろに巡らす。誰もいない。ガーデンの管理人らしきサリー姿の女性さえも。きっと見間違いだったのだろう。肩をすくめ、ペースを戻して走り続ける。

ほどなく、大木のそばに二、三人が固まっているのに出くわした。木の真下のコンクリート板が根っこで斜めに押しあげられ、歩行者やランナーがしょっちゅうけつまずいていた。アリソンは木の近くまで来たら路肩を走るようにしていた。ぶざまに倒れるのは一度でじゅうぶんだ。

ああ、あれは痛かった！　手のひらの皮がむけて足首をねんざした。車体がでこぼこのPTクルーザーで、地元のデリサンドイッチを配達中だったボビー・ホールが笑い転げていた。まぬけ男は無視しようとしたが、赤面するのがわかった。おそらくは真っ赤だったはずだ。それに確認はできないながら、頭から吹きだした湯気で静かなる怒りを表現していたと信じたい。足を引きずって家に帰ろうとしかけ、あきらめて母に電話し、迎えに来てもらった。

今は、恥かきの木で騒いでいる理由を知りたかった。誰もが木の幹に釘付《くぎづ》けになっている。好奇心に駆られ、集団の方へ近づきながら足を緩めた。

誰かがいった。「誰がこんなことを？」

別の声が感想をもらす。「恐ろしい」

「ひどいな」三人目が同意した。「誰か警察を呼べよ」

アリソンは足を止め、何気ないふうを装って彼らが関心を寄せている対象に目を向け、息を呑《の》んだ。みんなが注目したのは木の上ではなく、枝からぶら下がっているものだった。何者かが犬を殺し、それから脚を縛って逆さまに吊《つる》したのだ。膨らんだ舌が血を滴らせてよじれた口からはみ出ており、黒い唇からはよだれが垂れている。ロープが静かにきしみながらそよ風に揺れている。ペットを惨殺された見知らぬ飼い主に同情した瞬間が、個人的なものに変わった。茶色と白の、アリソンが昨日柵を通ったときに突進し吠《ほ》えついた犬だ。

　突然の寒気に体が震える。今日《ま》の当たりにしているのは、毎日通る路上で、おそらく二、三時間前に起きた凶事だった。直接関わりはないものの、遠からず自分と繋《つな》がっている犯行。野次馬のひとりがためらいがちに手を伸ばして犬に触り、死んでいるのを確かめたか、綱を解いて地面に下ろそうとしはじめ、アリソンは背を向けた。腕を体に巻きつけ、汗が引いて新たな寒気に襲われる。

　朝の走りでどれだけ瞑想的《めいそうてき》な境地に達したとしても、一発で吹き飛んだ。一ブロック先で見知らぬ車、茶色と淡い茶色《タン》の古いブロンコが緑石にとまっているのに気がつく。運転手はハンドルの後ろに座り、顔は影になって動かない。ぼんやり人の形が見分けられる程度だった。

　アリソンの背後で、近所の住民が死んだ犬を地面に下ろす音がした。

＊

　恐ろしいほどバラエティに富んだ不快感で、ローリーは目が覚めた。頭はがんがんするし、背中はずきずきする。朝のきつい日差しがピックアップ・トラックのフロントガラスに差しこみ、ローリーはマカロニウェスタンのクリント・イーストウッドばりに腫れぼったい目をすがめる。手を頭上にさまよわせ、日よけにクリップ留めしたケースからサングラスを引き抜いてかけ、急場をしのいでほっとする。

もはや朝日に目がくらむことなく、ローリーは周りを見わたした。くされ縁のボーイフレンドふたりが助手席に座っている。ジム・ビームとジャック・ダニエル。どっちもローリーと同じぐらい消耗していた。体中の骨がすべて同時に痛むなんてあり得る？　それとも痛いのは骨についてる筋肉？　それからのどが、これ以上は無理なほど腫れてからからだった。まるで一晩中砂でうがいをしていたみたいだ。それでもジャックかジムを起こしたい衝動にはうち勝った。

助手席側のフロアマットに目をやり、〈バッキーズ・ビヴァレッジ・バーン〉の店名と酒びんをあしらったロゴ入りの白い紙袋を見て記憶がよみがえる。〈ベリーニ〉を出たあと酒屋に立ち寄って、母親と祖母落第の痛手を紛らわせたのだった。

帰り道の運転を思い出した。びんは二本とも袋に入れたまま、家に着いた。そのあとの記憶は二、三箇所穴がある。外に座って飲んだくれ、その原因を、戦いに身を任せてきた人生を嘆いた。そのうち酔っ払い過ぎて、トラックを離れるのがおっくうになった。心中でふたつの考えがせめぎあう。すべてを忘れ去りたいという欲望が、家に入ってベッドでぬくぬくするような真似《まね》はしないぞという決心と戦った。飛躍した考えが浮かび、トラックのなかできゅうくつに座っていれば、戦闘モードを保てる気がした。

この年になっても、暴飲の限度を見極められなかった。もし超えてはいけない線があったとしても、ローリーはむとんちゃくにまたぎ越し、振り返ってどこにあったか確かめるのを忘れた。

レイに、もしくは自分自身に主張したよりも、飲酒問題は根が深い。秘密を守るのは簡単だ、誰もが話しかけるのを拒否するときは。

自分をむち打つためにバックミラーを下に向けて顔を映し、たちまち後悔する。「何てざま……」

ひとつうめき、ドアを開けるとトラックからよろよろと降り、こわばった足で倒れそうになってからバランスを立て直した。冷たい秋の空気を二、三回深く吸いこんでめまいを追い払い、鍵を手に正面玄関に這《は》うようにして歩いていく。

＊

ミルクをコップに注ぎ、パウダーを加えてかき混ぜ、いちごミルクを作る。背後のテレビでは、ローカルニュース局のキャスターが次から次に災難を伝えている。ダウンタウンの陥没穴のニュースに続いては倉庫の火事で、放火の疑いがあるとかないとか……。ローリーの注意がそれて、超強力アスピリンのびんをどこに置いたか思い出そうとした。薬棚じゃなければ、どこだっけ……？

『保安官事務所は事故の原因をいまだ解明していません』キャスターのことばに続いて速報に切り替わり、悲劇の放送予定番付をごぼう抜きにした。血の流れる量が多いほど視聴率があがる。『しかし、複数の死亡者が確認されました』

ローリーは飲み物をかき混ぜる手を止めた。

ニュースレポートに視線が釘付けになる。

「情報元によると、バスは地元の医療監察センターの職員を乗せていたとのことです」

その瞬間、電気的な衝撃が体を走った。人生の選択に関して自己憐憫《れんびん》と自己批判の夜を過ごしても、つらい判断を下してきたのには理由があった。あとから考えても何も変更するつもりはしない。マイケルは四十年待った。そして、その忍耐がとうとう報われた。もしローリーがほかの道を選んでいたら、この日の備えはできていなかったはずだ。

筋肉のこわばりと関節の痛みは消え、激しいエネルギーがローリーの内側で燃えあがる。まずはじめに、保安官事務所の無線をつけた。次に家の戸締まりを見て回る。ドアの上、真ん中、下を、ボルトと錠と閂《かんぬき》で防ぐ。一階の窓は、割られたとしても面格子でなかへは入れない。万が一、弓のこで厚い格子を切ろうとしても、脳みそを吹き飛ばす時間はたくさんある。それでもローリーはカーテンを引いてしっかり閉じた。自分の居場所を教える必要はない。

家まわりの防犯とともに、設備（と武器庫）をチェックする必要がある。キッチンに戻り、中央のアイランドカウンターに体重を預け、反時計回りに押した。カウンターが回転して、床と水平になった隠し扉が片隅に現れる。

ドアを開け、シェルターの暗闇を覗《のぞ》きこむ。立っている位置から階段の最初の三段が見え、首を折らずに下りられた。ある程度下りたら、手を暗闇に伸ばして照明をつける。床まで見えるようになり、手を伸ばして背後のドアを閉めた。

第十三章

〈マウント・シンクレア墓地〉は、もっと見栄えのよいときもあった。というよりはもっとよく手入れされていたときが。少なくともそう願いたいわ、とデーナは思った。

デーナとアーロンは管理人の大柄な黒人女性について丈の高い枯れ草を抜け、傾《かし》いだ墓石の列を進んだ。刺激的なシャワーでさっぱりした朝に反し、昼間は重苦しい方向へ向かっていた。だが、それがふたりの選んだ仕事の宿命だ。そして、今追っているネタの。

「いとこがここからそう遠くない墓地で働いてるんだけどね」管理人がいった。

誰の墓を参りたいのかを伝えると、管理人はオフィスの壁にかかる巨大な地図も、書類棚の図表も用紙も確認する手間を省いた。ふたりを案内する場所を、正確に記憶していた。ひとこと「こちらへ」というと、ふたりを連れて墓地を進んでいった。

「あっちじゃ、将軍だの慈善家だのビートニクの詩人だのがいる。マディ・ウォーターズやバーニー・マックがいる。国中から参拝客が来るのさ」管理人は職業的な嫉妬《しっと》から首を振った。「だけど、ここはハドンフィールドだ。これが唯一の有名人さね」

アーロンがたずねる。「あとどのくらい?」

「すぐそこだよ」女は行く手の少し盛りあがったあたりを指さした。

せいぜい一分も歩くと、女は墓石の前で立ちどまった。デーナはアーロンの前に出てじっと見つめ、膝をついて墓碑銘を読んだ。ジュディス・マイヤーズ。

管理人が腕を組む。「説明してくれるかい、ジュディス・マイヤーズの何がそんなに凄《すご》いんだ？」

これだ、デーナは引きこまれるように思った。「ここから――すべてが――はじまった」

この地、この町の悪名高い過去に、これほど近くに立っているのが信じられない。不条理にもマイケル・マイヤーズをのちの悪魔に仕立てあげた、もうひとつの運命の夜――一九六三年の夜に繋《つな》がるこの場所に。

今このとき、あの歴史を振り返らずには終われない。ふたりの追っている事件にとっては、重要な背景だ。バッグに手を伸ばし、レコーダーをとりだしてマイクに吹きこむ。「彼女は座って髪をとかしている。まったく気がついてない。六歳の弟が包丁を手に静かにしのび寄る」

視線をあげると、管理人が嫌悪を浮かべた顔を背けた。「あれ、いやだよ」

デーナは彼女を非難できなかった。暗い話だ。そしてふたりは本能的な反応を欲していた。

アーロンがレコーダーを指さし、デーナが手渡して説明を引きつがせる。「弟は姉に近づいて頭蓋骨の底部を切り裂き、脊髄をこそげ落とそうとした、ここを……」アーロンはレコーダーを包丁に見立てて、自分の体でもって説明した。「姉は振り向くと両手をあげて防ぎ、弟は手のひらの動脈と神経を刺し続けた、このように……」再び、切る動作をレコーダーで真似《まね》る。「ジュディスが倒れると、胸骨をさらに三度刺し、心臓をつらぬいた」

マイケル・マイヤーズのはじめての殺人を生々しく再現され、不愉快なしかめ面《つら》を作ったところを見ると、管理人は質問を後悔しているらしい。「胸骨についちゃ知らないが」管理人が身震いしていった。「わかってるのは、墓石を二度ばかりとりかえなきゃいけなかったってことだ。誰かがやってきて悪魔の五芒星《ペンタグラム》とブードゥーのがらくたを置いてくんだよ」かぶりを振って続ける。「ハロウィンが来るたびにね。いかれたカボチャ頭どもめ」

デーナはアーロンを見あげた。「これ、使えるわ」興奮していった。「背景の一部、それにローリーの話の後日譚《ごじつたん》に」

「いいね。〝ハムと卵〟の寓話を思いだす」

「何ですって?」

「ハムエッグの朝食のたとえばなしだ」アーロンがヒントをだす。デーナはかぶりを振った。「ニワトリとブタの違いは? ニワトリは卵を生む。ブタは命を犠牲にする。つまり、ニワトリは一時的に関わるだけだけど、ブタは命を捧《ささ》げる」

「どんな関連があるの?」

「らくがきと破壊対、生涯の献身」

デーナが片眉をあげた。「じゃあ、その筋書きでいうとローリーはブタ？」

「彼女はいろいろと犠牲にしてきた」アーロンがいいわけがましくいう。

「妄執、恐怖の人生。子どもを社会福祉にとりあげられた」

デーナが眉をひそめる。「そのたとえ話は絶対、ポッドキャストで使わないから」

「その、これは……」

「まじめに」きっぱりデーナがいう。「チャンスはゼロ」

アーロンは手をあげて降参した。

デーナは立ちあがって黒いスラックスについた膝のほこりを払い、バッグに手を伸ばしてカメラをとりだすと墓地と墓石の写真をいろんな角度から撮った。写真はプロモーションやウェブサイトに使うつもりだ。

管理人はふたりの気がすむまで、そばに立って待った。

ふたりが墓石を盗んで気味の悪い土産《みやげ》としてイギリスに持ち帰るのを警戒でもしたのだろうか。

＊

墓地の向かい側、葉の舞い散る木立の陰に、人間とは思えぬほどじっと立ちつくし、

〈シェイプ〉がふたりを見張っていた。背の高い男はマスクで彼をあざけった。女はバッグにマスクを持っている。

　男のことばとあざけりから、〈シェイプ〉はふたりがこの町に来るのを、この場所に来るのを知っていた。そして、ふたりがまだマスクを持っていることを。

第十四章

〈マウント・シンクレア墓地〉をあとにし、アーロンはレンタカーのフォードをガソリンスタンドの〈スタリオン・サービスセンター〉に乗り入れた。デーナは後部座席に座り、一九七八年の事件の写真も含めて調査資料を入れた書類箱を漁った。新聞の切り抜きを中心に選び出したアイテムを空席に広げ、仮のデスクトップにする。

デーナがリサーチに精をだすあいだ、アーロンはイグニションのスイッチを切って車から降り、セルフサービスのポンプでガソリンを入れた。ポンプから注ぎこまれるガソリンのリッターを示す数値の上昇に合わせ、ドルが減っていくのを立って見守る。最後の計算を待つ時間を利用して、ふたりに立ちはだかる壁――スミス・グローヴではマイヤーズの反応を得られず、ローリーには自分を殺しそこねた男との対面を拒まれ――を打開し、ストーリーを完成させるために次に打つ手を考えた。マイヤーズの移送で、ふたりがじかに顔を合わせる可能性は失われた。もちろんそれなしでもストーリーを組み立てることはできるが、両者の対決があれば素晴らしいハイライトになっただろう。アーロンは窓をこつ叩《たた》き、デーナの注意を引いた。「コロラド州が考え直す見こみはゼロかな?」

「例の〝劣悪〟な場所?」サルテインのグラスヒルに対するあからさまな嫌悪をデーナは

引用した。アーロンがうなずく。デーナは書類箱を漁った。「あれからもう少し調べてみたの。サルテインがいうほど悪い施設じゃない。というより、スミス・グローヴよりもう少し近代的かもね。でもひとつ正しかったわ。あそこは彼を深い穴に閉じこめる気よ。面会謝絶。ご苦労様」

「がっかりだ」

「第一、ローリーを会いに行く気にさせるのはまず無理ね」

万事休す、か。アーロンはためいきをついた。でも、何とかしてみせるさ。

セルフサービスの反対側にあるフルサービスのポンプから、赤いラム350のヴァンが給油していた。手描きの白いレタリング文字が長い車体に弧を描いて〈聖使徒復活教会〉を売りこみ、動く看板と化している。ひと組の高齢カップルがフロントシートに座っていた。田舎のおじいさんとおばあさんといった風情だが、ヴァンは小規模な教会合唱隊を運べるぐらい大きい。年かさの女性が、アーロンを見ることもなく見ていた。自分に注意を引きたくも勧誘する気になって欲しくもなくて、手を振りたい衝動を抑えた。

デーナの関心はすでに、コロラド州の障壁から移っていた。後部座席から呼びかける。

「保安官が最初に開いた記者会見と、有罪確定後の救済手続の記録を手に入れられれば絶好の導入部になるわ」

男と女をガソリンスタンドまでつけたあと、〈シェイプ〉は盗んだブロンコをスタンドの向かいに駐《と》め、男が給油している背後を通り過ぎた。〈シェイプ〉はサービスセンターとシャッターのあげられた修理場に向かう。

赤いヴァンに座る老女が〈シェイプ〉を見たが、関心を示さなかった。白いチュニック、白いズボンを着け、つま先のあいた靴を履いたただの老人に過ぎない。老女が〈シェイプ〉を見ないのは、〈シェイプ〉がまだ完全ではないからだ。だがもうすぐ……

＊

書類箱を押しやり、デーナはレンタカーの後部座席から降りると足を伸ばし、トイレを使いに行った。アーロンに近づいて知らせる。

「娘を殺されたブラケット保安官がマイケルについて書いた個人日記を手に入れられる当てがある。市の記録もだ」

「善は急げよ」デーナが笑っていった。

アーロンの二の腕を軽く握って、トイレの場所をたずねにサービスセンターのオフィスまで歩いていく。途中、開け放したシャッターの前を通った。なぜか知らないが、従業員はガレージの外に廃タイヤを山と積んでいる。手前のガレージで、つなぎを着た修理工がピックアップ・トラックのボンネットを開けていた。

オフィスに入る前にアーロンの方へ目をやると、息子を連れた女性が高齢カップルの乗る教会のヴァンに乗りこむのに気づいた。老女は無表情にデーナを見ている。だが、そこまでじろじろ見られるほどの理由を思いつかなかった。どちらかといえば保守的な服装——グレイのベストを縞模様《しまもよう》の長そでブラウスの上に重ね、黒いスラックスとブーツを履いている。

全員乗りこむと教会のヴァンはスタンドを出て行き、デーナはオフィスに入った。カウンターの背後、レジとクラシック・ロックをかける局に合わせたトランジスタラジオの横で、修理工とおそろいの黒いつなぎを着た男がタブロイド紙を暇つぶしにめくっていた。

「トイレはどこですか?」デーナがたずねた。

曲げた親指で肩の後ろを弧を描くように指して、店員がいった。「外に出てから脇に回ってくれ」

うなずいてから、デーナは外に戻って角を曲がり、氷販売機と赤と白に交互に塗られた別のタイヤの山を通り過ぎた。にぎやかしなのだろうが、ずさんなできに変わりない。「ブタに口紅」（外面だけとりつくろってもだめ、という意）といういい回しが浮かび、アーロンの不愉快なハムエッグのたとえ話に考えが及んだ。アーロンはゴージャスでセンスもいいが、ときどき神経に触る非常識な面を見せる。

白いレンガ壁と目隠し用の柵のあいだに、不敵にも〈ご婦人用ラウンジ〉と表示されたドアを見つけた。デーナがいるのはガソリンスタンドでありナイトクラブではないため、期待値は適度に下げておく。清潔でちゃんと用が足せればじゅうぶんだ。

最悪の状態に備え、トイレに入る。

まああきれいだけど、臭いはいただけないわね。

ペーパータオルをホルダーから引きだし、三つ並んだ個室に近づいた。素手で触れないようにペーパーをつかみ、ひとつ目のドアを開けたとたんに顔をゆがめる。ふたつ目の個室は……たいして変わりない。頭のなかで十字を切って、最後のドアを開けた。ここは……耐えられる。

なかに入り、ドアを閉じて錠をかけ、バッグを下ろして座った。

＊

アーロンは〈聖使徒復活教会〉のヴァンが出て行くのをぼんやりと見送った。それから自分が虚空《こくう》を見つめているのに気がついた。あの年寄りの女性がしていたみたいに。たぶん、こちらを見ていたのではないのだろう。機械的なカチッという音がして、ガソリンポンプのハンドルが閉じ、満タンを知らせた。一度の給油で実地調査の残りを乗り切れそうか、思案する。

燃料ポンプのクレジットカード挿入スロットに紙片が突っこまれていた。〝店内でお支払いください〟。

アーロンは空《から》っぽのスタンドを見回した。

デーナはまだ戻ってこない。

名前を呼んだ。

＊

自称〈ご婦人用ラウンジ〉で唯一許せる便座に座り、デーナは気を紛らわせようと個室の壁やドアに殴り書きされた落書きを読んだ。左手の落書きに記されているのは、「アメージング・グレイス、おれの上に座っておくれ。泣かせてくれるな、君の……パイが必要なんだ」

この〝グレイス〟なる人物が実在するのか、もしそうなら、どのへんがアメージングなのか、デーナは思いを巡らせた。バッグからマジックペンをとりだして「パイ」の文字に訂正線を引き、その上に「スマイル」と書いた。今朝のアーロンを思い、くすくす笑う。

そのとき、トイレのドアが開く音が聞こえ、デーナは押し黙ってこの場にひとりだということを意識した。

タイル敷きの床をのし歩く足音がする。ハイヒールの〝こつこつ〟でもなく、ゴム底スニーカーの〝きゅっきゅっ〟でもない。もっと重い……。

ひとつ目の個室のドアがばたんと開き、反動で跳ね返った。

デーナはその音にひるんだ。ついで、呼吸音がした。安定した息づかい。だが、やはり重たげだ。

じっと腰かけたまま、筋肉ひとつ動かすのを恐れて息を押し殺す。

足音が近づき、ふたつ目の個室で止まった。

身構えていてさえ、突然ふたつ目のドアが一気に開いて仕切り壁が揺れると、デーナは飛びあがった。

＊

アーロンはガソリンスタンドの小さなオフィスまで出向き、ドアを開けてガス代を払いに来た。チャイムが鳴り、足を踏み入れ――その場に固まる。

店員の死体が、カウンターに覆いかぶさっていた。トランジスタラジオと、血の飛び散ったレジの上に片腕が投げ出され、首は極端な角度に曲がってこちらを向き、砕けて血を流したあごが顔から引きちぎられかけている。歯はほとんど引き抜かれていた。血の海が頭の周囲に広がり、顔は新聞のページに貼り付いている。

「デーナ！」アーロンが呼んだ。

左手のガラスドアは修理場に続いており、手前のガレージに収容されたピックアップ・トラックのボンネットが開いて修理を待っていた。アーロンはガラス越しになかを見わたしたが、修理工の姿は見えない。ドアからガレージに入り、呼びかけた。「すみません！　助けてください！　連れを見かけ――」

再び、アーロンは凍りついた。

はじめに目に入ったのは、エンジンブロックに飛び散る血だった。下の床にぽたぽたと滴っている。その次に見えたのは、男の死体。黄ばんだ白いTシャツとブリーフだけという格好で、うつぶせになった頭部が血の池に浸かり、そばには木の柄が付いた金づちが落ちていた。男の後頭部は生肉さながらで――濡《ぬ》れた脳髄のかたまりと砕けた骨が混じりあっている。トラックの修理をしていた男に何者かが背後から忍び寄り、金づちで頭を叩き潰し、そのあと黒いつなぎを死体からはぎとった。

とり乱し、アーロンが叫んだ。「デーナ？」

死んだ修理工のほかは、乱雑なガレージに誰もいない。

武器になるものを探してあたりを見回し、アーロンは作業台に載ったバールを見つけてひっつかんだ。

第十五章

汚れた作業用ブーツが、個室ドアの下から覗《のぞ》いている。男物のブーツ。修理工と店員が着ていたつなぎ（ガソリンスタンドの事実上の制服）。なぜ男が（従業員だとしても）使用中の〈ご婦人用ラウンジ〉に入ってきてこんな振る舞いをするの？　穏当な答えは見つからなかった。

「すみません」震えるのを抑つつ、憤慨した声をだす。「入ってるんですけど」

突然、血の染みの付いた握り拳がドアの上に現れた。

ゆっくり指が開き、白い小石らしきものが一ダースばかり床に落ちてデーナの足もとに散らばる。見下ろして、息を呑《の》む。小石じゃない。歯だ！　人間の歯――根元から引きちぎられ、血が滴っていた。

再び見あげると、左右の手がドアの上を白くなるほどきつく握りしめている。乱暴にドアを前後に揺すり、簡素なスライド式の鍵と蝶番《ちょうつがい》の力を試した。仕切りが震え、壁に固定していたネジがきしむ。数秒後には金属製のドアがとんでもない圧力でねじれた。

デーナは便座から立ちあがるや背を丸めて手からなるべく離れ、尻もちをついて床に倒れる前に下着を引きあげた。腹ばいになり、仕切りの下をとなりの個室に向かって移動しはじめる。半分行ったところで、元いた個室のドアが降参して一気に開いた。きぬずれ音がしたと思うと、侵入者がデーナの足をつかんで後ろに引っぱった。

　金切り声をあげてデーナは体をよじり、両腕をあげて個室を隔てる仕切りにつかまった。力強い手が左右の足首を一層強くつかむ。

　デーナ自身の手は仕切りのなめらかな金属表面をスライドし、つかめる部分を探したが何もない。右手の指をペーパーホルダーに引っかけて、貴重な一秒二秒を稼ごうとした。同時に、足首をつかむ手に激しく蹴りつける。

　突然――心臓は早鐘を打って空気を求め――強力な握力から解放された。急いで立ちあがると、ドアをぴしゃりと閉めて鍵をスライドさせる。つかの間の執行猶予に、息を継いだ次の瞬間――

　拳が個室のドアを叩《たた》き、鍵に逆らってがたついた。

　そのとき、〈ご婦人用ラウンジ〉のドアが、再び勢いよく開く音がした。

　かがんでドアの下から覗くと、グレイのスニーカーが見える。

「アーロン？　助けて！」

　デーナがドアから離れると同時に、ドアの上に振りあげられるバールが見え、デーナに襲いかかった相手に素早く三回続けざまに打ち下ろされた。一回ごとにアーロンが叫ぶ。

「くたばれ！　くたばれ！　くたばれ！」

二組の腕がバールを奪いあう音がする。

個室ドアの下で、二組の足が絡み合った。じょじょに、アーロンのスニーカーがタイルの床からせりあがる。アーロンが短く叫び、そのあとせきこんであえいだ。

「だめ！」デーナが叫ぶ。

バールがタイルにカラン、と音を立てて落ちた。

しゃがんで、デーナはドアのすき間から手を伸ばしてバールをつかみ、暴漢にひったくるすきを与えなかった。それから便座の上に跳びあがって戻り、足を左右に突っ張ってより視界を得ようとした。侵入者がアーロンを個室ドアに叩きつける。作業用ブーツがドアの端あたりで手前に滑った。間髪入れず、デーナは床に降りてバールの細い先端をブーツに打ちこんだ。痛みからか邪魔をされてか、侵入者が手を離し、床に倒れたアーロンの顔がドアの下に覗いた。

ふたりは見つめ合い、デーナの恐怖がアーロンの目に映る。

「アーロン――」

アーロンは痛むのどでささやいた。「ぼくらは何をしでかした……？」

デーナが返事するより前にアーロンの体が引っぱられる。両足のスニーカーのかかとが床を滑り、侵入者がデーナからアーロンを引き離す。短い、くぐもった争う音が聞こえ、それからガラスの割れる大きな音がした。トイレに備えつけられた鏡の破片が、タイルの床に降り注ぐ。

「アーロン！」

耐えがたい沈黙が続き――返事はない。どちらも見えなかった。手のひらが汗ばみ、バールを握り直す。悩ましい数秒が過ぎ、そして……

足を引きずる音。

侵入者が近づいてくる。アーロンのかかとがタイルの床を滑る。

「アーロン！　アーロン、大丈――？」

ドスン！　アーロンの体がぶつかり、重みでドアが揺れた。

さらに二度三度、鈍い音とともに衝撃が走る。あいつはアーロンの体を破城槌《はじょうつい》に使っている！

ドアが勢いよく開いて仕切りを打ち、デーナが飛びのく。侵入者につかまれたままのアーロンの体が、手からバールを払う。デーナはたまらず叫んだ。

指が触れた瞬間、アーロンの血まみれの顔を見ると、あごが異様に垂れ下がっていた。

生きてはいたが、ほとんど意識がない。侵入者はアーロンを引き戻し、隅のゴミ箱へと横ざまに放り投げた。

＊

それ以上抗《あらが》うには弱り過ぎ、アーロンは空気をつんざいて女子用トイレの隅にある丸い金属製のゴミ箱にぶつかった。バールを手に不意を突いてさえ、マイヤーズを止め損なった。勢いをそぐことすらできない。アーロンにとって、相手は何の苦痛も感じないかに見えた——もしくは、身体的苦痛は一時的な妨げ以上のものではないように。

起きあがろうとしたが、足がびくとも動かない。立とうとするたび、苦痛でけいれんするだけだった。血が顔と手から流れ出る。折れた肋骨《ろっこつ》が呼吸を困難にした。ぼやけた消えゆく視界でなすすべもなく、マイヤーズがトイレの個室に入っていくのを見守る。

デーナのブーツが床から持ちあがり……

……そして、個室の上に頭が現れ、マイヤーズが片手で首をつかんで空中に掲げた。デーナは両手でマイヤーズの手に爪を立てたが引きはがせない。デーナが男を蹴るくぐもった音がした。最初は激しく、それからじょじょに緩慢になっていく。

マイヤーズの手が、デーナの命を締めあげる。

動こうと必死にもがき、アーロンは渾身の力で立とうと、デーナを助けに行こうとした。だが左腕をあげ、手を伸ばし、指を伸ばし、むなしく震えることしかできなかった。

ぞっとして、アーロンはデーナの抵抗が終わるのを見守った。

マイヤーズの手のなかで、体がだらんと垂れ下がり……

第十六章

　ガソリンスタンドに人気《ひとけ》はなく、〈シェイプ〉はトイレを立ち去って角を曲がり氷販売機を通り過ぎた。

　小さなオフィスのトランジスタラジオから低い男の声が聞こえ、ハロウィンがテーマの効果音とともに天気予報を伝えている。金切り声、鎖の鳴る音、きしむドア……

　音が遠のき、〈シェイプ〉はまっすぐセルフサービスポンプの近くに駐《と》まっている黒いフォードまでやってきた。後部座席の書類箱にはバインダー、フォルダー、新聞の切り抜きと写真が収められ──〈シェイプ〉の写真もあった。どれひとつとして〈シェイプ〉の興味を引くものはない。

　背の高い男のキーを使い、車のトランクを開けて別の箱を見つけた〈シェイプ〉は、ふたを開けて動きを止め、中味を見下ろした。

　両手が箱にのび、マスクをつかんで持ちあげると近づけて臭いを嗅ぎ、目の位置にうがたれた穴を見つめた。マスクの向きをひっくり返し、頭の上に持ちあげ、引き下ろし、しっかり被《かぶ》る……完璧だ。

〈シェイプ〉が息をして……

再び完璧になった。

第十七章

〈ハドンフィールド・メモリアル病院〉の病室の片隅に、ランビール・サルテインのベッドが置かれている。かたわらにたたずむフランク・ホーキンス保安官補は、デューティーベルトの内側に両手の親指をかけて、けがをした医師を叩《たた》き起こしたい衝動と戦っていた。病院の医師によれば、サルテインは肩の銃創から多量に失血し、容態は安定しているものの、意識を失ったままだ。ホーキンスはベルトから特殊警棒を引き抜いて、サルテインをそっと小突いて目覚めさせようかと何度となく考えた。それで起きなければ、真新しい包帯を巻いた肩の真ん中を突っつく。

意識不明のサルテインに繫《つな》がれたモニターとワイヤー、チューブを見ながら、担当看護師をおだてて一時的に点滴の鎮痛成分を減らせないかと思いあぐねた。ホーキンスと看護師の年の差を考えれば、くどき作戦が成功する見こみは芳《かんば》しくない。どうやらサルテインが自然に目覚めるのを待つしかなさそうだ。だからといって気が休まるわけではない。

足を踏み替え、両手を腰に当ててため息をついた。「おめざの時間だぞ、サルテイン先生」会話口調で声をかける。昏睡《こんすい》状態の患者がベッド脇の会話をすべて聞いているかもしれないと、何かの雑誌で読んだことがある。銃撃を受けた者にも同じことがいえるのでは。「聞こえるか、ランビール？　ランビールって呼んでいいか？　ああ、だめだろうな。よし、だがあんたが目覚めて知ってることを話してくれるのが極めて重要なんだ」医療ベッドのトレーテーブルに載った紙を、こつこつ叩く。「このリストについて知りたいんだよ、先生」

サルテインの目は頑固に閉じたままだった。

段ボール製のテイクアウト用ホルダーに入った二杯のコーヒーを運び、ホーキンスよりずっと機嫌のよさそうなバーカー保安官が現れた。バーカーは精力的な黒人で、きちんと刈ったヤギひげ、惚《ほ》れ惚《ぼ》れする黒いカウボーイハットに合わせた黒いスーツと明るい茶色のネクタイという装いをしている。保安官の小さな記章を下えりにしていなければ、保安官事務所の人間だとは気づかないだろう。それにひきかえ、ホーキンスはウォーレン郡保安官事務所に支給された制服を着用し、えりに人工毛皮のふちどりの付いたダークグリーンのジャケット、胸元には標準大の六芒星《ろくぼうせい》をつけ、紺のストライプが左右の脇に入ったカーキ色のスラックスを履いていた。保安官補以外に間違われようがない。

ホーキンスにコーヒーを手渡し、バーカーがいった。「誰かと話してなかったか、ホーキンス」

「ここにいる名医の先生とですよ」ホーキンスがサルテインにうなずいてみせる。

「しかし……意識不明じゃなかったか?」ホーキンスの正気を疑う口調だ。

「今はそうです。何か情報は?」

「確保した患者の身元確認を待っているところだ。ほとんどの身柄は押さえた。地元の図書館でメールをチェックしていたのが二名、二二〇号線のフリーマーケットで手を繋いで蝶《ちょう》を追いかけてたタコ野郎が三名。何が起きたかは不明のままだ」バーカーはコーヒーをすすった。「そっちのリップ・ヴァンウィンクル(眠り男)は何かしゃべったか?」

「まだです。まだ完全には意識が戻っていません。看護師によれば戻ったり失ったりだそうです。出血がひどい。なぜだか銃で撃たれています。事情を知りたいのは、ひとつ問題があるからです」トレーテーブルの紙片を持って保安官に渡した。「このリストを見てください」

　バーカーが紙片に目を落とす。

「乗車していたのは軽犯罪者が大半です。心神喪失者たちですね」

　コーヒーカップをテーブルに置き、バーカーは親指をリストに走らせた。

「ひとり、とんでもないのが紛れていました。A―二二〇一」ホーキンスが続ける。

　バーカーの親指がある列で止まった。黄色いマーカーが引いてある。ホーキンスを見あげ、心配そうな顔を浮かべた。

　ホーキンスがうなずく。「マイケル・マイヤーズ。ベビーシッター連続殺人、一九七八年。今日で四十年になります」ホーキンスはコーヒーをすすり、相手にちょっとした情報を飲みこむ時間を与えた。「これは単なる偶然か、それともでかい計画の一部なんでしょうか？」

眉をひそめ、保安官はサルテインを見た。医師の不都合な意識不明の状態にしびれを切らしたのだろうか。「でかい計画だと？」バーカーが訊《き》いた。「運命とかカルマとかそんなたわごとの話か？」

ホーキンスはかぶりを振った。「マイヤーズです。たぶん、この日を待っていたのかもしれない。事件の起きた日に、ハドンフィールドに戻ってこようと」

「やつは連続殺人犯だぞ、ホーキンス。フーディーニ《魔術師》じゃないんだ。これは凶悪なプランなんかじゃない。ただ……タイミングが悪かっただけだ」

「タイミングが悪かった、ですか？」

「いいか、フランキー。パニックを誘発したくないんだ、事実をすべてつかむまではな。マイヤーズが頭のおかしな連中とともどもハロウィン当日、ハドンフィールドに逃亡したなどと、確かな事実でもなければお笑いぐさだ」バーカーがあざける。「しゃれにもならん」ついで、ため息をついてかぶりを振る。「うちの保安官事務所の破滅だぞ。もし、マイヤーズの脱走が確かなら、パニックは避けられない」

ホーキンスは信じられない面持ちでバーカーを見つめた。今このとき、ハドンフィールド保安官事務所の評判などはどうでもいいことだ。連続殺人犯が逃走中で、最近じゃフェイクというのか忖度《そんたく》というのか知らないが、保身作業なんかにかかずらっているひまはない。唯一重要なのは殺人者をつかまえて鉄格子の後ろにぶちこむことだ。とはいうものの、ホーキンスはウォーレン郡が選出した保安官ではなく、次の選挙に向けて投票数を心配する必要はなかった。

「つまり、どうしろというんだ？　ハロウィンをキャンセルするのか？」バーカーが神経質に笑った。

ベビーシッター殺人から四十年が経《た》っていた。ハドンフィールドの住人のなかにはマイヤーズが町を恐怖に陥れたときには生まれてさえいなかった者が大勢いる。包丁を持った頭のいかれた男のうわさならたくさんあった。人々の口の端にのぼるときはいつでも、まるで彼が都市伝説であるかのようにうわさされた。個人的に体験した者は数えるほどで、当事者といえるのはローリー・ストロードだけだった。

平均的なハドンフィールドの住人にハロウィンの意味をたずねれば、「トリック・オア・トリート（おもちゃかいたずらか）」を唱えて近所を回る子ども、キャンディのバッグ、セクシー・コスチュームを着た大人、煙霧機《フォッグ・マシーン》、ゾンビ映画マラソン・パーティといった答えが返るだろう。昔の人々はハロウィンに死者がよみがえると信じていたのを知っていたとしても、今や忘れた者が大半だ。ホーキンスは昔見た映画のセリフを思い出した。「悪魔が仕掛けた最大のトリックは、自分は存在しないと人間に信じさせたことだ」マイヤーズの悪名は似たような軌跡をたどり、あいつの凶行はサマーキャンプの怪談に落ちぶれ、その存在は忘れられてしまったのか？　誰もが平和ぼけしてしまった？

「今夜を恐れるに足る理由があるんです、保安官」

「怪談のたぐいでしかない」バーカー保安官が鼻で笑い、ホーキンスの杞憂《きゆう》を笑い飛ばした。だが彼は上官であり、そのためホーキンスは唇をかみしめて立場上後悔するような発言をこらえた。

幸い、そのとき無線が入った。

〝事務所より六〇一へ。事務所より六〇一へ〟

第十八章

終業のベルが鳴り、ハドンフィールド高校の一日の終わりを告げた。廊下はたちまち生徒でごったがえし、駐車場へとあふれ出てくる。ロッカーにすばやく立ち寄ったあと、アリソンは校舎を出て錬鉄柵の前で友人を待った。左に目をやると、レンガ壁に貼られたグリーンの特大手書きポスターが「至高の死体ダンス」を告知しており、緊張で胃がきゅっとなった。デイヴが最初にやってきて、ふたりでヴィッキーを待つあいだ、生徒の集団が周りを通り過ぎる。

重なりあって聞こえる会話の中心的な話題はハロウィンダンスだ。誰が誰と、どんなコスチュームで行くのか。コスチュームプランを秘密にしている者もいれば、意見を求める者もいた。アリソンはヴィッキーを探し、会話の断片は聞き流した。

「今年も浮浪者なんてできないよ」黒髪にブルーをひと筋入れた二年生、ベッキー・バークが愚痴った。「破れたジーンズを履いて、フランネルのシャツと顔に炭を塗って汚すの？いやよ。絶対にお断り」

「おれは〝ひらめき〟になるんだ」生徒会役員のエヴァン・プライスがいった。

「何になるって？」友人のラリー何とかが訊《き》いた。

「針金のハンガーで電球を頭の上に吊《つ》り下げる」

「そりゃ名案だ！」

「だろ――待てよ、皮肉かそれ」

エヴァンとラリーが通り過ぎ、アリソンはデイヴを振り向いた。「ヴィッキーは何で遅いの？」

「えーと……電話があったんだ」

「電話？　何の電話？」

「自分で話すって約束させられた」

アリソンはデイヴの二の腕をつかんだ。「どうして？　何か起きたの？　教えてよ！」

「いえない。約束の定義に従えば。まじな話、但し書きにそう書いてある。だけどたいしたことじゃないよ。いつものようにバイト関係」

「デイヴ、意味がわかんない」

「それなら約束を守る義務を果たしたな」

「深刻だったら話してた？」

「ああ……うん。それも但し書きに載ってる」

アリソンは校門を再び振り返り、心配しないようにした。デイヴが深刻じゃないというなら、信じなくては。空想が変な方に行かないようにしないと。その代わり、通りすがりのおしゃべりに耳をそばだてた。

もちろん、ダンスに参加しない者たちは、どんなにダサい催しかを話していた。お目付ありの子どもだまし。あるグループは、代わりにビールパーティに行くと話していた。さらにほかのグループは仲間の家でやる秘密のパーティを話題にしていた。近所のナイトクラブで催すプライベート・パーティに両親が繰りだしたあとに開くらしい。十代によくいる人間嫌いの二、三人が、家に来るキャンディ目当てのちびっ子を脅かすプランを練っていた。「ガキどもにいたずらしてやる！」ゴードー・スワンソンが笑った。「一ヶ月悪夢でうなされるぜ」仲間のひとりが彼の悪だくみをグータッチの価値ありとみなした。

「来た」校舎の正面玄関からこちらへ歩いてくるヴィッキーをアリソンが見つけた。手を振って合図する。

誰かが車の警笛を数回鳴らし、アリソンを驚かせた。

振り返ると、パレードの山車《だし》並みの速度でシルバーのコンバーチブルが通りがかり、青・白・黄のチアのユニフォームを着てポンポンを持った七人かそこらのチアリーダーが、前と後ろの座席に立ったり背もたれに座ったりしていた。ハロウィンの印に猫耳や、赤とグリーンの縞模様《しまもよう》をしたユニコーンの角《つの》、バネのアンテナなどの奇抜な頭飾りをつけている。

「チアリーダーがたくさん来たぞ。元気が出るはずだよな。だけどあの車におれの入る余地はないんだ」

「舞いあがっちゃった男脳にご注目」ヴィッキーがふたりに加わり、デイヴの頬を愛《いと》おしそうにはたく。「わかりやすいやつ」

ヴィッキーは両手をアリソンの肩に置き、眉をひそめた。「それでね、悪いニュース。今夜ダンスに行けない」

アリソンがにらむと、デイヴは怒りの矛先を避けて空を見あげ、唇をすぼめて知らんぷりをする。アリソンはヴィッキーに向き直り、問いつめた。「まじでいってるの？」

「ロッカーにいたら電話があって、モリッシー家の子守を頼まれた」

「ヴィッキー、うそ。ほんと？」

ヴィッキーがゆっくりうなずく。「ぎりぎりになって必要になったみたい。断ろうとしたけどミセス・Mが返事するすきを与えてくれなくて。しゃべり通し。拝まれて、おだてられて、訴えられて、泣きつかれて、ほだされて――」

「ほだされて？」デイヴが割りこんだ。「エロいことか何か？　ずっとそうじゃないかと思ってたんだ、あのひと――」

「黙れ、デイヴ」ヴィッキーが甘い声でいった。「この世のすべてがセックスに関係してるわけじゃないの」

「いいことはぜんぶそうだよ」

　ヴィッキーはその主張を検討した。「それについては反論できない。とにかく、エロい話じゃないよ。別のいい方をすれば、いやとはいわせないってこと。必死だったよ。かわいそうに語彙《ごい》が尽きちゃって。それに……時給を三倍にしてくれるって」

「罪悪感を利用したのか。抜け目ないな」

「ありがとう」ヴィッキーがにんまりした。「需要と供給、それが秘訣《ひけつ》、でしょ?」

「信じられない」アリソンは失望を隠せなかった。「わたしを誘っておいて自分は抜けるの?」

　ヴィッキーは両手を広げた。「仕方ないでしょ? アリソンは行った方がいいよ。キャメロンと一緒なんだし」

「どういう意味よ?」

「彼と楽しんでってこと。宿題をいいわけにしないよね?」アリソンのためらいを感じ、声をあげた。「しないよね?」

「たぶんわたし――」アリソンは後悔する前に口を閉じた。ダンスを楽しみにしていたが、それは雲行きが怪しくなったり逃げ出したくなったらヴィッキーを頼りにできると期待したから。安全圏から出てダンスに行くといったのは、ヴィッキーが動く安全圏だったからだ。男子には相棒《ウィングマン》がいる。女子は、なんだろう、親友? ヴィッキーが来なきゃ、グループの〝集まり〟が正真正銘のデートみたいになってしまう。つまり、すごいプレッシャー。「別に人間嫌いってわけじゃないけど――」

「アリソンは人間嫌いじゃないよ」デイヴが口を挟む。「内気なんだ。でも、すごく珍しい種類の――」

「楽しめるって」ヴィッキーが力づけた。

「ヴィッキーも楽しめるよ」デイヴがおどけて眉を上下させる。「子どもが寝ちゃったあとに来てクールなことしようって誘われてね」効果を狙って間を置く。「皿洗いとか、モップがけとか、つきやってやるよ」

「わたしのお手伝いペットね」ヴィッキーがデイヴの肩を叩《たた》く。「助かるよ、デイヴ。皿洗いとモップの手伝いをしてくれたら、あんたのヴァージンを奪ってあげる。寸止めはもうたくさん。わたしたち大人なんだから」

「とうとう来た」デイヴが拳を握りしめた。「おそろいのタトゥーを入れて今夜を永遠の記念にしない？」

ヴィッキーが笑った。

「わかった」アリソンは語尾を引きのばした。「ひとりよけいみたいね」

「三人でも構わないぜ」デイヴが眉をあげて想像上の口ひげをねぶった。

「まじで、デイヴ？」

「やり過ぎ？　それとも……早過ぎた？」

「やめて」

「わかった。でも何にもやばいことじゃ――」

「デイヴ」ヴィッキーの雲行きがあやしくなりはじめる。「お友達のままでいたい？」

「うわ、なんだよそれ。かんべん、いやだよ」デイヴは祈りの形に手を合わせた。「それ以外なら何でもいいから」

「そうだよ、デイヴ」アリソンがくすくす笑った。「ちやほやされてるうちにやめとかないと」

「いい子でいるからさ。君が悪い子になって欲しくなるまで」

アリソンが振り向くと、キャメロンとオスカーが駐車場をこちらへ歩いてくる。「あれ、キャメロンだ。彼のとこに行ってくるね。ふたりはそのまま続けて」

ヴィッキーがアリソンの腕をつかんだ。「いいけど……怒ってないよね。怒ってる？」

「怒ってない。ただ思ったの……」アリソンはかぶりを振った。自分の欠点をきちんと克服しなくてはいけない。ヴィッキーは友だちで、人づきあいの松葉杖《まつばづえ》ではない。「一緒に行けたらもっと楽しいのにって。それだけ。キャメロンはすてきだけど、まだ慣れてなくて……わかんない。それに彼の友だちがね……」

＊

学校の駐車場を歩きながら、キャメロンはオスカーに話しかけた。話をするのはオスカーを捨てて、アリソンとハロウィン・ダンスに行くのがばれて以来だ。タンゴとキャッシュのプランは冗談だった、少なくともキャメロンからすれば。オスカーがそんなにコスチューム・ダンスに入れこんでいたとは知らなかった。今では自分が一方的にふたりのプランをとり消したいやなヤツに思える。

軽はずみだったが、アリソンとのことはすべてがあまりにも早く進み過ぎた。あるとき始業前に話したたと思ったら、もう次にはダンスに行くプランを立てていた。まあ、ちょっとばかり誇張が入っているが。だが、ふたりのあいだで起きるすべてがひどく順調だった。悶着《もんちゃく》も何もなし。互いに一緒にいるのが楽しくて……だからカップルとしてダンスに行くことにした。たいした話じゃないさ、そうだろう?

問題は、オスカーがたまに、ちょっと感情的にうっとうしくなる点だ。子ども時代の不安定さと孤独を引きずって、やり過ぎるまで自意識過剰になる。キャメロンとつるむ以外、オスカーの人づきあいはうまくいっていなかった。一種の変わり者で、人好きのするタイプではない。人を二極化させがちだった。本人は魅力だと思っている点を、媚《こ》びと受けとる者もいた。キャメロンは表面的な欠陥は気にしなかった。誰でも時間をかけて自分が何者かを見いだす。人よりうまくそれができる者がいる。ふりをするのがうまい者もいる。キャメロンの家族のモットーによれば、輝く宝石もすべて、かつてはごつごつの原石だった。

「彼女だぞ、キャメロン」オスカーがアリソンと友だちの方へあごをしゃくった。「ぼくに何ができる？　アリソンは超イケてる。誰だって間違いなくぼくより彼女をとるよ。傷つきゃしないさ」

キャメロンはオスカーを見つめ、額面通りに受けとっていいのかどうか推し量ろうとした。ときどき、キャメロンにさえ、オスカーは度しがたくなる。「あの子が好きなんだ。まじめな話。何かばかな真似《まね》をやらかして、ぶち壊して欲しくない。頼むよ」

「チャンス到来だ。こっちに来るぞ」

近づいてくるアリソンは感じよく笑っている。

車の警笛が再び鳴り、チアリーダーを乗せたコンバーチブルが駐車場を折り返してきた。オスカーは興味を引かれて目で追いかけるうち、アリソンがいるのに気がついたというふりをした。

「やあ、アリソン」わざとらしいほどさりげなく声をかける。「何だと思う？　キャメロンは君の方がぼくより好きだってさ。でも平気だよ。あとで会おう。ブランカを追いかけてハロウィンにハンサムなエスコートが欲しくないか聞いてみる」

キャメロンとアリソンがほぼ同時に肩をすくめ、オスカーは急いで予告した任務に向かった。最悪なのは、オスカーが単にふたりきりにするいいわけをでっちあげたのではないことだ。チアリーダーのグループに本当に近づいてダンスの相手を誘って回り、やり過ぎておかしくしてしまうだろう。そういう性分なのだ。

「面倒くさいやつだ」キャメロンはかぶりを振って、オスカーが駐車場を走って行くのを目で追った。「君はどう？　大丈夫？　つまり、〈ベリーニ〉のあと……」

学校の柵に沿った歩道に金属のベンチがあり、キャメロンが腰かけるととなりをぽんぽんと叩いた。アリソンはバックパックを下ろし、コートを丸めてその上に載せた。それから笑ってベンチに座り、キャメロンに寄りかかり、デニムスカートを直し、足を組んだ。大胆な行動のあとで、神経質そうにグレイのレギンスのけばをつまむ。

「大丈夫」キャメロンに請けあう。「眠れなかったけど。昨日の夜のことがすごく恥ずかしくて。ごめんなさい。変なとこ見せちゃって。今は時期的に微妙なんだと思う」

「わかるよ」

「自分はぜんぶ超越してるって思うのが好きなの。家族の背負ってる重荷とか。だけど、ほんとはぜんぶ繋《つな》がってる。ママの子育て法は自分が母親に育てられたやり方の反動で、すべてはわたしが生まれるずっと前におばあちゃんに起きたことのせいで」

「〝強い絆《きずな》〟といういい回しに新しい意味を与えたね」

「わたしたちみんなが一生それを抱えていく。それが自分というものを形作り、そこからは逃げも隠れもできない。恥ずかしくないわけじゃないけど……」

「うちの家族に会うまで待ちなよ。君のおばあさんなんてウォメスおじさんに比べたら何でもない。心配いらないよ、いい？」

キャメロンが手を伸ばし、アリソンのあごに触れた。

「わかった」アリソンが笑った。「心配しない」

第十九章

　ホーキンス保安官補は〈スタリオン・サービスセンター〉の〈婦人用ラウンジ〉入口に立ち、検視官と一緒に犯罪現場を検証した。鑑識技官がすべてを記録する。正確には、犯罪現場のひとつを。今のところ、ガソリンスタンド内の三箇所で死体が発見された。凄惨極まりない光景だった。新米で得点をあげるのに熱心なリゲッティが、スタンド全体に立ち入り禁止のテープを張っている。オフィス兼修理場から、出入口のスロープまで。レンタカーのグローヴボックスに入っていた書類から、借り主はアーロン・ジョセフ＝コーリーと判明した。

　バーカー保安官はマイケル・マイヤーズの逃亡により、ハドンフィールドがサーカスと化すのを――もしくは、保安官事務所の面々が道化の集まりに見えるのを――心配した。まあ、保安官は観覧チケットを売りはじめたがるかもな。ホーキンスは皮肉まじりに思った。ハドンフィールドの前座は――護送バスの殺戮《さつりく》を数に入れさえせずとも――えらく目立って、出し物を見に早くも人だかりができてるありさまだ。

　野次馬は全員テープの向こう側に押しとどめ、四名の犠牲者のひとりも見えない距離まで離しておく仕事はリゲッティに任せ、ホーキンスは何が起きたのかを把握しようとした。

鑑識技官の仕事中、ホーキンスは入口から観察していた。フラッシュを浴びると必ず頭痛がするからだ。現場の状況からすると、目を通すのもひと苦労の報告書と、卑劣な殺人のむごたらしい証拠写真でいっぱいの、長い一日になりそうだった。割れた鏡と壁が血で覆われている。室内に入ると、ふたつ目の個室ドアにさらなる血が付いていた。犠牲者のひとり――だいたい四十歳、長いグレイのウール製コート、カーキのスラックスとグレイのテニスシューズ、明るい茶色の髪とまばらなひげ――がトイレの隅で横たわっている。もうひとりの犠牲者を助けに来たと思われる。救い主候補より二、三歳年下の赤毛の女性がふたつ目の個室の床に横たわっていた。地味な服装で、長袖のブラウスにグレイのセーターベスト、下は黒いスラックスとブーツ。女性の遺体のそばに人間の歯が散らばっているが、どちらの犠牲者のものでもない。女性ののどの外傷からホーキンスがすでに疑っていたことを、検視官が裏付けた。絞殺だった。

ふたりの身分証を調べ、アーロン・ジョセフ＝コーリーがレンタカーを戻しに行くことはこの先ないと、裏づけされた。もうひとりの犠牲者デーナ・ヘインズはコーリーと組んでマイケル・マイヤーズの事件を追っていたらしい。車内で発見されたラミネート加工の書類箱に、マイヤーズとスミス・グローヴの情報が満載の、分厚いバインダーが入っていた。テレビのドキュメンタリー企画だろうと推測したが、リチャーズがふたりはポッドキャスト用にオーディオ素材を集めていたと知らせてきた。どうやらふたりのイギリス人は犯罪捜査ドキュメンタリー用のネタを負っていたようだ。

　スミス・グローヴでふたりと面会したその日のうちにマイヤーズが逃亡し、その後彼に殺されたという経緯に、ホーキンスの脳内でいっせいに危険信号がともったが、ときには偶然は偶然でしかない場合もある。マイヤーズの差し迫った移送前の面会をイギリス人が望んだのは理にかなない、それで最初の偶然の説明になる。その後ふたりがハドンフィールドへ移動したのが「ベビーシッター殺人事件」のリサーチ目的とすれば、やはり意味が通る。逃亡後マイヤーズがハドンフィールドを訪れたのは単純に、犯人は犯罪現場に戻るためか——たとえ四十年前の犯行だろうと。

　偶然説に無理が生じるのは、ヘインズとコーリーがマイヤーズにインタビューを試みたのちあまりにも早く、やつの餌食になった点だ。だがマイヤーズの思惑など、誰にわかる？　町に着いてからふたりを捜し当てたのかもしれない。もしくはふたりに町で見つかり、当局に通報される前に口を封じたのかもしれない。マイヤーズは人を殺すのに躊躇《ちゅうちょ》しない。自由を手に入れるために邪魔なふたりの調査員を殺すのは、サイコパスにとっては自明の理かもしれなかった。

　ホーキンスはトイレを出て、ガソリンスタンドの正面へ回った。そこではウォーレン郡保安官事務所の青と白のパトカーと救急車が集まり、ライトがまたたいていた。リチャーズがリゲッティを助けて野次馬の規制をしていたが、安全な距離から見物して携帯電話で録画すれば満足な者が大半だった。もちろんいつでも例外はいて、その手の人間から現場を守るのがふたりの務めだ。新たに集まった者への説明のため、リチャーズが離れた。犯罪現場を発《た》つ救急車がサイレンを鳴らす必要は、ここでは無用だった。

ホーキンスがガソリンスタンドのオフィスに入ると、歯なしのオーナーがカウンターに突っぷしている。あごはほとんど頭部からはずれかけており、とりわけ苦痛に満ちた残虐な死にざまだった。今日の遅く、ここで撮られた犯罪現場の写真は証拠フォルダに入れられ、この瞬間を再現し、悪夢のネタの仲間入りをするはずだ。法執行機関に属して四十年足らず、夜の挽《ひ》き臼《うす》にかける穀物をたくさん蓄えてきた。それでもまだ、それだけ経っても驚いたことに、悪夢は減りつつある。そっちの方が心配なくらいだ。

刑事二名が部屋を調べ、指紋を検出し、ひとりはガレージに続くドアにひざまづいて、もうひとりは椅子に座った骸《むくろ》の背後に立ってレジ、ラジオ、カウンタートップを調べていた。ふたりに仕事を任せ、ホーキンスはオフィスをあとにする。

凶悪な事件にもはやとんちゃくしなくなる日が来たら、それはさっさと退職しろという心理的な警告だと常に思っていた。自分がキズ物になった印だと。不幸にも、その日が過ぎて久しい。ときには一度でじゅうぶん――もしくは多すぎた。なぜなら、記憶から消せないものもあるからだ。

オフィスを出てリゲッティとリチャーズに異状はないか確認し、残る犠牲者、修理場の修理工を調べに向かう途中で立ちどまると、見知った女性の顔を、立ち入り禁止テープの端に集まる人だかりのなかに認めた。

ホーキンスは女の方にあごをしゃくってリチャーズにたずねる。「あれは彼女か？」

「そうです。月に二回は電話してくる。やっかいなパラノイアです」

「家に帰れといえ。おれがそういったと伝えろ」

肩をすくめ、リチャーズは駐車スペースを横切ってローリー・ストロードが黄色いテープの背後に立つところへ行った。リチャーズが話しかけたあと、彼の肩越しにホーキンスを見たローリーは、わかっているとばかりに視線を合わせた。ホーキンスはうなずいたが、向こうが人垣を縫って近づいてくると、目をそらした。

パラノイアになる正当な理由を持つ者もいる、そう考えたが、気を休めるようなことを何か提供してやれるのか、わからなかった。いいわけだけ、そしてそれはいいわけですらなかった。ウォーレン郡保安官事務所は患者の護送について事前の連絡を受けていなかった。それなのにおれたちが尻ぬぐいをさせられる。そして混乱は広がり続けていた。護送バスから逃走後、少なくとも五人が殺された。次にはガソリンスタンドで、さらに四名が犠牲になった。

「ホーキンス！」バーカー保安官が修理場のなかから呼んだ。「これを見てみろ」

ホーキンスはバーカーについて修理場に入り、ボンネットが開いて血の染みの付いたピックアップ・トラック、エンジンブロック、キャスターつきツールキャビネットを通り過ぎた。修理工の死体がうつぶせに横たわり、素足が収納棚の下から突きだしている。薄汚れた白のTシャツとブリーフを残して衣服をはぎ取られた死体の脇にしゃがみ、ホーキンスは血まみれのハンマーと男の砕けた後頭部に注目した。

「顔もたいして変わらんぞ」バーカーがいった。

「下着姿で仕事に来たとは思えないですね」

「だから呼んだんだ」ラテックスの手袋をはめた手で証拠物件袋を持ち、一メートルほど離れた場所に立つ刑事を手招きする。

「見せてやれ」バーカーが刑事に指示した。

刑事は袋に手を入れて衣服を二点、白いVネックのチュニックと白いズボンをとり出した。ホーキンスは立ちあがると上着のポケットから手袋をとり出してはめ、服を受けとって調べた。識別マークはないが、品質のお粗末さが事実を物語っている。「州の支給品だ」そう結論づけた。衣類を戻し、刑事が袋にしまう。

「スミス・グローヴに電話して確認をとれ」バーカーがホーキンスにいった。

「それより市民に知らせないと、保安官」バーカーは早くもかぶりを振った。「確認するまで待て。いきり立ったメディア連中に、またもやこの町の名前をトップニュースでがなりたてられても困る」

ホーキンスは舌を嚙《か》んで、つい口から出そうになったののしりことばを飲みこんだ。好むと好まざるとに関わらず、バーカーは上官だ。ホーキンスは外交策を講じた。「強く反対します。わたしに任せてください。もしこれがわれわれの考える人物のしわざなら、やるべき職務はひとつ。そいつをつかまえることです」

「そうするさ。やつのしわざだと確認でき次第……この騒ぎが」

小さなため息をつき、ホーキンスは顔を背けた。この男はがんとして認めようとせず、捜査を遅らせている。問題を無視してもなくなりはしない。マイヤーズが町をうろついていると発表すれば、少なくとも住人はガソリンスタンドの修理工のつなぎを着た高齢の男を警戒できる。だがそうは行かず、次にやつがどこかを襲うまで待たなければならない。

ホーキンスはローリー・ストロードを見かけたあたりに視線をさまよわせたが、もう姿はなかった。いいぞ、結局はおれのアドバイスに従ったんだな。

＊

家に帰れとのホーキンスの指示を警官が伝えたあと、ローリーは保安官補と話をしようと決めた。自分にはほかの野次馬たちと同じくらいここに立っている権利がある。護送バスが脱輪してスミス・グローヴの患者がどこか別の場所へ逃亡したとしても、ここで起きた殺人が誰のしわざかに疑問の余地はない。

前回の連続殺人を生きのびたローリーの経験からすれば、歴史はすでに繰り返しはじめていた。このガソリンスタンドで何人を殺《や》った？　立ち入り禁止テープのこちら側から見る限り、少なくともトイレにひとり、オフィスにもうひとり、そしてガレージに三人目がいる。

もっと知る必要があった。殺人に繋《つな》がりがあるのかバラバラなのか、なぜこのガソリンスタンドに来る必要があったのか？　まさに白昼堂々と。セルフサービスのポンプに駐《と》められたフォードと関係があるのかもしれない。

人伝えにホーキンスに立ち去るようにいわれたあと、最初はおとなしく離れたが、人混みのなかで少し迷子になり、それからかきわけて前に進み、ガレージの犯罪現場がよく見える列に出た。バーカー保安官がいる。いっしょにいるのは刑事か鑑識だ。スーツを着ているところから、前者だろう。その男がホーキンスに証拠物件袋から衣服を見せたとき、マイケルはスミス・グローヴの患者服を脱ぎ捨てたのではという疑念が確信に変わった。ガレージに置いていったということは、ここで着替えたのだ。以前に訪れた記憶では、修理工も給油係も店員も全員同じ、黒いつなぎを着ていた。

医療監察センターの服を着ていなくても、あいつはじゅうぶん目立つはずだ。

第二十章

カレンが日用品を買って家に戻る頃には、午後の空は暗くなりはじめていた。まだ日は沈んでいないが、小さな子どもたちは早くも通りへ繰り出している。カレンは思い思いの衣装を眺めた。ミイラ男、プリンセス、消防士、ヴァンパイア、カウボーイ、海賊（つき添いの母親も海賊のコスチュームだ）、さまざまなスーパーヒーロー。背の高い子がとんがり帽子を被《かぶ》り、星や三日月を散りばめたローブをまとって魔法使いの扮装をしていた。

道路を走り抜ける子どもに念のため注意して、カレンはステーションワゴンの速度をスクールゾーン制限速度まで落として徐行し、自宅の私道に曲がる。リアウィンドウに目をやった拍子に誰かが車のボンネットを叩《たた》き、ぎょっとなった。黒い外套《がいとう》とフードをまとい、悪霊のゴムマスクをして顔を隠した年長の子ども。厚かましさと礼儀知らずは匿名性から生まれる。インターネットのコメント欄はそんな例であふれていた。

次はトロール（ネット荒らしの意）のコスチュームを着たらいい、神経がおさまると、そう考えてくすっと笑った。

車の後部に回り、ハッチバックを開いて日用品の入った袋をふたつ抱えたカレンは、家まで袋がもつように願った。ちびっ子のカウボーイ、忍者、ガイコツが通り過ぎ、一、三歩後ろを大人たちがついていく。

「ハッピー・ハロウィン！」カウボーイが声をあげた。

「トリック・オア・トリート！」ガイコツがいった。

うなずいたきり無言のちび忍者は、キャラクターになりきっているのかもしれない。ひとりの男の子がキャンバス地のキャンディ入れバッグを下げている。片面に手描きの絵でコウモリ、しゃれこうべ、骨、それに墓があしらわれ、全部大文字で〝CEMATERY（墓場の意、正しくはCEMETERY）〟と誤ったスペルで書いてあった。

「こんばんは」ふたつの袋を片腕で抱え、ハッチバックを閉じる。「楽しんでらっしゃい」

カレンはジャケットを羽織っていたため、クリスマスのセーターは見えなくて幸いだった。なぜわが家では人気の祭日を祝わないのか、庭先で議論する気はさらさらない。

ポーチに袋を片方下ろし、正面玄関を開ける。家のなかでは踊り場に明かりがついて、階段を照らしていたが、しんとしていた。「レイ？」カレンが呼びかける。

返事がない。

家に入り、物音がしないか聞き耳を立てて、後ろのドアを閉じずにキッチンまで行った。「アリソン？　誰かいないの？」

買い物袋をカウンターに置くと、二階で物音がした。「ぎし」と「きー」の中間のような。家が気まぐれに立てる音かもしれない。それともほかの何かかも。匿名の悪霊少年が車のボンネットを叩いたことを思い返し、あれは家を破壊したか盗みに入ったあとのつけたしだったのだろうかといぶかしんだ。それとも、共犯者に逃げろと合図した……？

キッチンを出て、音を立てないようにゆっくり階段の方へ戻り、二階の物音を聞き逃すまいとした。階段下から首を伸ばし、踊り場を見あげ——頭上で足音がする。

家のなかに誰かがいる！

一瞬後、何者かが開けっぱなしの玄関から入ってくるのを目の端でとらえた。頭をさっと回し、心臓が高鳴り——

レイだった。

「カレン？」

つかの間安堵《あんど》の息を吐き、指を唇に当て、夫に静かにするよう告げた。レイが口を動かして疑問を呈し、カレンは二階を指さして視線を階段の踊り場に向けると、人影が見えるではないか。その手には拳銃を構え——

——ママ！

母親が、リボルバーを階段下に向けている。

「ばん」ついで、こともなげにいってのける。「お前は死んだ」

カレンが息を呑《の》む。「驚かせて」かんかんだった。「うちの家で何してるの？」

鞘《さや》に収めた狩猟用ナイフをジーンズのベルトに下げているのを見るたび、カレンは母親がリスやウサギを狩ってナイフで皮を剝いでいる図をばからしくも想像した。ナイフを使う必要が一度でもあったわけ？　いつもはその考えにクスリとした。今度は違う。怒りのあまり、母親の突拍子のなさと強迫観念に笑える要素はひとつも感じなかった。

ローリーは悪びれもせずにそこに立ち、「玄関脇の窓に錠がかかってなかった」と説明する。「防犯システムもなし。ときどきわが娘が無知なのかマヌケなのかわからなくなる」

「ぼくは柔道の心得があるぞ、ローリー」レイが憤慨していった。「弱点をつけるし、のど締めも、敵の攻撃の逆手もとれる」

カレンとローリーが同時に返した。「黙って、レイ」

レイからすれば善意だろうが、これはカレンと母親のあいだの話だ。

ローリーが階段を下りながら口を開く。「バスが事故を起こした」

カレンは戸惑ってかぶりを振った。「何の話？」オーケー、今度は意味不明なことをいい出した。それとも、この人にしかわからない何かの暗号なの？

「考えてた。やられる前にやる。アリソンはどこ？　ここから出なきゃ。今すぐ」

「何のバスが事故ったの？」カレンはもう一度、母親のたわごとを理解しようとした。「ママ、誰も襲ってきたりしないわ」

「銃を下ろしたらどうだ？」レイが落ち着いた声で提案した。カレンの母親が不安定で、危険がある可能性を深刻に見ているらしい。

「ママには助けが必要よ」カレン自身、リボルバーを不安そうに見た。「それまでは家に入れない」

いつものように、ローリーには独自の計画があり、常識に従おうとせず、頭のなかのおびえた声だけに耳を傾けた。「悪は実在する。お前は本当の恐怖を味わったことがない」ローリーの声がやわらぐ。「味わって欲しいとも思わない。備えをして、お前を守りたいだけなの」

同じいいわけを、母親が常軌を逸した行動をするたびに百回も聞いた。同じ恐怖と妄執。パラノイアの壊れたレコード、母親自身と——カレンはしぶしぶ認めた——たぶん、ほかの者に対しても、脅威だった。

母親の人生を破滅させ、自分から普通の子ども時代を奪った行いの罠《わな》に落ちまいと、これまでずっと努力してきた。

ロールモデルではなく、母親は感情的な教訓になった。

「わたしは家族の夕食に備えたいだけ」カレンは母親を毎日の平凡な暮らしへ誘導しようとした。母親が心のなかで交わしているにちがいない自分自身とのやりとりが、しばしば抑えがたく表面に浮かんできて唇から漏れてしまい、ほかの人間には意味をなさないのだろうと想像した。「世界は暗いところなんかじゃない。愛と理解に満ちているし、ママのサイコなわめき声で混乱させられたり信じこまされたりなんてしたくない」

それがずっと、親子間の機能不全の核心だった。カレンは自分が母を失望させているると信じて育った。角を曲がるたびに悪が潜み、こちらが警戒を怠った瞬間を待っているという相手の偏《かたよ》った見方を受け入れないために。幸せで満たされた生活を無視して、母親の期待に応えようとせずに。母親が必須だとみなす生活を送れず、そのためカレンは自分の生活を自分のやり方で、自分のルールで生きることを選んだ。母親の存在は、ふたりが別々の道を生きるために犠牲にしたすべてを思い出させる。カレンは自分の選んだ暮らしを後悔するのを拒否した。それが母親を拒否することを意味しても。

「出て行ってくれ、ローリー」レイがいった。「さもないと警察を呼ぶ。本気だ」

最初にレイ、次にカレンを見て、ローリーはあきらめてうなずいた。しばらくは、少なくとも、ふたりを自分の考え方に仕向けるのは無理だと認めた。個人的な経験から、カレンはそれが長くはもたないと知っていた。母の妄執は波になって襲ってくる。潮流のように、完全に引くことは絶対にない。

ローリーはふたりのあいだを歩いて開いたドアから出ていった。ポーチに立ちどまり、振り向いてたずねる。「銃は手に入れたの？」

カレンは玄関に行き、ドアの端を片手でつかんだ。「もちろん買ってない」いい加減にして！「帰って」

母親が二の句をつがないうちにカレンはドアをぴしゃりとしめて、錠をかけた。

第二十一章

赤とオレンジの縞《しま》の入った夕日が沈み、コスチュームを着た子どもたちがキャンディでいっぱいのバッグやかごを握りしめ、近所の通りを歩いて回る。砂糖でできた戦利品があんまり重くなりすぎて、抱えあげていられない年小の子どももいた。プラスチックやゴム製のマスクを被《かぶ》った子どもがつまずいて、頭を回して視野の狭さを補う。点滅する明かりをコスチュームにつけて、不注意な運転手から身を守る子もいた。最高のキャンディと滅多にない普通サイズのチョコバーをくれる家はどこか、友だち同士で情報を交換しあう。

両親は一番年下の子に付き添い、ベビーカーを押したり重たいバッグを持って、家々を回るあいだ、子どもたちに一息つかせてあげている。懐中電灯を持って、家主がドアに出るたびに魔法のことばを唱えるように、ときおりちびっ子に念を押した。子どもたちを受け入れる家はたいていジャコランタンを一、二個置き、それに装飾用のクモの糸を植木やドアフレームに飾りつけていた。親たちが携帯電話のカメラで写真を撮るような想像力豊かな飾りつけの家は、幽霊の集まりが作りものの炎を囲み、ばらばら死体が屋根付きポーチの天井にとりつけた扇風機からぶらさがり、墓地に見立てた前庭には黒っぽい発泡スチロールの墓が建ち、ゾンビの手が地面から突きだしている。

ローティーンは最小限の労力でコスチュームを工夫し、汚れた顔の浮浪者や、ジャージ姿のアスリート、おどろおどろしいメイクアップと裂けた服のゾンビたちが、枕カバーで作ったバッグを持って家々を駆け足で回り、まるでトリック・オア・トリートの部分はできるだけ早くすませたがっているようだった。やがては子どもじみているとみなされるはずの行為を恥ずかしく思いはじめる年頃の子もいた。とりつくろうため、そういう子は歩きながら爆竹の束に着火しては一、二ブロックごとに投げつけ、そのあと笑って金切り声をあげながら、想像上の追っ手から逃げだす。

近くで鳴った一連の爆竹に驚いて、小さなラジカセを肩に担いだカウボーイ姿のジャレッドがつまずいてキャンディのバッグを落とし、お菓子が歩道中に散らばった。ジャレッドの災難に気づかず、友だちは彼を置いて先を急ぐ。ジャレッドは膝をついてラジカセを脇に置き、散らばったキャンディをバッグに戻しながら呼びかけた。「ねえ待って！」

誰の耳にも届かなかったのか、友だちはそのまま行ってしまう。

いっそうあわてて、ジャレッドは両手でいっぺんに残りをバッグにかき集めた。最後のキャンディを拾っていると、自分より大きな息づかいが聞こえる。立ちあがり、バッグとラジカセを引きずる頃に、陰になった人影が木の後ろから出てきた。

友だちに追いつきたい一心で、先を急ぐジャレッドの前に〈シェイプ〉が立ちはだかる。ぶつかったが、今度はバッグを押さえていた。急いで見あげると、青白い顔は、笑っても眉をひそめてもおらず、無反応で――何だ、マスクだ！

男がトリック・オア・トリートには年を取り過ぎているとジャレッドは思ったかもしれないが、コスチュームやマスクを着けた父兄が、通りを子どもと歩いて今夜の雰囲気に便乗するのを見ていた。動かない〈シェイプ〉をすり抜けて、ジャレッドは友だちのあとを追いかけながら叫び返す。「ごめんなさい、おじさん！」

＊

少年と衝突したあと、〈シェイプ〉は振り向いて走り去る姿を見送り――懐中電灯を持った女が家を出て、暗い物置の方へ歩いていくのに気がついた。一瞬後、女の頭上で照明がともる。赤いローブをまとい、髪の毛にカーラーをつけた女は、フリーザーのふたをあげて冷凍チキンをとり出した。片手に懐中電灯、もう片方にチキンを持ったまま、照明をつけっぱなしにして物置から出ると、足でドアを閉める。蝶番《ちょうつがい》が固くて、ドアは途中で止まった。

女が勝手口から家に戻ったあと、〈シェイプ〉は開いたドアから漏れている明かりの方へ歩いていった。息づかいは安定させたまま……

物置の床には赤いガソリン容器が、プロパン・ガスタンクと剪定《せんてい》バリカンのとなりに並んで置いてある。物が雑然と並ぶワークベンチの上には南京錠数個、はずれたネジ釘《くぎ》、絵筆、そして——

木の柄の付いたバール。

力強い手が柄に伸ばされ、バールを持ちあげて重さを量《はか》る。

照明をつけっぱなしにしてドアを開けたまま、〈シェイプ〉は物置から家の裏手に向かい、女と同じ経路をたどって勝手口を静かに通る。

家のなかではテレビ番組の低い音と、キッチンからの物音がしていた……

＊

夕食の支度がすっかり遅くなり、ジーナ・パンチェラは頭のなかで自分をけり飛ばしながらプラスチック容器に入った冷凍チキンをシンクに入れ、蛇口をひねって流水で解凍しはじめた。ちゃんと考えておけば、前日に帰宅次第、フリーザーからとり出して冷蔵庫に入れておいたはずだ。だが最近、どうも気が散ってしようがない。リストを付箋に書いてカウンターか冷蔵庫に貼っても、自分で書いたメモを見るのを半分は忘れた。ラルフが準夜勤から帰宅する前に、チキンを解凍して料理をする時間があるか、心配になった。

ケイトに預かった女の子の赤ちゃんをお守《も》りするかたわら、トリック・オア・トリーターたちの相手をしていた。とうとうキャンディが切れたためポーチの明かりを消して、子どもたちにキャンディの泉が枯れた合図を送るまで、時間がなくてランチ以降は何も口にしていない。チキンを解凍して夫と食べるまで待っていられず、サンドイッチを作ろうと決めた。焼きハムをまな板の上に載せて、そのとなりに白パンのスライス二枚を皿に並べ、冷蔵庫までピクルスとマヨネーズのびんを取りに行く。カウンターにびんを置いたあと、ハムを数枚黒い柄のシェフナイフでスライスし、一枚ずつパンの上に載せていく。普通は二枚だが、お腹がぐうぐう鳴っていたので三枚目を切った。そのあとでスイスチーズを野菜室の引き出しに入れっぱなしなのに気がついた。スイスチーズが載っていないハムサンドなんて食べれたものじゃない。

　ナイフをカウンターに置いてジーナは冷蔵庫に戻り、ドアを開けて袋入りのコールド・カット（スライスした冷製の調理済み肉）をどかし、スイスチーズを見つけた。カウンターに戻ってチーズを一枚はがし、サンドイッチに載せる。ピクルスとマヨネーズを加え、皿をキッチンテーブルに運んで青と白のチェック模様をあしらったテーブルクロスの上に置く。おひとり様用の、お手軽な一品。

　シンクのなかで、プラスチック容器を流れる水がごぼごぼいいながらしぶきをあげて排水溝に落ちていく。蛇口を閉めたあと、ジーナは三十分後に水を替えるよう頭にメモ書きした。それから頭のメモは、紙に書くより意味がないのを思いだす。もちろん紙のメモすらたいして役には立たず、あとで思いだすよう自分を信用するほかなかった。腹の虫は鳴り続け、テーブルについてサンドイッチをひと口食べ――薬味とチーズを出しっぱなしなのを思い出した。

ほっておけ。あとで片づけよう。それから突然、ポテトチップスをサンドイッチのつけあわせに欲しくなった。食品貯蔵室《パントリー》を漁るのはほんの数秒ですむ。椅子を引いて立とうとしたものの、何かが椅子を押し返して、ジーナはバランスを失った。テーブルの端を手でつかむと、黒っぽいつなぎを来た男が立ち塞がっているのに気がついた。青白いマスクで顔は見えない。

ジーナは口を開いて叫び――

――男がバールを振り下ろし、ジーナの頭頂部を強打した拍子にプラスチック製のカラーを割り、それがわずかなクッションになったものの、頭蓋骨に深手を負った。

恐怖におびえてジーナは叫んだが、息を漏らす程度の音しか出ない。

二度目の打撃で、頭蓋骨が乾いた音を立てて砕ける。

足ががくがくし、椅子に倒れこんだ。額を血が流れ、鼻梁《びりょう》にあふれる。

両手をあげて打撃をかわそうとしたが、手足がセメント漬けになったようだった。視界の端から明かりが薄れていってさえ、男が柄を回してバールのかぎ爪を顔に向けてくるのがわかった。男の腕が再びあがる。それから金属のかぎ爪が、ぼやけた動きでやってきた。最後に感じたのは、揺さぶられる衝撃に続く、とてつもない圧力と頭蓋骨がぱっくり開く感覚、顔の骨がよじれ、砕けて——

＊

〈シェイプ〉は女が椅子に倒れこむのを見守った。女はうつろな目を見開き、頭が前に倒れてテーブルを打つ。

〈シェイプ〉は血まみれのバールをタイルの床に落とし、カウンターまで歩いていってまな板の先に手を伸ばし、黒い柄のナイフを拾った。

頑丈なナイフを前後に振り、鋭い刃が光を放つ。満足した。

死んだ女には目もくれず、キッチンを横切りダイニングルームの奥にあるリビングルームへ行った。赤ん坊のゆりかごが正面の窓に置かれ、テレビの明かりを浴びている。ゆりかごのなかで毛布にくるまれ、赤ん坊が泣いていた。

赤ん坊の嘆きにも動じず、〈シェイプ〉は正面玄関を出るとポーチの階段を下り、歩道へ出た。

トリック・オア・トリーターが二、三人、声をかけも驚きもせずに〈シェイプ〉をよけて走っていく。前方を男と女が車まで急いでいた。医者と看護師（女の肌の露出具合から本物ではなくコスチュームとわかる）が、車のドアを開けて乗りこみ、男が運転席に座る。

「ああ、くそ」男――夫――がいった。「キーがない」

「遅れちゃうわ」女――妻――が男にいう。

夫は急いで家に戻った。

〈シェイプ〉は妻を見守り――車にひとりきりで――いらいらして助手席に座っている。無防備だ。ナイフの柄を握る〈シェイプ〉の指が曲がり、体の脇に押しつけられた。隠しておけ、今は。

しじまに、コオロギが鳴いた。

〈シェイプ〉は様子をうかがう。

「こんばんは」女が〈シェイプ〉に目をとめた。

〈シェイプ〉の手が柄をにぎりしめる。

「あったぞ」夫が〈シェイプ〉の前を通り過ぎ、キーを携えて運転席に戻った。「行こうか」

〈シェイプ〉は緑石から離れ、車が出て行く。

車が去ると、〈シェイプ〉は次の家を物色に行った。

正面の窓から室内を動き回る女が見え……

＊

たぶん今晩、百回目のチャイムが鳴った。

アンドレア・ワグナーは体の向きを変えて玄関に行き、ハロウィン・キャンディを入れた木製のボウルを脇の小さなテーブルから持ちあげた。二、三時間前、ボウルはミニサイズのチョコレートバーとハードキャンディの袋であふれていた。今は……すかすかだ。二、三個、余りものが残っているだけだった。その前に戸棚をさらい、先月かそこらに買い置きしておいた袋を全部出しつくしたのを確認していた。これが今夜の有終の美だ。

アンドレアはドアを開け、にっこり笑みを浮かべた。

幼い声のコーラスがあいさつする。「トリック・オア・トリート！」

階段に立つ子どもは三人で、幸い頭数はキャンディボウルに残った品数とマッチした。女の子ふたりに男の子ひとり、年齢幅は八歳から十二歳ぐらい。もちろん、マクラレン家の子どもたちだ。シェーン、ペイトン、それと……

残念ながら、年下の女の子の名前が出てこない。

「ワオ！　ばっちり決まってるじゃない」ひと晩中くり返したセリフをいった。「それで、誰なのかな？」

アンドレアはコスチュームを着た子どもたちを見るのが好きだった。幼い子どもたちはとてもかわいい。エマを思いだす。小さい頃、自分の手を握ってドアからドアを訪ねて回った。もちろん今や娘はティーンに成長して、母親とは世間が受け入れる程度に距離を置き、基本的に思春期の接近禁止令を発動していた。それが普通よ、アンドレアは自分にいい聞かせる。わたしだって同じ態度を親にとった。

「どれどれ、きれいなプリンセスと……レインボー・ユニコーンね？」女の子ふたりがうなずいた。「ううん、そっちはエイリアン。おっかない！」

マクラレン家の子どもたちがそろってキャンディバッグを差し出した。

「あなたたちが今夜の最後のお客さんなの」アンドレアはお菓子をそれぞれのバックにひとつづつ入れた。「ハッピー・ハロウィン！」

口々にお礼をつぶやいて、子どもたちが急いで離れていく。おそらくは遅いスタートをばん回しようとしているのだろう。コスチュームを着たはぐれ者がほんの二、三人、通りをうろついている。明かりの消えたポーチライトから察するに、キャンディの供給を切らした家が大半だった。ため息をついて、アンドレアはドアを閉めてポーチライトを消した。あっという間に終わってしまった。

リビングルームを歩いていると携帯が鳴った。近頃では誰も固定電話を使おうとしない――自動音声電話《ロボット・コール》以外は。初めてではないが、なぜまだ固定電話料金を払い続けているんだろうと首をひねった。

リビングルームの真ん中で立ちどまり、ジーンズのポケットから携帯電話を引っぱりだして応答すると、すぐさま女ともだちの声だとわかった。「あら、サリー。ううん、わたしだけ。そうよね。ついていくっていったのに、エマがいやがったの。友だちの前で恥をかかせるからって。まあ、ダンスを楽しんで来ればいいけど。どうしたの？」窓の外を覗《のぞ》きながら会話を続けていると、何かが動くのに気づいた。黒っぽい人影、だが青白い部分も――マスクだ。またはぐれ者がいる、とぼんやり思った。背が高いわね。たぶんティーンの子が今年で最後にしようと回って歩いて――

「ほんと？　どこで聞いたの？　ひどい……」

背筋に震えが走り、アンドレアは突然自分を無防備に感じた。

窓まで急ぎ、ベネシャンブラインドのひもを持つと左に引っぱって下ろす。ブラインドが下がるせつな、窓ガラスに人が映りこんでいるのに気づいた――ひとりじゃない！

振り返ったアンドレアは、携帯を落として叫んだ。

青白い顔の黒い人影が、目の前に立っている。

長いシェフナイフを構えたと思うとアンドレアの前でその手がぼやけ、あごの下を左から右へ切り裂いた。

耐えがたい一瞬、のどにひどく焼けつく痛みが走り――そして、世界が闇のなかに崩れていき……

＊

中年の女が床にへたりこみ、首の深傷《ふかで》から血があふれ出るのを〈シェイプ〉は見守った。傾《かし》いだ頭の周りに血の池が広がり髪をコーティングするあいだも、女のうつろな目は虚空《こくう》を見つめている。

向きを変え、ナイフを持つ手を下ろし、〈シェイプ〉は開いた正面玄関を出て行った。刃先から滴る血のしずくが歩いたあとのカーペットに跳ね散り……

＊

ランビール・サルテイン医師ははっとして、病床から体を起こした。汗まみれだ。方向感覚がなく、暗い室内を見回す。息が荒い。暗闇を照らすのはベッド脇の医療機器と、廊下から部屋に差しこむ一条の明かりだけだった。今自分がいるのは病院だが、覚えているのは撃たれて……彼を見つけた少年に……護送バスで……

その記憶が、昨晩のはじめに抱いた印象の引き金になった。頭のなかに映像が次々に浮かんでくる。暴力の断片が、空中に投げあげられたジグソーパズルのように――責める顔。最後の瞬間、サルテインを凝視し――刑務官のクネマンが首から血を流す。

バスの運転手がサルテインを見あげる。顔が恐怖と驚きでゆがむ。のどを割かれ、無意識にハンドルを切った。バスがサスペンションの上で荒々しく揺れ、道路をそれて急な土手に落ち――その間ずっと、スミス・グローヴの患者たちは刑務官席を隔てる鉄格子の仕切りをがたつかせ、顔から血をまき散らして叫んでいた。熱狂をあおっているのか、狂気に襲われたように――ふたり目の刑務官ハスケルが叫び、金網に覆われた窓に、血の流れる顔を打ちつけている。そのとき、銃弾が頭蓋骨を打ち抜き――

サルテインは震えながらベッドに横たわり、肩の鈍い痛みに意識を集中し、自分を見失うまいとした。呼吸を遅くして心拍数を減らし、モニター・ディスプレイの数値を修正する。病室にはひとりきりだったが記憶があまりに鮮明によみがえったため、公衆の面前で披露していているような気がした。

だが、サルテインにとって唯一重要な人物がともにいた。

あのときの証人が。

第二十二章

校舎の外からでさえ、アリソン、キャメロン、オスカーには体育館の壁や窓から漏れてくる重低音が聞こえた。スポットライトが出入口に二、三個と、旗ざおを下から照らす以外、ハドンフィールド高校の外観はふさわしい暗さに抑えられ、寂しげに見えた。少し出遅れたが、三人は正門の左右を構えるレンガの門柱で止まり、記念写真を撮った。ダンス実行委員会の委員が、ペンキを塗ったベニヤ板のガーゴイルを両方の門柱に飾っていた。ガーゴイルの出来映えはリアリズムを狙ったというより、カートゥーン番組の平面的なスタイルだ。左右の柱に釣り糸でくくりつけたプラスチックのガイコツの方が、ガーゴイルよりリアルに見える。

〈至高の死体ダンス〉が正式にはじまって三十分後、アリソンはキャメロンと連れだち、当然のごとくオスカーがくっついて来た。コスチュームを着た同級生が何人かメインドアでたむろしている以外は、全員すでに会場入りしている。

三人が遅れたのはオスカーが直前になってコスチュームを変更したためだ。サングラスをしたヴァンパイアのつもりだったが、二度ばかり転んで計画を考え直した。赤くて丈の高いえりと赤いライナーの付いた黒いケープ、それからタキシードに見える奇抜な黒いT

シャツを残し、プラスチックの牙とサングラスはポケットにしまいこんで、カーブのついた悪魔の角《つの》をつけた。「角を生やした悪魔の方が、目の見えないドラキュラよりいいだろ」

オスカーが説明した。

「どっちでもいいよ」キャメロンがせきたてる。

「メフィストフェレスはどうだろう」オスカーが指を鳴らした。三人は最近ゲーテの『ファウスト』を読んだばかりだ。「誰かに訊《き》かれたら、『おれはゲーテモノだ、兄弟！』っていってやるんだ」

キャメロンが弱々しくかぶりをふる。「頼むから、それはいうな」

「わかった、じゃあ角を生やした（「性的に興奮している」という意味の俗語）悪魔だ」

「〝広告の真実性〟はどうなるんだよ」

アリソンが笑う。

「あー、笑うなよ」オスカーが両手でケープを持ちあげた。映画のなかでヴァンパイアがコウモリに変身するような仕草で、アリソンが映画で知っているような悪魔らしさはない。「女の子はケープ姿の男に弱いんだぞ」

「まじで聞いたことないんだけど」

「今夜それが事実だってわかる」

キャメロンが笑った。「夢見てなよ、カサノバ君」

アリソンとキャメロンは当初のプラン通り、ダンスにはボニー&クライドに扮して臨む。キャメロンは自分の役にすんなりはまって焦げ茶色のニットベレー帽を粋に被《かぶ》り、からし色の半そでカーディガンの上に茶色の柄物スカーフをゆるく巻き、下は茶色の格子縞《こうしじま》模様のペンシルスカートに茶色の靴下とローファーでまとめ、女犯罪者を装っている。ブロンドのボブのかつらはやめて、自毛を肩の長さにゆるくカールさせ、なりきりぶりは生足部分の毛を剃《そ》るところまでは行かなかったが、結果的にコメディ色が加わった。

「イケてる《フェッチング》ボニーね」アリソンがいった。

寄りそってキスをする。

「そして君は――」

オスカーが前に出てキャメロンをケープで巻いて、ふたりを引き離した。「ぼくの相棒を侮辱するなんて許せない」ゆっくりかぶりを振る。「ぼくがついてるぞ、キャム。スカートをはいていようといまいと」

「侮辱してなんか――」

「君を犬呼ばわりしてた、キャム。ほら、『とってこい《フェッチ》、ボニー、とってこい』」

「お前、またふざけてんな」キャメロンが笑った。「そのへんでやめとけ」

「だけどアフガンハウンドの優美な外見をしてる」オスカーがにんまりしてキャメロンの髪をなでようとした。

オスカーをよけ、キャメロンはアリソンのそばに戻った。手をとると、アリソンがにっこりした。「ボニー&クライドはふたりでひとりよ」アリソンににらまれて、オスカーはおじぎをした。

ぐっとおとなしく——それに性の倒錯はより控え目に——アリソンが選んだクライドのコスチュームは、ペールイエローの中折れ帽、茶色のチェック模様が入ったウエスト丈のダブルスーツとスラックスの上下、長そでのドレスシャツに、サスペンダーとネクタイ。すそを高く折り返して黒いソックスと茶色のドレスシューズが覗《のぞ》いているが、ふくらはぎはほとんど見えない。長い髪は帽子の下でピンでまとめてある。それからアリソンなりの粋な味つけに、木のマッチ棒を口の端に加えてシガレット代わりにした。

「オスカーがゲーテモノのジョークをいう前にいいかけたのは——」

「キャメロン!」オスカーが叫んだ。「おれを愛しているんだな」

「——君はクールなクライドだよ」オスカーの歓喜の発露は無視してキャメロンはいった。

ふたりは再び、唇をそっと重ね合ってキスし——

「死神様のお通りだ」彼らの後ろから声が響いた。

驚いて三人組が振り向くと、フード付きの黒い外套《がいとう》を着て、ゴム製のガイコツマスクを被った背の高い生徒が鎌を体の前に持ち、門の方へのし歩いてくる。近づくにつれ、鎌はほうきの柄と、段ボールをアルミホイルで覆った刃でできているのがわかった。

ガイコツマスクの男が三人のあいだで足を止め、こういった。「われは――死神なり」

「まじで?」キャメロンが笑っていった。「ちっともわからなかった」

オスカーが肩をすくめて調子を合わせた。「びびったぜ」

「アリソン?」キャメロンが声をかけた。

「ことばが出てこない」無表情にアリソンがいった。

「この学校の誰かが死ぬ運命にある」死神がことさら重々しい声音で予言した。ゆっくり回って、アルミホイルの鎌の先をキャメロン、アリソン、最後にオスカーに向ける。「お前たち三人は行ってよし」

「お先にどうぞ、死神どの」オスカーがケープを払って入口を身振りで示した。

三人は死神が体育館に入るのを黙って見守った。それからそろって爆笑した。

「今の何?」アリソンが訊いた。

「聞いてなかった?」オスカーが低い声で付け加える。「死神だ!」

またどっと笑う。

「本格派のコスプレイヤーだな」とキャメロン。

「ほうきの鎌をとりあげられたあとはそうでもないさ」

「きっとアーロだよ」アリソンが上背の痩せた上級生を挙げた。「アーロ・ロドリックだよね?」

「間違いない」キャメロンがうなずく。「やつがライブRPGプレイヤーだって聞いたことがある」

「差別主義はやめろよ」オスカーがずれた返事をする。

「ライブアクション・ロールプレイのことだよ」

「彼がスクールダンスに来るなんて、想像つかない」自分もヴィッキーに尻を叩《たた》かれて来たのをアリソンは思い出した。

「ダンスをしに来たわけじゃないさ。やつにとっちゃコスプレ・パーティなんだ」

「死の――舞踏だ」オスカーがケープを広げて一回転する。

「ケープがよっぽど気に入ったらしいな」キャメロンがアリソンにささやく。

「ここにずっと突っ立っててもしょうがない」アリソンは自分と、ふたりに向けていった。

「写真タイムにしよ」

「そのあとは音楽とパンチ――ついてたら、アルコール入り――」キャメロンが続ける。

「パンチの心配はするな」オスカーが謎めかして遮った。

「――スナックと――」キャメロンが続け、指を折っていく。

「それからダンスを少し？」アリソンが訊いた。

「もちろん」キャメロンが肩をすくめる。「時間があれば」

「時間は作るの。ダンスしに来てダンスしないなんてムリ」

「ふたりのうちどっちがズボンを履いてる（主導権を握っている意）かわかった」オスカーが混ぜっ返す。

「ハハハ。携帯持ってる？　それともわたしのを使う？」

「持ってるよ」とキャメロン。「早くパパラッチしてくれ」

「わかった、わかった」オスカーはぼやいたが、旧式なフラッシュ付きカメラを携帯の代わりに出した。「特別な夜だから、年代もののカメラを持ってきた。さあポーズを決めろ、ビッチども！」

　模型の銃でさえ学校の敷地内では禁止のため、アリソンとキャメロンは背中合わせに立って指を銃の形に作り、顔を横に向け、オスカーがカメラで撮る。ふたりが肩を抱きあう写真、ガイコツに混じって踊る真似《まね》、それからガイコツと踊る真似を、あたかもガイコツが割りこんだかのように撮り、それから単独のショットを二、三枚づつ。アリソンは足を肩幅に開き、両手を腰に当てて肘を張り、頭を横に向けて男らしいつもりのポーズをとった。キャメロンは歩道に出て、ペンシルスカートのすそを膝上まであげ――毛深い足をさらにさらし――カメラに向けてしなを作る。スカート姿でくるっと回ろうとして、よろけて倒れかけた。アリソンとオスカーは笑って、キャメロンは黒いバックルのローファーでタップダンスをするふりをする。アリソンはキャメロンのとなりに並び、腰に手を当ててアイルランドのステップダンスをしようとしたが、『リバーダンス』を観たのはずいぶん昔だ。たぶん、見た目も自分で感じたのと同じぐらいダサいはずで、だけど自分がおかしくて笑った。それでもふたりの男子は真顔を崩さないように努めて、アリソンをはやしたてた。

　アリソンがオスカーと交代し、オスカーとキャメロンの写真を自分の携帯で撮った。キャメロンはオスカーの後ろに立ち、閉じた電気回路に見立てて左右の曲がった角に人差し指を突っこみ、痺《しび》れるふりをした。ひとりのときもキャメロンとツーショットのときも、オスカーはケープでヴァンパイアごっこをするのをやめられず、両方の腕で広げて持ち、ケープでくるんだ前腕の片方を顔の前にかざして目だけを出した。キャメロンよりうまく、くるっと回転してみせる。

「角を忘れたのか？」キャメロンが訊いた。「お前は悪魔だろ。ヴァンパイアじゃなくて」

「ケープのせいでついやっちゃうんだ。何か……ピッチフォーク（農具の一種。よく風刺画で悪魔が手にしている）か何かが欲しいな。ひづめか……トゲの生えた尻尾《しっぽ》か」

「トゲの生えた舌（毒舌の意）で手を打てよ。たった今から」

「わかった、まじで撮るぞ。最後にふたりのツーショットだ。おふざけなし」

　キャメロンがアリソンを見た。

「いいよ」アリソンが笑っていった。「ママが額に入れて飾れるやつ用」

　ふたりは寄り添って立ち、オスカーがカメラを向ける。「君たち！　超決まってるね。よし、じゃあ三つ数えるぞ。いいか？」

ふたりはうなずいて、まっすぐ立った。アリソンが手を伸ばしてキャメロンと指をからめる。

「ワン……ツー……」オスカーがカウントする。

アリソンは笑顔になり、満ち足りた気持ちになった。

「スリー！」

フラッシュが焚《た》かれ――だがその直前、キャメロンが前に体を乗りだして舌を出した。

「キャメロン！」アリソンが叫んで肘でつつく。「ばかじゃないの！」

「あう」キャメロンが笑って体を引いた。「ふざけただけだよ！　さあやり直そう」

「もういい。終わっちゃう前になかに入るよ」

「なあ、ごめんよ」アリソンがよける前に腕を握る。「あとで埋め合わせする。約束だ」

「行こうぜ。颯爽《さっそう》と登場するぼくにうっとりする女たちを眺めるときが来た」

「オエッとなるって意味だろ」キャメロンがオスカーの角をなでた。「どっちだっけ。悪魔か、それともさかりのついた犬だっけ？」

「両方ってことで。なあ、ビールの六個入りパックを応援席に隠しといたぜ。このスキットル（酒を入れる携帯用容器）はジン入りだ。オスカー様とパーティしたいやつは？」

オスカーがキャメロンにスキットルをこっそり渡す。キャメロンはうなずいてスキットルをペンシルスカートの前ポケットにしまい、上から押してならした。

キャメロンが笑い、ふたりの肩に腕を回す。「楽しもう、な?」

親友がそばにいなくても楽しもうと決めて、アリソンはためらいを全部押さえつけ、不安は神経のせいにして、キャメロンに笑って見せた。チケットを体育館入口の折りたたみテーブルに出して、三人は参加者の群れに加わる。

アリソンは立ちどまり、大音量の音楽、動き回る照明、不気味な装飾と人いきれに圧倒される前に会場の雰囲気を味わおうとした。そして、顔に浮かべた笑顔がしぼむ前に、オスカーがキャメロンの腕をつかんで引っぱっていった。ふたりは人の波に飲みこまれ、オスカーがキャメロンを隠し場所に連れて行くとか何とかいうのが聞こえた。

第二十三章

　飾りつけられた体育館のなかに入って十秒足らずのうちに、アリソンはヴィッキーがベビーシッターのバイトを捨ててダンスに来てくれたらいいのにと願った。オスカーは早速キャメロンを引っぱっていって気晴らし《ジン》を与え、そのあいだに隠したビールをとりにいった。アリソンはスクールダンスをボーイフレンド（そう呼べるとすれば）と楽しむより先に自意識過剰になり、まるで通りにさまよい出た自分を誰もが品定めし、蔑むか哀れんでいるに違いないような気がした。今を楽しむのは難しい、今が最低のときは。

　一時的にひとりぼっちになった状況から気持ちをそらそうと周りを見回し、キャメロンが今すぐ戻ってくるよう願った。どれぐらいひとりで耐えられるかわからない。体育館の真ん中にはハードウッド材の床に大きな五芒星《ペンタグラム》のデカールが貼られ、アリソンはその上で踊る人々を避け、円を描いて周りを歩きながら大音量の音楽に合わせてたまに頭を上下させた。

　パーティの参加者がアーチをくぐって体育館に入ると黒とオレンジのダンスフロアに出る。青と黄色（スクールカラーだ）を交互に並べたバルーンの列が床からいくつも弧を描きながらのびて天井で交差し、それからまた下がり、巨大なクモの足を模していた。重力の法則に逆らうように、五体は下らないガイコツが天井から吊《つ》り下がり、めまいをもよおす様々なポーズをとっている。

風船のアーチの右手にはまた別のガイコツが立っていて、オレンジの照明にふちどられ、となりの干し草の山にも照明と作りもののクモの巣がかかっていた。スポットライトが頭上からガイコツを照らし、フロアに置いたストロボライトが下から狙っている。

アリソンが体育館のなかほどに来ると、ダンスフロアに出たチアリーダー数名が、隅に設置されたＤＪステージの前でチアダンスを披露していた。二段になったＤＪステージの頭上に設置されたトラス（照明機材を取り付ける軽量素材の構造物）からは、回転するスポットライトとストロボライト、大型スピーカーが吊り下がる。フランケンシュタインの怪物の特大ハリボテが、ＤＪの前に置かれたテーブルに横たわり、頭の周りでキャンドルが数本ともっていた。首にヘッドホンをかけたＤＪはゴムマスクを被《かぶ》り、死霊っぽいしわだらけの顔をぼさぼさの白髪がふちどって、アリソンが見たことのあるどのフランケンシュタイン博士とも似ていない。ＤＪと機材の後ろには、ホラー映画に出てくるような作りものの分電盤と、光るタワーが二本あって、あたかも電気的なエフェクトで「ヤコブのはしご」を創り出して見えるように組まれていた。ＤＪのとなりでふたりの女の子が踊り、ひとりはベリーダンサーのコスチュームにピンクのレイを首にかけ、もうひとりは赤いラテックスの露出度の高いアウターを着ている。たぶん、セクシーデビルのヴァリエーションなのだろう。

チアリーダーたちがダンスフロアを連れだって離れ、アリソンは周りの同級生がまとうコスチュームをチェックした。黒装束にガイコツマスクが二、三人、海賊がひとり、歌舞伎ダンサーの女の子、魔法使いとつるんだ手品師は、オスカーみたいにケープを羽織っているが、ひもタイで前を合わせていた。ラッパーでキメた生徒がかけているブリンブリンのアクセサリーは、たぶんコスチューム・ジュエリーなのだろう。黒と白のストライプを着たレフェリーが、オレンジのライフジャケットにスノーケルをつけた男と話している。カウガールがロデオ・クラウン（ピエロの格好をしたカウボーイ）と踊っている。狼男のゴムマスクを被った誰かがキムのそばに立っていた。キャメロンがオスカーにタンゴ&キャッシュのコスチュームはやめたとぶちまけたときにアリソンを変な目つきで見た子で、トラ娘のコスプレでダンスに来ていた。猫耳に、黒い革のビスチェらしきものと黒いシフォンのスカートを身につけ、肌をこれでもかと露出している。オレンジ色のボディペイントを施し、のどと胸元と腕と足に黒で縞模様《しまもよう》を入れていた。

アリソンはキムの自信がうらやましかったが、立場を変わりたいとは思わない。それでもやはり自分の衣装選びは臆病だったかもしれないと迷いだす。キャメロンは大胆にも女装をした。彼が一緒にいてコンビを完成させてくれないと、アリソンは男の服装をした女の子にしか見えない。

体育館の隅に行き、パススルーカウンター（壁に作りつけたカウンター）に並ぶスナックを物色する。カウンターの両脇にはポスターサイズのタロットカードを一枚ずつ貼った赤いビロードのカーテンが引かれ、おそろいの赤いテーブルスカートがカウンターにかけられていた。ポテトチップスとトルティアチップスの入った大きなガラス製のボウル、それぞれのボウルに入ったナチョチーズディップとチーズパフ。ナプキンの束と紙皿のとなりにモンスターの頭をかたどったセラミック製の容器が置かれ、なかにはプレッツェルが入っており、アソート・キャンディの小さなジャーが添えられている。テーブル奥には背の高い黒のキャンドルが飾られていた。

スナックカウンターの脇に置かれたテーブルに、パンチボールとオレンジ色のプラスチックカップの山が載っている。コップのとなりに、誰かがジャコランタンと目玉の形をした自家製カップケーキを置き、チョコチップとオレンジ・フロストのシュガークッキーが並んでいる。アリソンはチョコチップ・クッキーを味見しようかと思ったが、体育館の端から端に歩いただけでは食欲は湧いてこない。

誰かがパンチにアルコールを入れたかどうか試すのもやめておいた。だが一瞬後、キャメロンとオスカーが自ら実験台になった。ふたりとも、オスカーの密輸品を求めて会場を抜けだす前よりもちょっとだらしなくて騒がしい印象を与える。

キャメロンがアリソンににじり寄り、腕を肩に回した。「恋しかった？　クライド」

「いなくなったなんて気づかなかったよ、ボニー」

「またいなくなろうかしら？」

アリソンが二の腕をつかむ。「よしときな、バブ」

「バブ？」胸《ブーブ》を指してキャメロンが訊《き》いた。

「バブリー（「陽気」と「シャンパン」のふたつの意味がある）の略」アリソンが笑った。

「わたしってそうなのよ」とキャメロン。「だけどオスカーがシャンペンを持ちこんだかどうかは疑わしいわね」

「ダンスの貸しがある」アリソンがいった。

「そう、時間だ」オスカーがポケットに手を突っこんで赤いフレームのサングラスをした。次にプラスチック製のヴァンパイアの歯を口にはめる。「夜の誘惑ダンスをする時間」

「そうね」アリソンがすげなくいった。「幸運を祈るわ」

　キャメロンが笑う。

　こりずに片手でケープをあげたオスカーが、半分弧を描いて襲いかかるような調子で舞い、ダンスフロアへ繰り出した。スローダンスをしているペアにぶつかったあと、オスカーの周りに空間ができる。

「じゃあ、彼はもう悪魔じゃないの？」アリソンがキャメロンに訊いた。

「ヴァンパイアのふりを止められないんだ。あいつはみんなを混乱させるよ、本人を含めて。勝手にやらせとけ」

「同じことをあなたにいおうと思ってた」キャメロンの両手を握って、アリソンがダンスフロアに引っぱっていく。

スローナンバーを含めて二度ダンスをしたあとダブルのジャケットを脱いだアリソンは、ほぼ十分間、笑顔を浮かべっぱなしの自分に気がついた。キャメロンがオスカーと出ていってしまい、出鼻をくじかれたあと、気分は完全に上向いた。少しめまいがして、ダンスフロアにいる同級生たちのカップルや、小さな輪を作って互いに踊っている女の子のグループとひやかしあう。いろんなクラスで見知っている生徒のなかにはコスチュームを着てもわかる生徒もいるが、見分けのつかない生徒もいて、マスクや大がかりなメイクやゾンビメイク用のアイテムで正体を隠している。みんなでダンスと音楽を共有し、いつものアイデンティティのガードを下げたことによる自由な感覚もあった。混み合った場所にあまりにも大勢集まり、スポットライトの砲火を浴び、アリソンは顔が火照《ほて》った。こんなに楽しんだのはいつ以来か、思い出せないくらいだ。

酔っぱらった勢いで、オスカーが踊っている生徒たちの周りをケープをはためかせながらせわしなく動き回り、写真を撮ってはいちいちお前の魂をとったぞといい、合間にわざとらしい邪悪な笑い声を挟んだ。大事な点は、オスカーの悪ノリのおかげで、キャメロンとふたりきりの大切な時間を持てたこと。しばらくしてふたりは一息つこうと決め、スナックコーナーに戻った。

ダンサーたちに背を向けてキャメロンが金属のスキットルから一口飲んでいると、アリソンは携帯が振動するのを感じた。画面を見る。ヴィッキーだ。わたしが惨めな思いをしてないか、様子を聞きに連絡してきたんだ。

ヴィッキーの声が聞こえる確率は、どでかいスピーカーから音楽がガンガンかかってってはゼロのため、フロアを離れて話しに行く。

アリソンが携帯を持っているのに気がついて、キャメロンが問いかける顔つきをした。人差し指をあげてすぐ戻ると合図し、急いで体育館を出て行く。

＊

廊下に出てもうまく声が聞こえなかったが、スピーカーに切り替えるのは避けた。そばに女の子たちが立っていて、コスチュームの乱れを直したり互いにメイクがくずれていないかチェックしあっている。周りの声を追い出そうとして携帯を右耳に押しつけ、手のひらで左耳を覆った。

「ヴィッキーがいなくて悲しい。ばかみたい。コスプレしてる相手の方が実際楽に話せるんだから。誰だかわかんない分、ましなの」

「ほらね」ヴィッキーが喜んだ。「そういったでしょ。キャメロンはどう？　わたしのスカート履いて、イケてる？」

アリソンが笑った。「ふたりともすごく楽しんでる。彼ってかなりいい感じ」そういい足して、キャメロンとのあいだに引いた線が一本消えたのを感じた。

「わたしの潜在意識にパパがとり憑《つ》いて、キャメロンの家族の見方を変えたみたい」

女の子たちが数名、結局メイクの手直しをすることに決めてアリソンのそばを通り、トイレに向かった。アリソンは背を向けてヴィッキーにもっと話そうとしたが、体育館に通じるドアをオスカーが押し開いて出てきて、アリソンを見るとケープをひらめかせ、空《あ》いた手をカメラに伸ばした。最初、キャメロンが会話を盗み聞きするために送りつけたのかと疑ったが、もっと単純に、オスカーにはトイレ休憩の必要があったという理由に落ち着いた。

オスカーが近よってきて両手でアリソンの顔をつかむふりをすると舌を上下させ、腰をグラインドさせた。ムカついた顔を浮かべてやめさせようとしたが、それでは足りなかったらしく、性的興奮のふりが、本物すれすれになるまでさらに体を押しつけてきた。

やだ、どれだけ飲んでるの？　素早くオスカーを押しのけて、彼自身が後悔するような真似《まね》をやらかした結果、こちらが訴えるような事態を避けた。「オエッ」という口を作り、片手を前に出して遠ざける。

「アリソン？」ヴィッキーがスピーカーからたずねる。「いるの？」

オスカーから目を離さず、応《こた》える。「うん、ちょっと待って」

おどけた仕草をして大げさに肩をすくめ、オスカーはアリソンから距離をとり、トイレのへの旅に出た。途中できびすを返してとって返しはしないかを警戒していると、携帯が震えた。見下ろして、相手を確認し――祖母だった――ボイスメールに切り替える。

第二十四章

携帯を耳に当て、モリッシー家のウィングチェアに座るヴィッキーは、赤いテニスシューズを脱いで足を体の下にたくしこみ、九歳のジュリアンのために作ったポップコーンをコーヒーテーブルに置いた金属製のボウルからつまんでいた。ジュリアンはハロウィン・キャンディを喜んで頬ばっただろうが、母親からスナックサイズのキャンディを三つだけ選ばせて、残りはとっておくようにと指示されていた。概してジュリアンはいい子で、この子のお守りをするときはストレスのない夜を過ごせた。黄色いそでの白いラグランシャツとネイビーブルーのジーンズ姿のヴィッキーは、実質スクールダンスでコスチュームを着た誰よりもくつろいでいる。ベビーシッターのバイトを放課後の社交生活に優先させた利点のひとつだ。加えて時給はありがたくも三倍に増額してもらった。

ヴィッキーが携帯でアリソンと話しているあいだ、ジュリアンはとなりに置かれたペールブルーのソファの隅っこに座って、フラットスクリーン・テレビで映画『レポマン』を観ていた。裸足のジュリアンは火山の絵が付いたTシャツと恐竜の絵のパジャマパンツを着て、ヴィッキーと同じぐらいくつろいでいる。さらに重要なのはパジャマを着ていると いう点だ。ちびすけが寝てしまい、デイヴが来たら、ちょっとした一夜になる。

　ヴィッキーはサイダーのコップを持ちあげてひと口飲んだ。

「アリソンたちも終わったらこっちに来なよ」バックグラウンドのくぐもったダンスミュージックを聴いて、ヴィッキーはパーティの空気に触れる機会を逃したのをひどく後悔した。声を落とし、カップ状に丸めた手を口に当てる。小さな耳の持ち主は、大きな口をしているから。

「デイヴがこっちに来る途中、〝魔法の草〟を持ってくる。ジュリアンの両親はうんと遅くまで帰ってこない。意味わかるよね？」

　返事が返るまでに空いた間《ま》が、了解の印だ。「でも、明日は学校だよ」

　楽しみ方を知らないで生まれついたわけでもあるまいし、わが親友は一生に一度くらい流れに任せて「構うもんか、やっちゃえ」といえないのだろうか。ダンスに行かせるのにもお尻を叩《たた》いてやらないといけなかった。そのあとジュリアンの子守りで自分が抜けると、もう少しでやめそうになった。

「よく聞きな、お嬢さん。わたしはアリソンのライフ・コーチなの、そうじゃないの？」

「ライフ・コーチ？　それはちょっと――」

「いい過ぎ？　じゃあ人づきあいの専門家は誰？　男の子のアドバイザーは？　パーティ評論家は？」

「ヴィッキー様です」アリソンが笑った。「ヴィッキーはそれ全部で――それ以上」

「もちろんそうよ。でも、恋に落ちる前にこのへんでやめとこうか」

「それは――」

「わかってる、ベイビー」ヴィッキーが笑って遮った。「抵抗しがたいほどあたしって魅力的だから」

「全然違――」

「ごめん、アリソン。ちょっとかついだだけ。で、わたしのいった通りにする？」

「あんまり遅くまではいられないけど」

「予防線張るのはよしなよ。いっとくけど」

「わかった。それで……？」

「あのね」ヴィッキーは、映画に集中してるはずのジュリアンがこっちをチラチラ盗み見ているのを無視できなかった。

「この可愛い子ネズミをベッドに入れなくちゃ。ごちゃごちゃいってないでこっちに来なさい」

アリソンが笑った。「いいよ。あとでね」

「パーティアニマルの本性を現したがってるって知ってたよ」

「ちょっと、わたしは――！」

「あんまり待たせないでね！」

相手の気が変わる前に電話を切った。

ジュリアンが見つめている。

「何？　私用電話は認められてるんだからね。それにその映画、もう観ちゃったし」

「ヴィッキーの友だちに、うちに来てマリファナを吸ってお酒を飲もうっていってるの聞こえたよ。ママにいいつけてやる」

チビの麻薬捜査官かよ。おやつを作ってあげたのに。それから夜更かしさせて観せちゃいけない映画を観せてあげてるのに。よし、ふたりで麻薬捜査官ごっこがしたいんだな、ぼくちゃん。

ヴィッキーはソファを越えてジュリアンのとなりに座った。目を見て話した方が効果的だ。「学校でMAD《マッド》について教わった？」

「怒ること？」

「ある意味はね。でも、このMADは〝相互破壊保証《mutually assured destruction》〟という意味。M．A．D．。わかった？」

ジュリアンは戸惑い顔で首を横に振った。

「つまり、ジュリアンのパソコンのブラウザ閲覧履歴を見ちゃったの」ゆっくり、咎《とが》めるようにかぶりを振る。「エッチなサイトのこと、パパやママにいって欲しくないでしょ」

あわててジュリアンが「ノー」の印に首を数回横に振った。

「そうだと思った。それから夜更かししてアレックス・コックスのおっかない映画を観るのもしちゃいけないんだよ」実際はその違反で怒られるのはヴィッキーだが、ジュリアンがそれを知る必要はない。

ジュリアンの頭をポンと叩いてヴィッキーは笑った。「ベッドに行きなさい、ちびモンスター」

「もう？」

「ちっちゃいお尻をあげて、今すぐ。若者よ！　二階まで競争する？」

うれしそうにきゃーっと叫んでソファから飛び下り、ジュリアンが階段まで駆けていく。あとを追いかけて全力で走っているふりをしたが、少しばかり距離を空けた。もちろんハードウッド材の床には裸足のジュリアンの方が靴下のヴィッキーより踏ん張りが効いたが、それは関係ない。ベビーシッターの暗黙のルールで、子どもにきっちり勝たせて満足感を与えてから寝かせてやるべし。ベッドに早く入るほど、早く寝てくれる、そうヴィッキーは願った。そうしたら一晩中好きにできる。

「降参、ジュリアンの勝ち」ヴィッキーが開けっぱなしのベッドルームのドアから入る。「すんごい才能があるじゃない、ちび君。見たことないよ、あんなに速く階段を駆けあがれる人間なんて」

ヴィッキーは部屋を見わたした。

「ジュリアン？　これは駆けっこだよ。かくれんぼじゃないんだ。さあ、もう寝る時間を過ぎてるよ」

ジュリアンは角部屋に、この歳にしてはうらやましくなるようなベッドルームをしつらえてもらっていた。ウッドフレームの子ども用ベッドの左右には、窓がふたつづつあり、ベッドとおそろいのサイド・テーブル、さらに九十リットルの水槽の両側にも窓があり、水槽は青と白に発光する世界一大きな常夜灯のようだ。ジュリアンの両親が選んだ壁紙は、抑えたグリーンの下地に白い動物のシルエット――ゾウ、カンガルー、アヒル、雄鶏――が交互に並んでいる。ベッドの頭上には詰め物をしたキルトのアルファベットが壁に貼られ、ジュリアンの名前が大文字で綴《つづ》られていた。

ジュリアンがベッドルームに入るところは目に入ったので、ひっきょう隠れ場所は限られた。ジュリアンはふっくらした文字の真下でベッドに横になっているべきだが、もう少しねばろうと決めた。ハードウッドの床を保護するために、ベッドは大きな縞模様《しまもよう》のラグマットの上に乗り、ベッド下はいたずらな九歳の男の子が隠れるだけのすき間があいている。ヴィッキーの左手にある横長のドレッサーの奥で、ぬいぐるみのワニの座る小さな赤いロッキングチェアが部屋の一角を占めていた。ヴィッキーは体を右に傾けて、角のあたりを覗《のぞ》いた。ジュリアンはいない。

「ジュリアン？　電池切れする前に歯を磨いてトイレに行かなきゃだめよ」

水槽が載っている木製の扉付きスタンドにはジュリアンは入らないから、部屋のそちら側は可能性なしだ。右手に子ども用の勉強机が置いてあり、その脇の、背の低い木製本棚の上にはスポーツのトロフィーが二、三個載っていた。机の上に対になったイラストの額が飾ってあり、左はホッキョクグマで右がパンダ、その下にジュリアンの描いた絵が壁に鋲《びょう》で留められている。アリソンは右側に体を曲げて、机のそでを調べた。やっぱりジュリアンはいない。残るはクローゼットとベッドの下だ——この部屋のどこかにナルニア国行きの秘密の入り口が隠されていない限り。

「時間切れだ、ジュリアン。クローゼットを開けるよ」足を踏み鳴らして強調したが、靴を履いていないとソフトな音しか出せず、イマイチしまらない。

机をよけるように二歩ばかり歩いてクローゼットの方に向かい——

「バア！」ジュリアンが叫んで、ベッドの奥から飛び出した。

ヴィッキーは思わず驚いて後ろに飛びのき、デスクチェアにぶつかった。

「ビックリした？」

「もちろん。やられた」

ジュリアンはサイド・テーブルから木製の小さな複葉機の模型をつかみ、左手の水槽を通り過ぎてクラフト・テーブルまで歩いていった。テーブルには木製の列車セットとプラスチックの絵の具入れが載っている。

まさか、夜更かしして飛行機をペイントするつもり？　絶対許さないからね、ぼくちゃん！

ヴィッキーの心配をよそに、ジュリアンはエンジン音の擬音を立てながら手に持った飛行機で円を描き、急降下させながら質問をした。「飛行機から飛び降りたい？」

「パラシュートあり？　なし？」

ジュリアンが笑った。

「大事な点だよ」ヴィッキーが冗談をいった。「みんなが『ワーアー！』ってなるか、『あああああ――ベチャッ！』ってなるか」

「ありに決まってる」

「いつかやるかもね。でも今、あたしが一番に必要なのは何だ？」

「何？」

「ジュリアンを歯磨きさせてベッドに寝かせること」

「わかったよ」ジュリアンはしぶしぶ声を出し、いやいや飛行機を下ろした。

＊

ジュリアンは寝る前の日課を終わらせてベッドにもぐりこむと、格子縞の上掛けを引っ張りあげ、あくびをこらえようとして失敗した。

「ほーら」ベッド脇に立ってヴィッキーがいった。

「疲れてる。あくびをやめないと移っちゃうでしょ」

「疲れて――」もうひとつあくび。「――なんかない」

「ほんと?」ヴィッキーが眉をあげた。「自分自身もだませてないじゃない」自分の手にキスをして、ジュリアンの額に当てる。「さあ目を……閉じて……おやすみ」

ジュリアンがうなずいた。

ヴィッキーは水槽の明かりを消し、ドアに歩いていった。

「開けておいてくれる? ちょっとだけ」

「わかった」廊下から漏れる明かりひと筋分が、部屋の床をなめて奥に届く程度にドアを開ける。

「コマンド・シフト・Nを押すんだよ――この次はね。ブラウザのシークレットモードさ」

第二十五章

ジュリアンをベッドにくるみ、あんなにあくびを連発していたぐらいだから、すぐに寝入りますようにと祈りつつ、ヴィッキーはキッチンまで下りて食器を洗った。皿、コップ、銀器をすすいで水切り台に載せる。温水で鍋やフライパンをいくつか手洗いし、思ったより大きな音を立てたが、ジュリアンが目を覚まさないように祈る。このあとは楽しくて思い出に残る晩を期待しているのに、疲れて機嫌の悪い子どもにムードをぶち壊されてはかなわない。

シンクの上にある窓の外で何かが動き、ヴィッキーの目に入った。最後の鍋を水切り台に置き、身を乗りだして外を覗《のぞ》く。窓に顔を押しつけるようにして見ると、幽霊じみた物体が外ではためいていた。トリック・オア・トリートには遅すぎる。とすると――白いベッドシーツが二枚、物干し用ロープに吊《つ》り下がり、そよ風であがったり下がったりしていた。

ヴィッキーは迷信深い方ではないが、夜にひとりで――ほぼひとりで――見慣れない――ほぼ見慣れない家にいれば、誰でも多少は神経質になる。そんなわけで、平凡な作業に没頭しようとした。洗剤をシンク下の戸棚に戻したとき、小型のゴミ箱があふれているのに気がついた。容器からビニール袋を引きだすと縛って口を閉じ、新しいゴミ袋に付け替えてからゴミでいっぱいの方を勝手口に持っていく。戻ってテニスシューズを履こうか一瞬迷ったが、庭を通る必要はないので時間の節約のため靴は省略する。

暗闇のなか外に出てゴミ袋を運びながら、ヴィッキーは身震いした。ラグランシャツは底冷えのする秋の夜気には向いていない。家の周りの舗装された歩道を大きな収集用のゴミ箱まで歩いていく途中、枯れ葉がアスファルトをかすめていく。足もとの葉を踏みしめるたび、カサカサ音を立てた。蝶番《ちょうつがい》の付いたゴミ箱のふたを開け、夜空を見あげると、薄い雲が欠けていく月にかかっている。先週の収集日から溜《た》まりっぱなしの臭いを放つゴミの一番上に袋を落とした。鼻にしわを寄せてつぶやく。「うえ、腐ってる！」

手をこすって暖をとり、きびすを返して急いで家のなかに戻ろうとしたそのとき――

「よお、いたいた」

思いがけない声に、ヴィッキーは金切り声をあげた。そのあとで、見知ったボーイフレンドの顔を頭が認識した。「もう、デイヴ！」止めていた息とともに叫ぶ。「心臓が止まるかと思った」

デイヴは農夫のコスチュームでモリッシー家に現れた。つばのほつれた麦わら帽を被《かぶ》り、赤い格子縞《こうしじま》のシャツとオーバーオール姿で、片手には玩具のスティック・ホース、もう片方で持ったジャコランタンは、ハート型の目と逆向きのハートとおぼしき鼻と、笑った口に彫られている。ちっとも怖くはないが、夜中に突然、おびえているところへ現れたら話は別だ。

「ごめんよ。さっきからドアをずっと、ざっと五分は叩《たた》いたんだぜ。チャイムを鳴らして子どもを起こしたくなかったから」洗い物をしていたため、ノックが聞こえなかったのだろう。

「ほら」デイヴがジャコランタンを持ちあげた。「うちの畑の獲《と》れたて」

「キュートね」笑って、神経が静まる。

「こいつ、君に夢中《ハート》だって」ハート型の目をヴィッキーに傾けた。

「よくいうでしょ……」

「何を？」

「目はカボチャのえぐり取られた内側の窓だって」

「ひどい」デイヴはおびえた子どものようにジャコランタンを抱きしめた。

「何でそんなことというの？　何で？」

「凍えちゃう。なかに入ろう」

デイヴはヴィッキーについて勝手口から家に入った。

「おれらだけ？」

「ジュリアンはベッドに入ったところ。今頃夢のなかじゃないかな」

「じゃあ、家はふたりで独占？」
「アリソンとキャメロンがあとで来る」
ジャコランタンをキッチンテーブルに置き、スティック・ホースを椅子に立てかけてデイヴが訊《き》いた。
「ポップコーンを作る？　それとも、テレビを観ようか？」
ふたりして目を合わせ、ヴィッキーは自然と顔がほころぶのを抑えようとしたが、うま
くいかなかった。「そんなのだめ」
デイヴが笑みを返し、ヴィッキーは彼に体を預けて唇に軽くキスをした。ところが一瞬
後、デイヴが離れる。「ちょっと待って」
「うん」デイヴがどういうつもりか、わからなかった。何かしら予想していたとすれば、
せっかちな、強引なぐらいの態度だ。じらし作戦ではない。「どうかした？」
返事の代わりにデイヴはシャツのボタンを上から三つはずし、えりぐりの右側をオー
バーオールのストラップの下まで引き下ろして右肩をさらした。「見てくれよ。君のため
に入れたんだぜ」
彫ったたばかりのタトゥー。黒インクに乾いた血が混じっている。絵はない。日付だけ
だ。10—31—18。
ヴィッキーはタトゥーから目を離し、デイヴを見た。

「今夜がその日だから。そしてこれは今日の日付、つまりハロウィンだ」

ヴィッキーのはにかんだ笑顔が、顔中にパアッと広がる。

「ああもう最高、デイヴ」

彼の手をつかみ、ファミリールームへ向かう。

＊

「落ち着かない」どころの騒ぎではなかった。ピックアップ・トラックでハドンフィールドの通りを走りながら、まるで自分の命が――そして家族の命が――かかっているかのように、保安官事務所の無線に耳を傾けるローリー・ストロードの気持ちを表すには。恐れと安堵《あんど》が入り混じり、はらわたがちぎれそうだ。

あいつが逃げ出した。ローリーがつねづね予言していた通りに。否定はしない。この夜を期待し、備えてきた四十年間。今夜、遂に待ち続けるだけの時間は終わった。あいつが出てきた――そしてローリーのもとへ来る。その点に関し、思い違いはない。だが、今夜があいつにきっぱりとどめをさすその日と知り、安らかな感覚も覚えた。長年手が届かず、手出しは不可能。それでいてローリーの人生を大いに脅かし、普通の暮らしを送ることを許さなかった。あいつが戻る日を予測することはできなかったが、その日が避けがたいことだけは知っていた。ローリーにはその瞬間が訪れる日に備え、準備を怠らないでおくよりほかに選択肢がなかった。人生をとり戻す——あいつを抹殺して。

そして今、そのときが数時間、おそらくは数分に迫り、運命の歯車が回るのを感じ、ほんのわずかでも計算違いをすれば自分と家族の命とりになるとわかりすぎるほどわかっていた。家族が脅威を否定し、ローリーの警告を頭のおかしいパラノイアのたわごとだと受けとめた以上、あいつの片をつける責務はローリーひとりにあった。試みは不首尾に終わったものの、カレンに自分とともに戦う準備をさせるあいだも、心の奥底ではいつも最後の対決が一対一の果たし合いになると予期していた。

あいつと家族のあいだの盾になる。

家族を守る、あいつを殺すまで。そのあとは自分に何が起ころうと構わなかった。ルーミス医師ははじめからマイケルを悪の化身とみなし、抹殺を図った。ローリーはルーミス医師の見立てを疑ったことはない。今度は自分がその宣告を実行するつもりだ。

「ブギーマンは殺せない」

「黙れ。あの畜生を殺してやる。それがわたしのすべき最後のことになっても、殺してやる」

向こうがやってくるのを待つ必要はない。やつが再び殺しの味をしめた今、ハドンフィールドの誰ひとりとして安全ではない。あいつは殺戮を繰り返し、やがては自分のもとにたどり着くのだろうが、こっちから先に仕掛けてやれば話は違う。向こうはこちらから向かってくるとは予想していない。あいつの凶行がらみの通報が無線に入り次第、先手を打って攻撃に出る。不意をつくのが最大の武器だ。

「お前は知らないだろうけどね、マイケル」ローリーは一心にささやいた。「こっちから行ってやるよ」

助手席に手を伸ばし、スミス&ウェッソンの冷たい銃身を叩く。住宅街を徐行しながら左右を見て、暗闇に目をこらす。黒いつなぎを着て青白い死のマスクを被ったやつの形跡を求めて。トリック・オア・トリーターの最後の一団が通りをさまよい、最後のキャンディをもらえる家を探して回っているか、または砂糖でできた収穫物を家に持って帰るところだった。ほとんどの家ではポーチの明かりが消え、帰宅時間を過ぎた二、三人の子どもがキャンディをもらえる見こみはほとんどない。だが不屈の精神はほめてもいい。

「わたしたちはあきらめない」ローリーはいい、それからいい添えた。「気をつけるのよ、子どもたち」

＊

ブギーマンが帰ってきた。

喜び勇んでデイヴをファミリールームに引っぱってきたあと、ヴィッキーは背中がソファに向くようにデイヴの体を回し、顔を両手で挟んで素早い、情熱的なキスを唇に植えつけた。

それから茶目っ気たっぷりにソファに押し倒す。半ば横になったデイヴの広げた足のあいだに片膝をついて、肩を押しながら彼の唇を自分の唇で追いかけ、ふたりとも水平になると相手の体に体重を預けた。反応を見るだに、デイヴはこちらの重みを気にしていないようだ。

合わせた唇が離れてすぐ、舌と舌が軽く触れる感触があった。ふたりの呼吸が荒くなり、リズムを見つける。ヴィッキーの長いブロンドがデイヴの顔に落ちかかり、デイヴは愛撫《あいぶ》の手を耳に伸ばしてかけてやる。背中を反り返らせて、ヴィッキーは目を閉じると腰をデイヴの高まりに押しつけた。デイヴは左手でヴィッキーのジーンズのボタンをはずしてファスナーを下ろし、右手はラグランシャツの下に滑りこませて腹をなで、ブラの上から左胸を包む。

荒い息をつき、満足げな笑顔を浮かべたヴィッキーが背中に手を回してブラを緩めると、デイヴのまさぐる手がするりと左のカップの下に差しこまれて、ピンと立った乳首を人差し指と中指で挟んだ。

ヴィッキーは夢中になるあまり、じれったさと戦った。シャツとブラを脱ぎ捨てたかった――もしくはデイヴにとって欲しかったが、彼はまだオーバーオールを着こんでいる。ふたりは今夜をずいぶん待った。心の準備はできている――もうすっかり！

デイヴは左手をヴィッキーのジーンズのなかに苦労してさし入れ、指をパンティーの下に滑りこませて指先で彼女の感じやすい肌を愛撫したが、手首の角度はぎこちなく、ヴィッキーがかがんでオーバーオールのストラップをはずしたときにさらにしなう。互いを裸にしようとの奮闘努力の最中に、ヴィッキーが突然動きを止めた。何か――音がした。

「どうした？」デイヴが固まる。「おれ、何か悪いことした？」

「しーっ……タイム」ヴィッキーがささやいた。「デイヴ。今の何？」

ヴィッキーが緊張してさえいなければ、それはコミカルなシチュエーションだったろう。デイヴが手を止めてあたりを見回し、片手をヴィッキーの胸に添え、もう片方はパンティーのなかでぬくぬく丸まっている。

「え？　何が？」

「わからない。何か聞こえた」

デイヴはしばし耳をすませ、かぶりを振った。「何もないよ。ジュリアンがくそでもしてるんだ。それより……」

丸めた手を下腹部に押しつけて平らにし、下げていく。

二階でドアが閉まる音がした。

ヴィッキーはデイヴの左手をつかんでパンティーから引き抜いた。「まじめな話。見てきて」

「ガキがくそをたれるのを見に行けって?」

いらついて、デイヴはもう一方の手をシャツの下から離した。

ヴィッキーは体を起こしてソファの横に立ち、ブラをつけ直してジーンズのファスナーをあげた。デイヴは動かず、ソファに座ったまま彼女を見つめている。

「そこに座ってないで、行ってよ!」

両手を「降参」というように挙げ、立ちあがると気を取り直し、髪を手ですいてヴィッキーから後じさりながら階段に向かう。目には失望の色が浮かんでいた。まるで「まじかよ?」とでもいうように。

たぶんタトゥーのこと、早まったんじゃないかと迷ってるのかも、とヴィッキーは思った。だが機会を逃したわけではない、ただ先に延びただけだ。ハロウィンは終わっていない。これ見よがしのため息をついてデイヴが二階に向かおうとすると、ジュリアンが階段の上に立って見下ろしていた。

「わあ、びびった!」デイヴが叫んで身をすくめた。

ヴィッキーがほっとして笑う。「ジュリアン?」

小さな手を手すりの上に滑らせ、ジュリアンがあわてて下りてくる。

ヴィッキーはデイヴの横をすり抜けて、子どものかたわらにひざまずいた。

「どうして起きてるの?」

「廊下に誰かいた。ドアの外に立ってる」

デイヴは信じられず、両手を広げてみせた。

「かんべんしろよ!　幽霊にゴブリンってか?」背を向けて、ファミリールームにとって返す。

「黙れよ、デイヴ!」ジュリアンがあとを追う。

「そいつの息する音が聞こえた。それから見たんだ。悪いやつだ。変な顔が真っ暗い場所からぼくを見てた!」

ジュリアンは振り返り、おびえた目でまっすぐヴィッキーを見つめた。「ここにいる」ヴィッキーに警告した。「ブギーマンがうちにいる」

第二十六章

ジュリアンのおびえた声が、ヴィッキーの耳にこだました。

ジュリアンがうそをついているのではないとわかった。ジュリアンは信じている。だが以前、悪夢を見たことがあった。悪夢は子どもにとってしばしば現実に映る、目覚めたあとでさえ。もう一度眠るのを怖がることもあった。悪夢が待っているかもしれないからだ。

ひとつ確かなことがある。ジュリアンを落ち着かせて寝かしつけないとデイヴと過ごす夜は永遠にプラトニックで終わってしまう。そしてヴィッキーはそうはさせまいと誓っていた。ダンスを逃してもあまり気にしなかったのは、今夜を甘い結末で終える期待があったからだ。

邪魔が入ったのは些細《ささい》な後退で、非公式な初歩の子守テクニックを用いれば完全にカバーできるとみなした。ジュリアンをベッドに入れて落ち着かせるのに十分——長くても三十分だ。もし、心底怖がっているなら。

「おいで」ヴィッキーはできるだけ頼もしげな声を出した。「化け物を見に行こう。それからベットに戻ろう」

ジュリアンの手をとり、階段に戻らせる。

素早く振り返るとデイヴがかぶりを振っていた。声に出さずに「十分」と口の形を作り、じらせるような笑顔を彼に送った。

＊

ヴィッキーがジュリアンに付き添って二階に戻るのを見ながら、デイヴはため息をついた。彼女の唇を正しく読みとれていたなら、十分でふたりの夜を軌道に戻せる。ヴィッキー側の希望的観測だ、そう苦々しく受けとめた。あのガキはおびえていた。そしてデイヴがさらに怒らせた。つい乱暴に当たってしまった。栄養ドリンクかエスプレッソのショットを飲ませたも同然だ。パパとママが帰るまで手を握っていてとヴィッキーに頼むに違いない。どうにかあのわがまま坊ずを寝かしつけたとしても、アリソンとキャメロンがモリッシー家の玄関先にもうすぐ現れるはずだ。結局、今夜は映画とポップコーンの夕べになりそうだった。

何気なく指を伸ばし、できたてほやほやのタトゥーの敏感な肌に触れる。日付のあとにクエスチョンマークをつけときゃよかった。

少しばかり自己憐憫《れんびん》に浸って、ポケットからマリファナたばこを出してキッチンに戻り、外で吸おうと思った。とそのとき、ガレージから明かりがもれているのに気がついた。キッチンにはそれぞれ前と後ろに面した窓がある。張り出し窓の横の朝食ヌック（朝食を食べるための小さなスペース）は正面の芝生と私道を向いていた。テーブルを回って、大間口の窓から覗《のぞ》くと、ガレージにふたつあるドアのうちひとつが開いている。なかの明かりが私道にこぼれていた。

自動ドアのオープナーが誤作動を起こして、がたつく音であいつの目が覚めたんじゃねえかな。

デイヴもヴィッキーも音を聞かなかったが、あのときは互いに夢中だった。小さながたつき音は遠方の車かボイラーの点火する音、食器洗浄機か洗濯機の運転音でもあり得た。キッチンで爆竹が鳴るのでもなければあの二、三分の間、妙な音に気づいたかどうかは怪しい。もちろんヴィッキーはジュリアンの異変に気がついたが、立場上無理もない。子《ベビー》守《シッター》の内なるセンサーが警戒中だったろうし、とりわけ今夜はジュリアンが起きるか、こちらの様子を盗み見てはいないか神経質になっていた。一方、デイヴはたけり狂うホルモンに没入しきっていた。「単細胞め」デイヴはひとりごちた。

正面玄関は使わず、室内のキッチンドアを開けてガレージに入り、二歩ばかり歩いてから後ろ手でドアを閉める。ここならばマリファナを吸って家のなかに臭いが残り、ヴィッキーがおとがめを受ける心配はない。

＊

ヴィッキーはジュリアンと階段をあがりきったところに立ち、暗い廊下から子どもの角部屋の様子をうかがった。ベッドに寝かしつけたときにつけておいた明かりを消した記憶はない。洗いものをしているあいだにうわの空でスイッチを押したのかもしれないが、あやふやだった。

「あそこ、ドアのところに立ってた」ジュリアンが部屋の方を指さす。「目を閉じたの。開けたらいなかった」

ヴィッキーは廊下の明かりをつけた。

子ども部屋のドアが開いている。階段を駆けおりる前にジュリアンが閉めていくいわれはない。怖い夢を見てベッドから飛び起き、ドアを開けて廊下を急ぐ。きわめて自然。閉めていたらかえって変だ。

「怖い映画を観せるのはあれが最後だからね」緊張をときほぐす必要を感じた。子どもをリラックスさせてやらないと、もっと怖がるかもしれない。階段の上にジュリアンを置いて、ヴィッキーはハードウッド材の廊下を靴下スケーティングで滑っていき、子ども部屋のドアでピボットターンをして暗い部屋のなかに入る。

手のひらで壁のスイッチを入れて明かりのついた部屋を見わたしたが、誰もいない、もちろん、水槽の明かりもつけた。気分がよくなるならジャンボ常夜灯だってつけてやるさ。

「ヴィッキー？」ジュリアンのおびえた声がする。

おっと！　あの子を残してきた。「何にもいないよ、おちびさん」あわててドアから顔を突き出す。「怖いことは何もないよ」

*

デイヴはマリファナを口からはずし、ガレージを見回した。そんなにごみごみはしていない。ガラクタは棚の上、金づちその他の工具類は、キッチンと共用の壁に張ったベニヤ板に釘《くぎ》を打ってかけてある。自転車が二台、丈の高いバイクラックの上下にかかっていた。ガレージの奥に目をやったデイヴは、その光景に大きな笑みを浮かべた。

「すげえバイクだ」感嘆の声をあげる。

黒とシルバーのヴィンテージ・ハーレーダビッドソンに、哀れにもちりが積もっていた。うやうやしくハーレーに近づいたデイヴは、まだ走れるのかいぶかしんだ。ちりが積もるほどここに鎮座していたとすると、絶対、調整が必要だな。

ゆっくり周りながら指先を滑らかな車体に走らせ、ちりのコーティングにくっきりした跡を残す。嫉妬《しっと》の証拠。

デイヴはシートの上に左足を振りあげてハーレーにまたがり、マリファナを口の端にたらしてハンドグリップを握り、私道を見すえ、目の前にのびる広々とした幹線道路を思い浮かべた。

「スピードの限界を決めるのは」デイヴが低い声でいった。「自分自身の恐れのみ」

　何でガレージにしまいこまれているんだ？

　デイヴはシナリオを想像した。ミスター・モリッシーがバイクに乗るたび、ミセス・モリッシーがクールな夫にしびれる。そもそもバイクに乗った彼を見初《みそ》めたのかも。それから、もちろんジュリアンが生まれ、もはや彼女にはバイクがバイクに見えなくなった。その目に映るのは〝走る棺桶《ドナーサイクル》〟（事故率の高さをほのめかすバイクの俗称）だった。そして、夫にバイクを乗り回す日々は終わりだと告げる。彼は父親となり、妻は息子に父親を知らずに育って欲しくなかった。かくしてハーレーはガレージで眠り続け、年月は過ぎてミスター・モリッシーは広々とした路上のワイルドで気楽な日々を、パワフルなモーターが体の下で震える感覚を、めったに夢に見なくなった。

　それとも逆かもしれない。ハーレー乗りはミセス・モリッシーで、ミスター・モリッシーが町のホットな女性バイカーにメロメロになったのかもしれない。ふたりは恋に落ち、都会や田舎を一緒にツーリングした。それから彼女は妊娠し、自分や自分のなかで育つ新たな命を危険にさらすのはもうやめようと決心した。

どっちにしろ、ハーレーにはいい災難だ。

＊

ベッドに座るジュリアンはヘッドボードに寄りかかり、両手で膝を抱え、まだ上がけの下に入る用意はできていないが、あと一歩だ。少しずつ。ヴィッキーはベッドの端に腰掛けて、親密感が子どものなかにまだ残るおびえを追い払ってくれるよう願った。

デイヴはたぶん怒っているだろうが、まだそれほど長く経《た》っていないし、ジュリアンが落ち着いて寝かしつけられたら、下でふたりきりになり、ムードを盛りあげ直せない理由は見つからない。二週間後にはふたりして笑っているはずだ。燃えあがる性的衝動《リビドー》の、ちょっとした邪魔について。

ヴィッキーはテーブルの端に身を乗りだして、ジュリアンのベッドサイドランプを消した。水槽の放つ常夜灯二十個分の明かりがふたりを青く染める。水槽の明かりとフィルターのたてる小さなコポコポという音で、疲れた子どもを眠りにつかせるお膳立てはそろったように思えた。

「これでいい？」

だがジュリアンは、もうひとつリクエストした。

「クローゼットの電気をつけてくれる?」

ヴィッキーはクローゼットのドアを見て、それから九歳の男の子を振り返って思った。まじで?　ジュリアン。サングラスかけないと寝られないよ。

だがそのあと、ヴィッキーが下りてくるのをデイヴが待っている——願わくはじっとして——のを思い出した。それとも前庭でマリファナを吸っているか。デイヴがマリファナたばこに手を伸ばすのを、ジュリアンを二階に連れていくときに見た気がする。

「そしたら本当に寝るんだよ」そう宣言したが、いらだちを声ににじませないように用心した。取引はもうなし。羊を数えるお時間だ。

間があいて、ジュリアンがうなずいた。ヴィッキーは素早くベッドを下りて上がけを持ちあげ、ジュリアンが潜りこんでからしっかりくるんでやる。立ちあがり、ジーンズの足を伸ばしてクローゼットまで歩く。ノブを回してドアを開け、ジュリアンを振り返っていった。「いい、パパとママが帰ってくるまでずっと下にいるからね。わかった?」

再びジュリアンがうなずいた。ヴィッキーはうなずき返し、クローゼットのスイッチに手を伸ばして電気をつけた。裸電球の明かりが、ベッドルームにあふれる。

「ああ、そこ!」ジュリアンが叫んだ。

ヴィッキーがクローゼットに向き直ると——

目の前に立っているのは、つなぎを着た男だった。青白く、生気のない顔から死人のような目がこちらを見つめている。顔じゃない――マスクだ。

反応するより前、もしくは声をだすより前に男がヴィッキーののどを左手でつかみ、大きなナイフをもった右腕を振りあげた。刃の先端をヴィッキーの左肩に食いこませ、次に逃げようとする彼女の右腕を刺した。

たちまち皮膚が火のついたようになり、突然の激痛にヴィッキーは一瞬動けなくなった。だが、すぐにこれが命がけの戦いだと悟った。男からよろけて離れ、デスクチェアをつかむと投げつけた。男がいとも簡単に振り払う。武器になるものを探し、本棚からバスケットボールのトロフィーをつかんでゴルフクラブのようにマスクをした頭めがけて振り回した。男は持ちあげた腕で防ぎ、トロフィーが土台から折れる。

ジュリアンが叫んで、上がけを蹴飛ばし、ベッドから飛び起きるとドアに向かって走った。

〈シェイプ〉が振り向き……

＊

ヴィッキーを待つあいだ、誰もいない幹線道路を走るふりに飽き、少しそわそわし出し、デイヴは疑わしきは罰しないことにして古いハーレーのエンジンをかけた。エンジンがうなりをあげて息を吹き返し、車二台分のガレージに収まっているためにドアが開いていてもひときわうるさかった。エンジンを数回吹かし、大音量のパワーを味わい――バイク乗りの夢想の実現に一歩近づく。だができるのはそこまでだ。ジュリアンを寝かしつけるのにヴィッキーがどれだけ長くかかろうと、私道に出るのはありえない。ミスター・モリッシーとお近づきになって、いつかバイクに乗せて欲しいと頼めるかもしれない。でも――

今のは何だ？

叫び声が聞こえた気がする。エンジンを切って耳を澄ます……

何も聞こえない。

それでも気になるなら、調べに行った方がいい。あわててキックスタンドを立てずにハーレーを降りたため、くそバイクが大きな音を立てて倒れた。

「あうう、ばかめ」かがんでハンドルバーをつかみ、苦労して立たせ……

＊

ジュリアンが部屋から駆け出し、ヴィッキーがぴったりあとに続く。ドアを抜けてすぐ、ジュリアンが階段を下りるのが見えた。だが靴下ではハードウッド材の床で踏ん張りが効かず、体の下で足が滑り、勢いよく前のめりに倒れて息がつまった。肋骨《ろっこつ》を万力で締めあげられたように胸が圧迫され、肺が突然呼吸を忘れたようだった。

うつぶせになっていると、階段を戻ってきたジュリアンが、恐怖で両目を不自然なまでに見開いている。そのとき、暗い人影が現れ、ヴィッキーの上にそびえ立った。体をねじって目にしたのは、長い包丁に反射する光と、柄のあたりに溜《た》まった血――自分の血――が、床に滴り落ちる光景だった。

ナイフを手に、ヴィッキーのそばに立つ侵入者を見たとき、ジュリアンは激しくかぶりを振った。「だめだ」ひとことそういって、とって返したのと同じくらい素早く階段を駆けおりた。ジュリアンが視界から消え、侵入者は注意をヴィッキーに向けた。

ヴィッキーは仰向《あおむ》けになって男から目を離さず、蹴りつけようとした。だが、男の手が左足のかかとをつかんでベッドルームに引きずり戻しはじめた。

すぐに戦略を変え、再度ひっくり返って床に這《は》いつくばる。一八〇度ひっくり返った拍子に男の拘束を逃れ、廊下を這い進み、立ちあがろうとしてまた滑った。おそらくは自分の血で。どれほど肩から出血しているのかわからなかったが、前腕から吹きだす血がどくどく手首まで伝い、指に溜まって手のひらを覆った。男がヴィッキーの足を再度つかんで引っ張ったが、手すりの支柱をつかんで必死にしがみついた。

貴重な命がけの数秒間、ヴィッキーは男の握力に抵抗した。だが男はばか力で、ヴィッキーの肩は出血でほとんど麻痺《まひ》していた。手が滑って力が入らず、自分の傷に裏切られる。突然揺すぶられて手すりから引きはがされ、汗と血で滑りやすい床を引きずられた。男はヴィッキーをベッドルームに引き戻し、今度は抵抗できない。ヴィッキーにできるのはただ最後の警告をジュリアンに叫び、無事を確かめることだけだ。あまりに大きく叫んで、自分の声が恐怖に砕け散るように感じた。「**逃げてー！**」

＊

デイヴがガレージのドアを開けてキッチンに足を踏み入れた瞬間、ジュリアンがぶつかってきてことばにならない叫びをあげた。デイヴは肩をつかみ、大きく見開いた目を覗きこんだ。

「おい！　落ち着け」大声を出してジュリアンの注意を引く。「何で叫んでるんだ？」

「あいつが上にいる。もうだめだ！」

「誰もいないよ」デイヴはジュリアンをなだめようとした。ヴィッキーなら子どものばかばかしい騒ぎの扱いに慣れているだろうが、デイヴにとっては未知の領域だった。ヴィッキーならこの状況にどう対応するか、自問自答してもヒントすら浮かばない。

「落ち着けって」

「上に行ったら」ジュリアンが息せき切っていい、デイブの肩越しに裏口を見る。「殺されるよ、デイヴ！」

デイヴがファミリールームの方に目をやったすきに、ジュリアンがつかんだ手を振りほどいて走り出ていった。デイヴは子どもを追おうか迷ったが、庭の木製遊具セットのなかに隠れて両親の帰りを待つつもりだろうと思った。ヴィッキーはプロだ、ジュリアンの相手は任せよう。神経質な子どもの相手はもううんざりだった。キッチンの引き出しをいくつか開けて、探していたものを見つける。にやっとし、大きな包丁を右手から左手に放って、もう一度繰り返す。メジャーリーグのピッチャーが一発お見舞いしてやろうと帽子のつばを引っ張るように、麦わら帽子を調整した。

「あのガキンチョに、恐れるものは何もない、想像力過多なだけだと教えてやるときだ」

第二十七章

キャメロンが二、三曲分休んでいるあいだ、アリソンは女友だち数名とダンスフロアに残った。ヴィッキーほど親しくはないが、大半が知りあって何年にもなり、中学校時代、様々なクラスやグループプロジェクトで一緒になったのが縁だった。そういうわけで彼女たちは主に学校友だちで、放課後つるんだりはしない。それでもヴィッキーがいないのだから、アリソンは無条件の友人リストを増やす必要があるかもしれないと考えた。

ロビン・バーンズは血まみれの尼僧コスプレでダンスに来た。「至高の死体」のテーマに合わせ、エマ・ワグナーは手足をつぎはぎして復活した死体になってやってきた。目の粗い縫い目で、頭と手が複数の死体から縫いあわされたことを表現している。もちろん効果を強調するため、縫い目の大半から偽の血を滴らせていた。頰の片側から肉がそげたおぞましいメイクのバーバラ・デコスタは、ゾンビ・チアリーダーに扮して現れ、ボロボロのユニフォームを着て血痕の付いたポンポンを持っていた。最後に、ケーシー・デイトンは女海賊のコスプレで、赤い羽根飾りの付いた三角帽子を被《かぶ》り、アイパッチ、黒い革のベスト、ボロボロのスカートを着て、ダンボールとアルミホイルで作ったカトラス（湾曲した刃の剣）を持っていたが、それを夜じゅうどこかに置き忘れた。ケーシーはうっかりミスを、アイパッチで遠近感がわからないせいにした。

「ねえ、オスカーは何をしてるの」バーブ（バーバラの愛称）が訊《き》いた。

アリソンがバーブの視線を追ってスナックテーブルを見ると、赤いフレームのサングラスをかけたオスカーが、酔っ払って頭がうまく働かないのかプラスチック製のヴァンパイアの牙をつけたまま巨大なディルピクルス（きゅうりの酢漬け）を食べようとしていた。首尾は思わしくなさそうだ。ピクルスの汁を床に垂らし、嚙《か》んだピクルスを口のなかに収めておけず、いくつかは片手で受けとめている。

「さあね。何かひわいなことじゃないの」

「気色悪い、でしょ」とロビン。「彼と来たの？」

「ううん、違う」意図したよりも弁解がましく聞こえたが、アリソンはオスカーと結びつけられて恥ずかしく感じた。「キャメロンと来たの。あいつはついてきたのよ」オスカーがひとりでいるのを意外に思った。アリソンがキャメロンをひとり占めしていないとなれば、オスカーは親友にべったりくっついているか、少なくともハドンフィールド高のチアリーダーたちに再び当たって砕けているはずだ。

「キャメロン？」ケーシーがたずねた。「トラ娘キムとおしゃべりしてるキャメロンと同じ人？」

アリソンは振り返り、ケーシーの指さした方角にキャメロンを探した。ボニー・パーカーの格好をしたキャメロンは人混みのなかでも目立っていたが、キムの注目度は、それ以上だった。黒い革のビスチェが圧巻の谷間を際立たせ、全体に露出が多く、オレンジ色の肌に黒の縞模様を入れたその姿は、どこにいても目立った。あらゆる目がどこに行こうとキムを追いかける。彼女に較べればチアリーダーの一団もその他大勢だ。

キムはキャメロンのすぐ横に立っていた。ダンスとおしゃべりのあいだじゅうアリソンは笑っていたが、キャメロンのそばにいるキムを見た途端に笑顔がしぼみ、突然嫉妬《しっと》の痛みに見舞われた。

はすに被ったベレーとヴィッキーのペンシルスカートを身につけたキャメロンを、人目を盗んでいるとは非難できない。誰かと一緒にいればアリソンが気がつくと承知しているはずだ。気まずいパニックに抗《あらが》って、ふたりの親密ぶりは罪のないものだと理屈をつけようとした。たぶんふたりは一緒のクラスがあって変人の先生のうわさ話をしているのかもしれない。そんな情状酌量シナリオを半分も自分に納得させられないうちに、キムがキャメロンの手をとって体をすり寄せ、首にキスした。

あごをがっくりと落としてダンスフロアに棒立ちになり、背後の友人たちはほとんど意識から消え、アリソンは体が麻痺したかのようにキャメロンの裏切りを見つめていた。その瞬間、体育館を走り出てまっすぐ家に帰りたかった。今を楽しむというモットーも頭から消え、あまりの恥ずかしさに死んだほうがましだ。今夜はずっと、どんどん開放的な気持ちになっていった。だが今は自分が未熟な愚か者みたいに思える。

キャメロンとキムが振り向いた。アリソンと違い、キャメロンは笑っている。アリソンに気がついて目を合わせるまでは。それからキムから体を離して呼びかけた。「アリソン、こっちに来いよ」

アリソンはきっぱりとかぶりを振った。「いや」

しばし横を向いて、キャメロンはスキットルをポケットからとり出して素早くすすり、また隠した。キムに何かささやき、その結果アリソンの想像力が暴走し、何をいったのか怪しんだ。喜ばしくない可能性が頭を駆け巡る。「ここで待ってて、ミス石頭を捨ててくるよ」「続きはあとで」「フィールドハウスで落ちあおう」それとも……

キャメロンがダンスフロアを横切ってこちらへ来たため、アリソンは自分を苛《さいな》む心の声を振り落とした。大声をあげて恥の上塗りを心配せずにすむ距離に彼が立ったとき、アリソンはたずねた。「何してるの？　今のは何？」目がどんよりし、キャメロンは明らかに酔っ払っていた。なぜだかそれが、アリソンの怒りをさらにかきたてた。

「いいからキスしてくれよ」

「たった今、キムからしてもらったじゃない」とげとげしくいい放つ。

背後からポンポンをカサカサ揺らし、ゾンビ・チアリーダーのバーブがいった。「あの子が行くぞ。あの子がキメるぞ」

アリソンが肩越しににらむ。「悪いけど、邪魔しないで」

「気にしないで」ロビンがなだめるように両手をあげながらあとじさる。

「しっかり」ケイシーがアリソンの二の腕をぴしゃりと叩《たた》いた。

アリソンは友人が話の聞こえない距離まで離れるのを待ち、それからキャメロンに向き直った。はらわたが煮えくりかえっている。

「あれは何でもないんだ」キャメロンは笑って、アリソンの怒りを静めようと下手な努力をした。「何でもない」キャメロンが周りに目をやった。「ダンスフロアの真ん中はやめない？」

アリソンが見回すと、周りでダンスを踊っている人数が減りはじめ、こちらを注目する数が増えている。そっけなくうなずき、キャメロンについてスナックエリアの方に向かう。オスカーとでかピクルスは姿を消しており、さらに引きたくない注意を引かずにすむ。

「それで？」アリソンが両手を腰に当てて迫る。

「あれは――あのキスは――何でもない」キャメロンは繰り返した。

「本当だよ」

「本当に？」

しかめっ面を見せたため、キャメロンのさも気楽な態度に限界が来たのがわかった。自分の振る舞いを弁護するのは性分ではないらしい。彼の普通ではない家族環境のせいか、育てられ方のせいか。いずれにしろ、キャメロンは他人の期待に応《こた》える役回りにうまく対処できなかった。

「ああ」ぶっきらぼうにいう。「君を見るたび、携帯に夢中だ。携帯を見つめて、誰かとチャットして、誰かと電話してる。感じ悪いだろ。それにキムには何もしてない。あっちから来たんだ。騒ぎたてるなよ」

「わたしのせい。キムのせい。自分以外のみんなのせい」

「うざいな」

「酔っぱらってる」アリソンが怒っていった。「オスカーに乗せられて」

「その通り」キャメロンが笑った。「ね？　ぼくのせいじゃないだろ」

「ひと晩中、そのスキットルから飲んでた。あなたがね。オスカーじゃない」

キャメロンは眉を吊《つ》りあげた。「ただでおかわりを注《つ》いでくれるのは誰だって思う？」

「おもしろくない」

「こっち来いって」笑ったために不明瞭になり、くぐもった声がアリソンの神経にさわった。「ちょっと。やめて」

アリソンは離れようとしたが、キャメロンが腕をつかんで引き寄せる。

「よしてよ」アリソンが警告する。

携帯が振動した。気がそがれ、ポケットからとり出して表示を見た。ママ。

キャメロンはうんざりして文字通り目をぐるっとさせた。「ほらみろ！」キャメロンがどなる。「こんなもの」

着信に応じる前に携帯をアリソンの手から奪い――出たいかどうか決めてすらいないのに――テーブルの方へ投げると、ナチョチーズが入ったプラスチックのでかいボウルに落ちた。

こめかみの血管がぶち切れそうになりながら、信じられない思いでキャメロンをにらみつける。「何てことするの？」

＊

デイヴは包丁を手に、階段を駆けあがった。

ヴィッキーは一体どこだ？

責任あるベビーシッターとして、モリッシー家から世話を託されている、目をひんむいた子どものあとを追いかけているはずだ。それなのに、ひとことも声がしない。

階段をあがりきって止まり、呼んでみた。

「ヴィッキー？」

首を傾《かし》げ、遅ればせながら身構える。何かが変だ……ゆっくりと、デイヴは廊下の突き当たりにある子ども部屋の開いたドアに向かって歩いた。

「ヴィッキー、あいつがけがする前になだめてやれよ。勝手口から走って出ていったぞ」

ドアまであと一メートルたらず。「地獄から飛び出したコウモリみたいに」

反応なし。

「まじであのガキはセラピーが要《い》るんじゃないか?」自分の声がだんだん神経質に響いてくる。「ヴィッキー?」

もし、ガキが正しかったら?

目を落とすと、ハードウッド材の床に、赤くて細い筋が引かれ、ペンキの汚れのような——血だ! 左に一瞬注意がそれ、さらなる血が二本の支柱の根元に付いているのに気づく。まるで、両手でつかんだような跡だ。

ガレージで聞こえた気がした悲鳴——ジュリアンのパニック——

「ヴィッキー! どうし——?」

暗い部屋のドアに視線を走らせると、人影が廊下のなかに現れて——

ああ、くそ!

力強い手がのどを締めつけ、デイヴを持ちあげる。ほんの一瞬、襲撃者の青白い死人のような顔と、ぼさぼさの髪の毛が見えた。その顔めがけて包丁を振りおろそうとして、やっと正体がわかった——マスクだ。だが攻撃は相手の腕に阻まれ、壁に叩きつけられた。ぶつかった衝撃で腕が麻痺《まひ》し、手から包丁が落ちる。

男はデイヴを離し、自分のナイフで刺そうとしたものの、デイヴの足が屈してへたりこんだため狙いがそれて刃先は壁紙を傷つけ、その下の壁板に溝を掘った。デイヴは床を這《は》って武器を拾おうとしたが、痺《しび》れた手が柄にぶつかり、包丁は回転しながら階段の方へ滑っていった。

デイヴが立ちあがろうとしたとき、ブーツを履いた足が背中のくぼみを押し、再びうつぶせに倒された。そのはずみで大きな掛け時計の下の包丁に近づく。だが襲撃者はふたりの間合いを詰めてくる。デイヴは飛びついて包丁をつかむと苦労して起きあがり、階段に背中をあずけた。襲撃者がじゅうぶん近づくや、再び包丁を振りおろす。だが、デイヴはすぐさま自分のミスに気がついた。死人のような蒼白《そうはく》のマスクの男が、デイヴの左手をつかみ、力任せに突き飛ばした。

バランスを失い、デイヴは後ろざまに倒れて階段を落ち、手すりや壁にぶつかる衝撃ごとに包丁を離すまいとしたが、途中、頭を壁でしたたか打ち、目の前が暗くなった。

はっとして意識をとり戻したとき、デイヴは仰向《あおむ》けで、その手から包丁は消えていた。ふらつきながら起きようとして首のつけ根から頭の真ん中にかけて鋭い痛みが走り、視界がぼやけた。黒いつなぎに真っ白な顔の人影が階段を二重写しで下りてくる。やつがふたり、となりあい、不気味に落ち着き払い、まるでデイヴに逃げる恐れはないと知っているかのように。

目をすがめてものが二重に見えるのを直したが、頭が余計にガンガンした。人殺しの襲撃者はひとりでも多すぎる。肘とかかとで階段下からじりじり離れ、一秒ごとに迫ってくる黒いつなぎ姿の男から目を離さなかった。

男は最下段に達した。

そのときデイヴの手が包丁の柄をかする。安堵《あんど》で息を呑《の》みながら、なんとか立ちあがった。階段を落ちる途中で離した包丁が、すぐ近くの床に落ちてくれて命拾いした。突然の動きでめまいに襲われてよろめき、バランスを失いかけたが踏ん張って立ち続けた。

次の瞬間、侵入者の手がデイヴの右手首を締めあげた。ついで、体を反対向きにねじって腕を背中に押しつけ、激しい勢いで引きあげられる。背中に押しつけられた右腕に握る包丁の切っ先を感じた。襲撃者がデイヴの武装解除を狙っているのを恐れて柄を握りしめ、歯を食いしばって二の腕と肩の激しさを増す痛みに耐える。だがしばらくして襲撃者が自分のナイフを落とした。デイヴははがいじめに抗い、左肘を後ろに突き出し、渾身《こんしん》の一撃を与えようとしたが無惨に失敗した。デイヴの抵抗は衰えていき、吐き気がこみあげて湿った汗が吹き出た。男のもう一方の手がデイヴの頭を締めつけ、再び体をせりあげて床から足が離れる。

襲撃者に壁に叩きつけられとき、やっと、今いるのがリビングルームだと気がついた。

通りに面した壁にかかるテレビの照り返しを目の隅にとらえ、ニュースを伝える声は弱すぎて何の意味もなさない。手首を怪力でつかんでいる相手の指が、手のひらの方へじり じり下りていき、デイヴの指をこじ開けて包丁をもぎとった。包丁を手に入れると男はデイヴの痛む腕を放し、自由になった腕が震える。だが、男はまだ片手で頭をつかんでデイヴを壁に押しつけていた。足が数センチほど床から浮いている。

包丁が落ちる音はしなかった。

恐ろしい一瞬、デイヴは首を傾げ——

第二十八章

ローリーはニッサンのピックアップでハドンフィールドの通りを巡回し続けていた。左右を見ながら無線に耳を傾ける。歩道を歩いたり車道を渡るトリック・オア・トリーターは減り、ひとりでいる人間は目立つはずだ。つなぎは影に紛れるだろうが、あのマスク──あの幽霊じみた白いマスクはあいつを目立たせる。前方で道を渡ったり歩道を歩く人物を見るたびに、ローリーはヘッドライトを当てて暗闇を払いのけ、正体をはっきりさせた。

スミス&ウェッソンリボルバーを助手席に置いていたが、もし路上であいつを見つけたら、ピックアップで轢《ひ》き殺す衝動と戦うことになるだろう。しばらく検討したすえ、その考えは捨てた。ハドンフィールドにはいい修理屋があるのに、なぜその衝動に限って抑圧する必要があるのか。

轢いてしまえ。それからとどめを刺す。ヒット・アンド・シュートだ。

護送バスからの逃亡を知ってからその日はずっと、まるで夏の嵐がやってきて雷雲がたちこめ、暴風と雹《ひょう》と雷が町に大惨事をもたらすのは時間の問題というような重苦しい感覚があった。ただ、この嵐は個人的なものだ。ほかの人間は無視するか、どこかへ過ぎ去るよう祈る道を選んだ。

今回は保安官事務所には頼れない。自分の家族にさえ。彼らの助けがあろうがなかろうが、ローリーは家族を守る。遠い昔、自分を捨てて使命をとった。使命を見失ったことはない。

保安官事務所の無線ががなり、注意を向ける。

〝ベース一〇〇全ユニットへ、メリディアン通り三八五番に侵入者、進行中〟

〝六〇一了解〟聞き覚えのある声が返答した。ホーキンスだ。

「来た」自分にいい聞かせる。

最寄りの標識を確認し、それからアクセルを踏んだ。

＊

フランク・ホーキンス保安官補はメリディアン通り三八五番に一番乗りした。緑石に青と白のパトカーを駐《と》めて家の裏手に回りこみ、銃を抜いて懐中電灯をそばに引き寄せる。部屋の明かりがこうこうとつき、住人は照明が侵入者を追い払ってくれるのを願っているかのようだった。家の角を曲がって裏庭を覗《のぞ》くと、ひらひらした動きが注意を引いた。ホーキンスは固まり、銃を構えて引き金に置いた指を緊張させる――だが、懐中電灯を向けると、その正体はそよ風にはためくベッドシーツだった。危うく九ミリ大の穴をあけるところだ。

立ちどまり、不審な物音がしないか耳をそばだてる。ベッドシーツと物干し用ロープの背後に、砦《とりで》とジャングルジムを合体させたような、手のこんだ高価な木製の遊具セットがあった。郊外に住む子どもがわざわざ公園に出かけて行く理由などひとつもない。自宅の裏庭に、もっとすてきな遊具がそろっている。ボーイスカウトを一隊丸ごと隠せるほど遊具は大きいため、素早くぐるりと一周りして目の届かない場所に潜む者がいないか確かめた。

奥に進むと、勝手口のドアが開けっ放しだった。ドアから暗いキッチンに入り、懐中電灯を振って室内を探る。誰もいない。

「ウォーレン郡保安官事務所の者だ」家のなかの人間に聞こえるように声を張りあげる。

「家庭内騒動の通報があった！」

注意深く、前に進む。

「繰り返す！　ホーキンス保安官補だ。返事をしろ！」

開きっ放しのドアは、この家の何かがおかしいと告げる最初のサインだ。この時点で、難しい状況に直面した。家の住人が隠れているが、おびえすぎて返事ができず、おそらくは警戒し、やみくもに発砲してくる可能性がある。加えて、同じく隠れた侵入者が武装しているかもしれない。勝手口が開いているからといって、犯人もしくは住人が逃げ出したと仮定はできなかった。侵入者は住居に押し入る際にドアを開けっ放しにしていったかもしれない。不明に不明が重なるとき、誰かがけがをするか殺される確率は増える。それには家人または通報に応じた警官も含まれた。ホーキンスは指を引き金ではなく、トリガーガードの横に置き続けた。たじろいだ拍子にうっかり父親、母親、子どもを撃つ可能性を減らすためだ。

キッチンの確認を済ませると、階段とリビングルームを隔てる廊下に進む。テレビからくぐもった声が聞こえてくる。右側、階段脇の壁にこすったような跡があり、手すりの支柱が一本折れていた——できて間もない損害。

階段をのぼる際は壁ぎわを伝い、踏み板や蹴こみ板がきしむのを防いだ。最上段の親《おや》柱《ばしら》のそばで止まって廊下を見わたすと、奥の暗い部屋から明かりが漏《も》れている。静かに移動し、部屋に近づいて銃を上に向け、人差し指で神経質にトリガーガードに触れる。

ドアの前で立ちどまり、深呼吸をひとつつき、体ごと部屋を向く。懐中電灯が最初にとらえたのは、ロウソクの入った小さなジャコランタンの目で、おもちゃ棚に載っていた。

子ども部屋か。おもちゃと動物の壁紙からすると。

部屋の明かりは、大きな水槽から出ていた。ハート型の目と親しげににっこり笑うジャコランタンは何者かによって水槽のなかに落とされ、アーチを描く白いサンゴと、オレンジ色のライティング効果で水中で溶岩噴火しているように見える火山のあいだに鎮座している。

水槽の左側に白いシーツ（物干し用ロープからとってきた？）に覆われた人物が座り、シーツの目に当たる部分に穴を開け、幽霊のコスチュームを作っていた。

ホーキンスは部屋に入り、銃を幽霊に向けた。

どっきりゲームか何かか？

「ジョークは終わりだ、そこの。シートをとって――ゆっくりとだ――両手を出してこちらに向けなさい」

反応なし。相手はぴくりとも動かない。

悪い予感がした。

銃を幽霊に向けたままもう一方の手で注意深くシーツをはぐ。

「何てこった」ホーキンスは恐怖におののいた。

シーツの下にいたのは、きれいなブロンドのティーンエイジャーで、血がべっとり付いたラグランシャツに濃紺のジーンズとグレイの靴下姿。ということは、おそらくはここに住んでいる――いた、か。もうひとつの可能性がひらめく。ベビーシッター。複数の刺し傷があった。肩の傷。前腕の防御創。のどはぱっくり割かれている。検視官の検視を待つまでもない。最後の傷が致命傷だ。

かわいそうに。殺人者は女の子を椅子に座らせて、ポーズをとらせ、それからむごたらしいハロウィンのデコレーションに変えた。

だが、彼女の死を悼むのはあとだ。

殺人者はまだ家のなかにいるかもしれない。

＊

ローリーはホーキンスのあとに家に着いた。少なくとも緑石に駐まっているパトカーはホーキンスのものだと推測した。ピックアップから降りたローリーは神経をたかぶらせ、あたりをうかがい、拳銃を太ももに押しつけた。

あいつがここにいるかもしれない。どこにいたっておかしくない。

通りの左右に目をやり、街灯の投げかける明かりのプールが届かない暗闇に警戒する。ジャコランタンがポーチや正面階段にともり、キャンドルの炎がそよ風に揺らめいて周りの影が動き、実際に何かが動いたような錯覚を起こす。

パン！

ローリーは身をすくめた。ただの爆竹だ。

音の方を向くと、昔ながらのとんがり帽子を被《かぶ》った小さな魔女のシルエットが見えた。

魔女がさらに爆竹に火をつけて投げる――パン！　パン！

魔女にもうふたり、しゃれこうべとカボチャ頭が加わった。

子どもか。こんな夜更けに危ないじゃない。ほっつき回って。今夜この界隈《かいわい》が、どんなに危険になるか何も知らないんだ。

「ここを離れなさい!」ローリーが叫んだ。「家に帰って。なかに入るの!」

笑いながら反対方向に走っていく三人の背中で、キャンディのバッグが揺れる。

ローリーは振り返り、家の二階の窓を見あげた。左手隅の窓に保安官補の姿が見える。ホーキンスだ。銃を抜いて緊張している。右側に急な動きをとらえ、となりの部屋の窓を見ると〈シェイプ〉がそこに立ち、こちらを見下ろしていた。四十年ぶりに、ふたりの視線が絡まる。ずいぶん長いあいだ準備してきた。この瞬間の用意はできていると思った。氷のような落ち着きを保てると。だが間違っていた。胸のなかで心臓が高鳴り、緊張で息を呑《の》み、呼吸がのどでつかえる。筋肉が極度に張りつめて体中が震える。

自分を律しようと努め、無理やり深呼吸を何回か繰り返して落ち着きをとり戻し、この瞬間を、やつを終わらせるチャンスを失うまいとした。右手のリボルバーを上に向け、左手で安定させる。ボルトアクションライフルならばあいつを撃ち抜くチャンスは増えるだろうが、スミス&ウェッソンの射撃練習はたくさん積んできた。当たって砕けろだ、文字通り。

バン!

一瞬、直撃したと思った。ガラスの砕ける音は、二階の窓のものだと思われた。だが〈シェイプ〉は――〈シェイプ〉の像は――ギザギザの破片にばらけて落ちた。あいつが立っていたところには、等身大のドレッシングミラーの残骸があるだけだった。

あいつは家のなかにいた――だが、ローリーが撃ったのは、鏡に映る像だった。

＊

ホーキンスはクローゼットを調べたが、ラックの上にバイクのヘルメットとおもちゃ、プラスチック製ハンガーにかかった服が数着あるだけだった。隠れ場所にはまずなり得ないが、ベッドの下を覗《のぞ》いていると、銃声がした。自分の耳を信じるなら、誰かが家の外から銃弾をこの部屋のどこかに撃ちこんだ。

一瞬外にいる何者かが自分を狙った可能性を考え、どの窓からも死角になるように背中を壁につけると、廊下の動きがホーキンスの注意を引いた。黒っぽい人影が通る。ホーキンスは体をかがめると部屋を急ぎ出て、廊下に銃を向けた。

黒いつなぎ（スタリオン・サービスセンターの従業員が着ていたものにそっくりだ）姿の男が階段を下りていく。右手には、大きな包丁を握っていた。

あの野郎！

「止まらないと撃つ」

〈シェイプ〉は速度を緩めずに階段を下りていく。

動きを追って、ホーキンスは階下に向けて二発撃った。

〈シェイプ〉が視界から消えた。

ホーキンスは廊下を走って階段を駆けおりた。

一階について立ちどまる。殺人者がどちらに消えたかわからない。それから跡に気がついた。血の滴りがリビングルームに続き、なかからテレビのかすかな音が聞こえてくる。用心して進み、リビングルームに通じるアーチ型の入り口に銃を構えて近づいた。距離があるなら包丁を持っている相手よりもホーキンスに分があったが、配置が不明な未知の部屋に入れば有利さが減る。

ウィングチェアとソファ、通りを見晴らす窓が見えたが、部屋の残りは隠れている。素早く動いてアーチ型の入り口をくぐり右に体を向け、待ち伏せている相手に素早い一、二発を見舞う心づもりをする。

その代わり、ホーキンスは無意識にあとじさり、銃を下ろすとうろたえて頭を振った。

あちくしょう、またひとりだ。

赤い格子縞《こうしじま》シャツと農夫風のオーバーオールを着たティーンエイジャーの青年。だがホーキンスの注意を引いたのは、その死にざまだった。哀れな若者は、壁に磔《はりつけ》になって床から浮きあがっていた。大きなナイフの柄がのどもとに突き立てられている。顔は右を向き、壁に貼りついていた。右あごが割れているようで、片目が眼窩《がんか》から飛び出している。磔にされた。儀式的な殺しみたいに。

右の肩を調べた。格子縞のシャツがおろされ、肌とシンプルなタトゥーが露《あら》わになっている。10―31―18。つかの間ホーキンスはこの青年が、自分の死を予知してその日にちを彫ったのではというおかしな考えに走った。インクを調べると周りに血が飛んでおり、タトゥーは彫ったばかり、おそらくは今日の早いうちに。犯人が犠牲者の死ぬ前かあとにタトゥーを彫ったという線は疑わしい。つまり、犠牲者はこの日に何か特別な思い入れがあったに違いない。

彼にできるのは、報告書に書きとめることだけだ。

今は、つかまえるべき殺人者がいる。

＊

最初の一発をはずし、ローリーは庭を横切って〈シェイプ〉が正面玄関から現れるのを待とうとした。だがそのあとで、家のなかには保安官補がいて、外から銃撃されたとなるとおそらくあいつは家の裏手から出てくるはずだと考え直した。ホーキンスはなかに残ってひとりで捜索を続けているに違いない。自分が裏を見張ろう。

ガレージを回りこんで、銃を高く掲げ、あいつをちらとでも見かけたら撃てる用意をする。

ためらうな。ただ撃ち殺せ。

角を曲がったとたん、あいつが家の向こう側を反対方向へ歩いていくのが見えた。暗闇にまぎれていたが、向きを変えた瞬間、青白いマスクが光った。急いで前に出、やつが角を曲がって消えてしまう前に狙いをつける。

バン！

左肩の後ろに銃弾を受け、〈シェイプ〉がよろめいて住居の奥で倒れこみ、視界から消えた。

やった、ローリーはチャンスを感じとった。とどめを刺せ！

住居の角から目を離さず、ローリーは走った。

第二十九章

息を切らしてローリーは家の奥の角を曲がり、あいつが倒れた場所に向けて銃を下ろし
……

だが、やつは消えていた。草むらがあるだけだ。

顔をあげ、通りを見た。あとかたもない。

「やつはどこだ？」ローリーの背後でささやき声がした。

反射的に、ローリーは振り返りざま拳を突き出し――

――ホーキンス保安官補の顔面を殴った。

「いてぇ！」

ベテランの保安官補が片膝をつき、顔に手をやる。

「やだ、フランク！」ローリーが叫び、アドレナリンラッシュで武者震いする。

「何しやがる？」フランクがあざのできたあごをなでた。よろめきながら立ちあがる。「家に帰れといわれたはずだぞ」

「あいつがいる。マイケル・マイヤーズが。やつだった」

ホーキンスがあごを左右に動かした。「知っている。家のなかで二、三発あいつに向けて

撃った」

「わたしは撃ったわ――あいつに当たった」ローリーは家の壁にもたれかかり、突然疲れを感じた。「あいつはここに倒れた。こう思ったの……『やった』って。とうとう仕留めたって」

「かすみみたいな男だ。あそこでふたりのティーンエイジャーを殺した」

「これで終わりじゃない。わかってるでしょ?」

ホーキンスがむっつりうなずく。

＊

ローリーとホーキンスが家の正面に戻って間もなく、ほかのパトカーが到着した。その直前にローリーはスミス&ウェッソンをピックアップのグローヴボックスに隠しておいた。銃を人前で持ち歩くのはイリノイ州では違法だ。ローリーが今夜一番避けたいのは拳銃の所持で逮捕され、拘留されることだった。ホーキンスは見て見ぬふりをしたが、保安官は法律違反を口実にローリーをあっさり蚊帳の外に置き、自分たちの手で悪名高い殺人犯を逮捕できる機会と見るかもしれない。K―9ユニットの保安官補たちがメリディアン通りの脇道を捜索し、殺人犯の臭いを嗅ぎつけようとした。時間が無為に過ぎることに、ローリーのいらいらが募る。

ローリーは自分を蹴り飛ばしたい気分だった。あいつを見た――二度も！　傷を負わせた。なのに、いまだ逃亡中だ。保安官と鑑識班が現場検証をしているあいだ、ただそばに突っ立っていてはおのれの使命を果たす役に立たない。証拠集めにも供述にも起訴に手を借すことにも興味はない。ローリーにしてみればマイケル・マイヤーズに適正手続など無用だった。司法システムは二度ともローリーの役に立たなかった。一九七八年には最初のスミス・グローヴの脱走と連続殺人が起き、そして四十年後の今再び、新たな脱走と新たな連続殺人が繰り返された。いつになったら彼らはルーミス医師が正しいと気がつくのだろう。マイケルの抹殺がたったひとつの解決法、あいつの悪行を終わらせる唯一の方法なのだと。

ローリーの忍耐が限界に達する頃、保安官のパトカーが現場に到着した。助手席には高齢の男が乗っている。黒いカウボーイハット、黒いスーツにゴールド模様のネクタイというパリッとした服装でバーカー保安官が車から出てきた。「ホーキンス、誰を連れてきたと思う？」

バーカーの同乗者は見覚えがある白髪の紳士で、ひげを生やし、左腕に吊《つ》り包帯をした茶色いスーツ姿で、そろそろと車から降りたった。教養学部の教授といった風情だが、この一件の関係者のはずだ。それからどこで彼を見たか思い出した。スミス・グローヴのバスに乗りこんだ人物だ。脈絡のない状況で見かけてもたぶんわからなかっただろう。護送バスの乗車場所からはかなり離れたところに車を停めていたため、個々の顔の見分けまではつかない。白髪の男は病院の院長または医師だろうと推測した。

男は現場を見回して、ゆっくり体を回転させた。「彼はどこに？」強いなまりでたずねた。

インド人か？

ホーキンスが男のところへやって来た。「あなたの方がわかるんじゃないですか、サルテイン」

当然、サルテインはとげのあるホーキンスの態度に面くらい、当惑していた。だが彼は犠牲者とその死にざまを目撃してはいない。ローリーは家のなかに入るのを許されなかったが、待っているあいだに聞いたホーキンスの説明で、じかに見なくてもむごたらしい光景がまざまざと思い浮かんだ。

中年の夫婦が、通りの反対側に建つ家からこちらへやってきた。パジャマにだぶだぶのコートを羽織った十歳前後の黒人少年がふたりに挟まれている。三人は歩道の終わりまで歩いてくると、少年は目を見開いたままその場に凍りついた。夫妻が保安官に合図し、別の保安官補が彼らに近づいていく。ローリーは緑石の方へゆっくり歩いていき、聞き耳をたてた。少年はマイケルが襲った家に住み、命からがら夫妻の家に駆けこんで助けを求めたらしい。おびえ通しで話に脈絡がなく、両親はまだ家に戻っておらず、いたのはベビーシッターとボーイフレンドだけだと納得させるのにしばらくかかった。保安官事務所に電話し、侵入者の通報をしたのは夫妻だった。ふたりは両親が家に戻るまで、少年の面倒を見ることに同意した。戻り次第、保安官補は少年を聴取できるが夫妻は彼から新しい情報を得られるかどうかは疑問だという。

「なぜですか?」警官が純粋な好奇心からたずねた。

「この子は同じことを繰り返しいい続けています。何度も何度も」女が説明した。「『ブギーマンが来た』って」

ローリーは寒気を覚え、四十年前の夜を思い返した。トミー・ドイルは今夜と同じブギーマンに脅かされ、同じく命は助かったものの心に傷を負った。

「勇敢になりたかったのに……」男の子が泣きじゃくる。警官が男の子の腕を優しく叩く。「君は勇敢だよ。もう心配しなくていい。犯人をつかまえてやる」

夫婦が少年を連れ帰り、ローリーはホーキンスたちのところへゆっくり近づいた。三人はガレージドアの前に立ち、ドアからは室内の明かりが私道にこぼれている。誰かが黒とシルバーのハーレーダビッドソンを横倒しにしていた。マイケルが今夜バイクに乗ろうとしたのだろうか。あいつは車を運転するが、ローリーの知る限りバイクに乗ったことはないはずだ。

サルテインは、吊り包帯をずらしては痛みをこらえている。ホーキンスとバーカー保安官は彼の説明をしんぼう強く待つなか別の保安官補が寒さしのぎに肩にコートをかけてやったあと、ようやくサルテインが口を開いた。教授が新入生に講義をしているような口調でも、ローリーは驚かなかった。

「マイケルがひとり目の刑務官を始末し、次に運転手を手にかけたあと、バスがコントロールを失ったのです。彼はもはや、眠ったようではありませんでした。彼の殺しをこの目で見た。マイケルが知っているのは動き続け、殺し続けることのみで、そして再び殺すでしょう、つかまらない限り」

バーカー保安官が眉をひそめる。

「知りたいんだがね、やつはなぜあんたを殺さなかった？」

「わたしは隠れようとしました。だが見つかった。座席に鎖で繋《つな》がれました。マイケルがわたしを見下ろしてもうだめだと目をつむりました。しばらくして、開いたとき彼はいませんでした」ホーキンスに小さくうなずいて、付け加える。「こちらの保安官補に助けてもらったんです」

「ホーキンス」バーカー保安官がいった。「ちょっと来てくれ。先生、ここで待っていてください」

つまり、サルテインはスミス・グローヴでマイケルの担当医だったのか。

保安官とホーキンスは私道を半分歩いて内密に話し合い、サーティンの耳には届かなかった。当然ローリーはふたりの少し後ろを歩き、会話を盗み聞く。

「彼は戦力になる」バーカーがいった。

「戦力なんかじゃありません」ホーキンスが反論した。「お荷物ですよ」

「あの先生を一緒に連れていけ」それは提案ではなく、命令だった。「マイヤーズを誰よりもよく知っている」

ホーキンスは提案にぎょっとしたようだった。「あの負傷した一般市民を連れてサイコな連続殺人犯を捜せとおっしゃるんですか？」

バーカーがせき払いをした。「君が正しかった」しぶしぶといった様子で認める。「わたしが間違っていた。この一帯は外出禁止にする。パトカーを街角ごとに配置。この事件は今をもって州の管轄《かんかつ》とする。あの野郎を見つけだすぞ。わかったな？」

ローリーは明かりの照らす私道に進み出た。「バーカー保安官、ホーキンス保安官補？」

たとえホーキンスがローリーの味方だったとしても、限度があった。

「君の助けは頼んでないぞ、ミス・ストロード」ホーキンスが鋭い口調で警告する。

ローリーが引き下がり、三人がこちらに来るのに気がついたサルテインはローリーに近づいて一行の足を止めさせた。

「すみません、保安官」男たちに呼びかけると、ローリーを長いあいだ音沙汰のなかった知り合いのような目つきで見てから、紹介されるのを待った。

バーカーがいった。「ローリー・ストロードさん、こちらはサルテイン医師だ」

「マイケルの担当医です。ランビール・サルテイン」

「新しいルーミスね。お上品な発音でわかったわ」

サルテインは皮肉を感じたとしても無視を決めこんだ。むしろ紹介されて活気づいたようだった。

「彼の事件ファイルであなたのことはすべて読みました」強調のために人差し指を立て、ますます教授然とする。「われらが友人のミスター・ホーキンスは、一九七八年にマイケルが逮捕されたときに居合わせた保安官補だとご存知でしたかな?」

バーカーがサルテインを興味深げな目つきで見た。

ローリーは保安官の反応に気がつき、注意をサルテインに戻した。自分たちの立っている場所から、十メートルと離れていない場所で殺されたティーンエイジャーに同情するより、医師はマイケルの残虐な過去の方にはるかに興味を示している。それは職業的な興味なのか、それとも金目当てか? 悪名高い殺人犯を金づるとみなし、実録ものを書いて講演会ツアーに出る専門家は、彼が初めてとはならない。無事な方の手をホーキンスの肩に置き、サルテインが続けた。「彼はルーミス医師の執念深い主張と、公正な裁判を受ける権利とのあいだに法の番人としてたちはだかったのですよ」

「ルーミスはマイヤーズの処刑を唱えたのに、あなたはほだされなかったわけ？」ローリーがホーキンスにたずねる。

「以前は適正手続が、司法の権力とのバランスをとると信じていた」まるで単純だった昔をなつかしむように、ほとんどせつなそうな口ぶりだった。四十年以上治安組織に身を置くうちに、司法システムへの信頼をじょじょになくしていったか、それともここ二日の事件で心境が変化した……？

「それで、今は？」

「確信が持てなくなった」

懐疑的な立場を同じくするふたりに失望したのか、もしくは単純にけがの痛みに参ったのか、サルテインはホーキンスのパトカーまで歩いていって助手席に座り、その間左手を揺すらないようにかばった。

医師の退場は無視し、ローリーはホーキンスをにらみつけた。「あいつが脱走するように毎日祈った」

「一体何のために？」

「わたしが殺せるように」

バーカー保安官はあきれてかぶりを振ったが、ホーキンスはつかの間そのことばを考えた。一九七八年のハロウィン、彼はマイケルが収監される前、最後の場面に立ち合った。

たもんだ」

だが恐怖の一夜の大部分を見逃していた。少なくとも一度目は。「まあ、ばかな祈りをし
それは警官にありがちな、身も蓋もないものいいに聞こえたが、彼女に共鳴していなくもない口ぶりだった。勘違いかもしれない。マイケルがあとに残した恐怖を見るだけでは足りないかもしれない。個人的に経験しなければ、やつの標的になり、そして幸いにも生きのびなければ理解できないのかもしれない。ニーチェは正しいのかも。「深淵《しんえん》を覗《のぞ》くと深淵もまたこちらを覗いている」

マイケル・マイヤーズの目を覗きこめば、深淵が見える。

「あいつを諭すことはできない。取引もできない。あのなかに人間はいない。あいつが悪だと、まったくの悪でしかないと悟り次第、何をなすべきか理解するのよ」

「堕落した人間が悪事を働いたとしても悪自体に実体はない。マイヤーズは人間だ、君やおれと同じくな」

「そこがあなたの間違ってる点よ」否定するように手を振って、パトカーに向かうホーキンスにローリーが背後から話しかけた。「ブギーマンを信じようが信じまいが同じ。どっちにしろあいつはあんたを殺す」

サルテイン医師が助手席から身を起こし、ドアを開けて立つとローリーに手を振った。

「ストロードさん、一緒に来てください」

腕を組んで私道の真ん中に立ち、ローリーはかぶりを振った。ハドンフィールド保安官事務所の融通のきかなさ、怠慢に、がまんの尾が切れた。「いいえ、先生。あなたたちだけで行きなさい。自分の身は自分で守って。わたしはわたしの家族を守る」

ローリーのことばを小耳に挟んだバーカーが前に出た。「あなたに警備をつけよう、ストロードさん」バーカーは周りの人間全員に、自分が悲惨きわまりないこの状況を掌握しているると思わせたがっているようだ。だがローリーは、その声にやけっぱちな気配を聞きつけた。マイケルの潜在的な暴力性を無視したか、とんでもなく過小評価していた結果、今になって挽回《ばんかい》しようと必死だ。

「あなたとご家族は安全ですよ」バーカーがそう太鼓判を押す。

心強いことばだ。だが約束を守れるかは疑わしい。

第三十章

体育館から飛びだすところだったアリソンに、マット・エヴァンス（かかしの仮装をしてそでとズボンのすそから一分ごとにわらが抜け落ちていっている）が救いの手を差しのべた。おし黙って頭から湯気をあげながら携帯電話がスローモーションでチーズの海に沈むのを見ていると、トルティアチップの紙皿を手に近づいてきた彼がぼそりとこういったのだ。「こりゃまずいな」

アリソンはひょろっとしたかかしをにらみつけた。「そう思う？」

「とってやるよ」三角形のチップをチーズのなかに差しいれたと思うなり、注意深くチーズまみれの物体を持ちあげる。

「滑る！　とってくれ！」アリソンはすでにテーブルからナプキンを何枚かとってきてあり、手を伸ばしてチップから落ちる寸前に携帯をつかんだ。「どうも」彼に嚙《か》み付いたときよりは、文明的に聞こえるように願った。

「がんばんな。生米のバッグは効かないと思うけど」

「絶対だめね」親指と人差し指で携帯をつまみ、滴るチーズをもう一方の手に載せたナプキンで受ける。「また歴史クラスでね」チップとディップを手に、のほほんと戻っていくマットに声をかける。

同級生の前でこれ以上恥をかいて苦しむ前に、アリソンは可能なかぎりチーズのベトベトをぬぐい、汚れたナプキンをゴミ箱に投げてから外に出て、ダンスから、目の前で底抜けのばかに変身したキャメロンから離れた。

体育館を出て、フットボール場の裏手に出る。ホームチームの応援席が軽量コンクリートブロックのフィールドハウスの上に組まれ、ハウスの両側はトイレ、真ん中は大きな用具室になっていた。側面の壁には〈ハドンフィールド・ハスカーズ〉のマスコットを描いた大きな丸いデカールが貼ってある。獰猛《どうもう》そうな顔つきの、半分皮をむかれたトウモロコシで、左右に等しく分かれた皮が腕になっていて、先端には握りしめた拳が付いている。

女子トイレ側面に描かれた〈ハスカーズ〉のデカールの下に立ち、アリソンは携帯の電源を入れようとした。すでに表面のチーズはあらかたぬぐってあり、ケースをとって背面をぬぐうと、チーズが差しこみ口からいくらか染みこんでいた。電池の残量は少なく、充電ポートはチーズで埋まっている。試したとしてもちゃんと接続できるか疑問だった。携帯の基盤がショートして部品がこげるかもしれない。ボタンの周りからさらにチーズが染み出している。ボタンの周りの小さなすき間から侵入したらしい。調べれば調べるほど、テクニカルサポートの人間に預けて携帯を分解してもらい、きちんとクリーニングしないとだめだと確信する。それでも動かないかもしれない。その頃になると、キャメロンがアリソンを追ってフィールドを走ってきた。ニットのベレー帽は手に持っている。「アリソン！」呼びかけながら近づいてくる。「待ってくれよ！」よろよろした動き、間の抜けた顔、焦点の定まらない目つきで、彼が酔っ払っているのがわかった。そして文字通り、今キャメロンとやりあう忍耐は残っていない。

「米のバッグに突っこめばいいよ」たいしたことないというように、ちぐはぐに肩をすくめる。「大丈夫だって、な？」

「それが効くのは水に浸《つ》かったとき」アリソンがぴしゃりといった。「ベトベトのチーズ用じゃない！」

「直すよ」

「どうやって？」

「どうにかして。新品同様にする」

もちろん、問題ない。魔法みたいに直すのよね。「たった二分ひとりにしたら、もうほかの子に話しかけたから頭に来たの。そしたら携帯を壊すわけ？」

「聞けよ」キャメロンがうわついた口調をやわらげていった。「ジンを飲み過ぎた。いったろ。キムが話しかけてきたんだよ。あっちから寄ってきた。キムにだって感情はあるから、それを尊重しようとした。ごめんよ。あの子には摂食障害があって悪化させたくなかったんだ。どうすりゃいいんだ？」

大騒ぎに嫌気がさし、アリソンは携帯を見下ろした。「だめになっちゃった。溶けたチーズで完全にベトベト」

携帯を持つ手を下ろし、フィールドのサイドラインに沿って歩き、フェンスの一番近いゲートに向かう。今夜はもうお開きにしよう。家に帰る時間だ。

「よかった！」キャメロンが大声を出し、走って追いつく。「それならふたりでゆっくり話せるからな」

静まり返ったフィールドは、ダンスの喧騒《けんそう》から孤立した暗い島のようだった。それでもまだ、体育館からバスとドラムビートが鳴り響いてくる。

フィールドの向こうで、電光掲示板が黒いモノリスと化している。掲示板の下にはベニヤ板やビニールのバナーがフェンスにくくりつけられて周囲の光を反射していたが、バナーに書かれたスポンサーの広告メッセージは暗闇に沈んでいた。頭上の月明かりだけでは、白いペンキのヤードラインでさえ、ふたりの目線からは低過ぎて判然としなかった。

アリソンは静かな親密さを感じていた。そしてそれが、キャメロンのいい分にも耳を貸してみようという余裕を生んだ。

「まじでさ」キャメロンが続ける。「楽しもうよ。お願いだ。このままじゃあんまりだろ。ぼくは本気だよ」

アリソンの前を後ろ向きで歩きながら話すキャメロンは、傷つき、いらついて見えた。

不真面目さはすっかり影をひそめている。ジンで酔っ払い過ぎて、自分の醜態をとりつくろう代わり、本当の感情をさらけだしているのかもしれない。キムの色目も何とも思ってないのかも。

アリソンは足を止め、思わず微笑んだ。

キャメロンがキスをしようと前のめりになる。

次の瞬間、まばゆい照明が一斉につき、ふたりの目をくらませた。フットボール場の門の外に停まる二台のパトカーのうち、一台に搭載されたスポットライトからだった。それぞれの車両からふたりずつ保安官補が現れ、全員が懐中電灯を向けてくる。

「何なんだ?」キャメロンがつぶやく。

保安官補のお出ましとは、たかだかふたりの高校生がスクールダンスを抜け出したにしては、あまりに大げさに思われた。アリソンがキャメロンからドラッグを買っているか、もしくはその他の違法行為をしているとでも思ったのだろうか。

「わたしたちが銀行強盗の相談でもしてるって思ったんじゃない」手で目を覆い、アリソンが笑った。「ボニーとクライドのコスプレだし」

幸い、保安官補は近づきながら懐中電灯を少し下げ、アリソンはまばたきして明るい電球による残像を払おうとした。間近にやってきた二名のバッジの下に縫いとられた名前を確認する。ローニンとアンドリュース。

残り二名の保安官補はパトカーのそばで待機していた。ベテラン保安官補の手に余る問題を自分たちが起こすようなシナリオを描くのに、アリソンは苦労した。ボニーとクライドのコスプレをしているからといって、ふたりは犯罪者でもなければ武器も持っていない。

「フィールドを出るんだ」ローニン保安官補がいった。「パーティは終わりだ！　家に戻れ！」

「外出禁止令が敷かれた」アンドリュース保安官補がつけ加える。「物騒だからな！　家まで送るか？」

ダンスでは何も告知されていない。少なくともアリソンがそこにいたあいだは。そしてキャメロンも何も知らないはずだ。「何があったんですか？」アリソンは純粋な好奇心からたずねた。「なぜ物騒なんです？　なぜ家に帰らなきゃいけないんですか？」

「おれがそういったからだ」ローニンはあきらかに市民の好奇心をうるさがった。権力の徒には、権威を問われるのを好まない者もいる。郊外の保安官補にとっていい性分だとはアリソンには思えない。「通りをうろつくのは安全じゃないんだ。家に帰れ。今すぐ」

質問に対し、かさにかかった対応を見せた保安官補への態度をアリソンは硬化させた。

「今帰るところで――」

キャメロンが割って入る。「いいや、帰らない」と反抗的にいった。判断力がアルコールで曇っている。それとも、いつも権威にはたてつくのだろうか。法執行機関に対する考えを知るほど長いつきあいではない。「ぼくたちはけんかをして、仲直りできそうだったのに、懐中電灯なんか顔に当てやがって！　何でそうまぬけなんだよ？」

「キャメロン！」けんかを売っちゃだめ、キャメロン！

ふたりの警官は目を見交わし、アリソンに注意を向けた。

「大丈夫かい？　お嬢さん」ローニンが訊《き》いた。

「君のご立派な友だちは誰だ？　こっちに来い！」アンドリュースがキャメロンにいった。

キャメロンがわたしに暴行していると思った？　わたしを襲ってるって？　彼が暴力的なボーイフレンドでわたしが困っていると？

「何でもないんです」アリソンは素早くいって、この場を収めようとした。「いい争ってただけ。ただの口げんかです」

アンドリュースが一歩近寄り、したり顔になる。「キャメロン・エラム？　なるほどな。口の減らない一家だからな。四八時間前にお前の家について苦情を受けたばかりだ」

「そうかよ？」キャメロンがわざとけんか腰になる。

「やっとどれが自分のママがわかったのか？」アンドリュースが鼻で笑う。「ガキどもはろくなしつけをされてないとくる。きれいなドレスじゃないか。お前のママたちが着せてくれたのか？」

ローニンとアンドリュースが笑った。

「これはコスチュームです」アリソンが無理に笑ってみせる。「パーティ用です。わたしたちは――」

「そんなのはどうでもいいんだ、お嬢さん」ローニンがキャメロンから目を離さずにいった。「こいつは問題児だ。掛け値なしのな」

「変人一家の」アンドリュースがいった「おかしなガキだ」

キャメロンがふたりをにらむ。「失《う》せやがれ」

アンドリュースが懐中電灯をキャメロンに向けた。

「何だと？」ユーモアのかけらもない口調になる。「今、おれに何ていった？」

ふたりは挑発している。なぜそれがわからないのだろう？　アリソンはじりじりした。キャメロンが体の横で拳を握った。片手でニット帽を握りしめ、まるで武器ならいいのにと願っているようだ。「家族の悪口をもう一度いってみろ、そうしたら――」

「お前がどうするかは正確にわかっている」とアンドリュース。「保安官補への暴行。ガレージの屋根に座って腐った卵とパックの肉を投げつけるんだよな。前にやったように」

過去にキャメロンとアンドリュースのあいだに確執があったとは、アリソンはまったく知らなかった。自分たちの権威をほんのちょっとでも脅かす者に容赦しないか、もしくは自然な好奇心を個人的な侮辱と受けとめるような保安官補ならば、何年も恨みをつのらせて復讐《ふくしゅう》の機会をうかがうぐらいやりかねない。

キャメロンは引き下がらなかった。アンドリュースの目を見すえる。「あのときぼくは十二歳で、あんたは自分の同僚の前で恥をさらしてた」

アリソンにとって、一連のやりとりは車の衝突事故をスローモーションで目撃しているも同然だった。次に起きたことにあぜんとしたが、驚いたとはいえない。アンドリュースがキャメロンの腕をつかみ、ねじりあげて肋骨《ろっこつ》を折らんばかりの勢いで芝生に押し倒す。キャメロンは苦痛にうめいて虚《むな》しくもがいたが、保安官補は片膝を背中に押しつけた。

「もっと抵抗してくれよ。お前の腕の骨を折る口実が欲しい」

フィールドハウスの方で動きがあるのに気がついた。アリソンが振り向くと、オスカーがケープを後ろになびかせて走ってきた。その後ろから、コスチューム姿の同級生たちが一ダースばかりやってくる。彼らは興味津々の様子だったが、保安官の存在にわずかに身構えた。携帯を構え、なりゆきを撮影している者もいた。保安官のキャメロンへの仕打ちは理不尽かつ手荒で、携帯はふたりが手出しを控える要因になるかもしれない。一部始終を同級生が撮影するはずだ。

走って向かってくるオスカーを、ローニンが銃を抜いて撃つぞと脅さなかったことにアリソンは驚いた。もしくは少なくともテーザー銃を撃たなかったことに。苦痛と不満で顔をゆがませているキャメロンの前で、オスカーが立ちどまる。キャメロンが怒っているのは一目瞭然だった。同級生の一団に取り巻かれても、態度はまったく変わらない。ここで恥を覚えていれば、頭を冷やすきっかけになったかもしれないのに。だが膝と腕をつかむアンドリュースの手ひどい拘束から逃れようと、キャメロンは体をよじり続けた。

「キャメロン？」どうみても深刻なこの場の空気にそぐわない、いつもの調子でオスカーが声をかける。

「どうした？　お前、また誤解されちゃったの？」アンドリュースに向けて茶化す。「これは心の痛む人違いのケースです、裁判長」

アンドリュースはオスカーを無視し、肩越しにパートナーを見た。

「こいつを連れて行け。学校で泥酔しやがって。こんなのに関わっている暇はない」

アリソンは保安官補のふたりに続き、信じられない面持《おもも》ちでキャメロンを見つめた。ますますすてきな夜になってくわ。最初にキャメロンがキムといちゃついた。それからわたしの携帯を壊した。今度は保安官補を敵に回して逮捕された――この人たちの侮辱を無視して黙ってててって合図したのに。キャメロンはどうしたの？　というより、わたしはどうしたの？　何でこれがわからなかったの？

「本気か？」キャメロンがしわがれ声で訊いた。「まじで逮捕するのかよ？　アリソン！」

唇を噛《か》んで、アリソンは顔を背けた。保安官補に下手なことをいって、キャメロンと仲よくそろって監獄に入れられる羽目にはなりたくない。

アリソンが黙っていると、次にキャメロンは親友を呼んだ。「オスカー？」

「このちびは誰だ？」アンドリュースが訊いた。

「オスカー！」キャメロンが叫ぶ。「アリソンを家まで送ってやってくれ」

「パーティは終わりだ！」ローニンが集まった生徒たちに聞こえるように大声で叫ぶ。説明なしに追い払えると予測していたなら、動こうとしない一団にがっかりしただろう。

「夜間外出禁止令が出た。今すぐ家に帰るんだ。さもないとお前ら全員をしょっぴいて両親に迎えに来てもらうことになる。さぞ親が喜ぶだろうよ。わかったか？」

ぶつぶつ不平をもらす者もいたが、大半がぞろぞろと体育館の方へ戻りはじめた。

アンドリュースが手首に手錠を滑らせると、キャメロンはオスカーにもう一度叫んだ。

「家に送ってやれ！」

コスチュームを着たアリソンの同級生の何人かがぐずぐず居残り――権威を信用しないタイプなのだろう――キャメロンの逮捕劇を録画し続けていたが、アンドリュースがパトカーに引っぱっていくと、さすがの頑固者たちもフットボール場をあとにした。

「帰ろうぜ」オスカーがアリソンにいった。

「あいつらがぼくらをついでに逮捕する前に」

オスカーの息がアルコール臭いことを考えれば、未成年の飲酒または公共の場での飲酒の罪で逮捕される方が、もっとありそうだった。キャメロンがすでに拘束されて、ふたりの保安官補は機嫌が悪いところへもってきて、オスカーまで逮捕される責任まで負いたくない。保安官補には近寄らず、ふたりはフィールドハウス経由で戻りはじめた。アリソンが裏門に向かうと、オスカーがいった。「待って。ちょっと寄るところがある」フィールドハウスの反対側にある男子トイレを使うのだろうと思って待ったが、オスカーは応援席の後ろにかがみこんだ。「ここにあるはず――いて！　くそう！　頭を打った……」

「オスカー……」オスカーがうなって文句をいうのを聞いたあと、アリソンがいった。「もし見えないなら、間抜けなサングラスをとれば」

「そうだった！」オスカーが叫んで狭苦しい場所から出てくる。振り向くと腕にビール缶のパックを抱えていた。

「まじ？」

「ぼくのモットーを知ってるだろ」ばかみたいに、にやりとする。「ひとりも置いてい缶《かん》」

「忘れてるかもしれないけど」アリソンがいやみをいった。「わたしたちはキャメロンを置いてきたのよ。代わりに、あんたの大切なビールを救い出せてよかったね」

「キャメロンの頭が冷えたら釈放されるよ。あいつらはキャメロンに手厳しいんだ、だってやつは――やつの家族は――違ってるから。保安官補は〝違う〟ものを信用しない。手帳か何かに書いてあるんじゃないかな」

それは本当かもしれない、とアリソンは思った。でもキャメロンは確かに火に油を注いでいた。

ふたりで裏門からフィールドを出ながら、アリソンはこの晩を両親に何と説明しようか悩んだ。もしキャメロンが酔っ払って逮捕に抵抗し、つかまったと知れば、またもや彼に会うのを禁じるかもしれない。

黙っていたらふたりには絶対ばれない。

作戦というよりは、希望的観測だけど。

第三十一章

ワイングラスを片手にくつろぎ、カレンはソファの隅に座って読書クラブの「今月の一冊」を読んでいた。一五世紀のイタリア、フィレンツェが舞台の殺人ミステリーで、ルネッサンス時代の絵描きがパトロンの殺人事件を解決しようとする筋書きだった。だが本は九百ページ弱の厚さでドアストッパーにできそうなほど重く、登場人物の名前が頭のなかでごっちゃになっていた。人気の本らしく、続編が二作書かれ、二作目はヴェニス、三作目はジェノバが舞台だった。

クリスマスのセーターを着て、カレンは目下の祭日について考えるのを避け、もっと楽しい祭日に集中しようと決めていた。トリック・オア・トリーターがふたり、家の飾りつけもしていなければポーチの明かりも消しているのに訪ねてきた。ベルを鳴らすのは近隣の学区からはるばるやってきた子どもで、キャンディ狩り区の範囲を最大限活用した。地元の子たちは心得ている。アリソンがスクールダンスに出かけているため、カレンはレイに頼んで頑固な旅人たちに悪いニュースを届けさせた。あと二、三時間ですべて終わる……また来年まで。

カレンは自分がうわの空だったと気づいて、ページを戻った。ロレンツォは聖堂でベネデットを刺したんだっけ――それともバートロメオ？　ふたりのうちのひとりが容疑者で、もうひとりが犠牲者だ。それからアゴスティーノがまだ生きているのか洞穴でフランセスカの溺死体を発見した人物だったのか、思い出せなかった。どうも、気を紛らわすために選んだ手段自体に気が散っている。今月の読書クラブ感想会はスキップしようかと思いはじめた。

「ずいぶん静かだね」レイがキッチンから呼びかけた。「娘をスパイしてるんじゃないのか？」

「スパイ？　わたしが？　自分の娘をスパイするなんてどうしたらできるの？　アリソンは学校で、わたしはここで丸まって本を読んでるのよ。分厚い本を」

「いいたい意味はわかってるだろ」

カレンはコーヒーテーブルに置いた携帯電話をちらっと見た。

「わかった、わかった。ツイッターを見てタイムラインをスクロールしたかもしれないし、インスタグラムをチェックしたかも」

「それで……？」

「成果はとぼしいわ。校門の前でとった写真がいくつかあるけど、ダンス会場に入ってからは何もなし。あの子はオンライン世代だって思ったんだけど」

「楽しすぎて投稿してる暇がないんだろ」

カレンは笑った。「でも、真面目な話」鼻を鳴らす。「学校が携帯の妨害電波を発してるのよ」

「間違いないね、それから体育館は巨大なファラデーケージ（電磁波をシールドするツール）だってうわさだ」

「ハハハ」カレンは空笑《そらわら》いをしてみせた。「正直いうと、最初の三十分で見るのをやめたわ。あの子のプライバシーを尊重して。帰ったら全部話してもらう――」

キッチンの食器棚から鍋やフライパンの落ちる音がして、危うくワイングラスを膝に落としそうになった。「レイ？」

「大丈夫だ」

「心配してない。何があったの？」

「ネズミ捕りを調べた」

「また？」

「挟んだ音がしたと思って」

「人間がネズミをつかまえる罠《わな》を仕掛けたのか」カレンが笑った。「それとも、ネズミが人間をつかまえる罠を仕掛けたのか」

「ネズミはキッチンの食器棚にブービートラップを仕掛けるほど賢くないよ」レイが叫び返した。

「じゃあ、つかまえたの？」

間が開く。「いいや」

それなら、ネズミは罠にかからないだけ賢いってことね。「ピーナッツバターは？」

最初のよりちょっと長い間《ま》がさらに空く。「なくなってる」

「全部？」

「ああ」

「何でそんなことが可能なの？　留め金がはずれやすいとか？」

「わかるわけないだろ？　ＧＭＯネズミじゃないか？　こそ泥め」

「確認させてちょうだい」カレンがからかう。「遺伝子組み換えネズミが家に入ってきたって思うの？」

「もっといいセオリーを思いつくまで、倫理にもとる科学のせいにする」

カレンが笑った。「ネズミ同士で協力してるのかもよ。一匹が罠を押さえてもう一匹がピーナッツバターをかすめと――」

青と赤の警光灯が窓から差しこみ、カレンはことばを飲みこんだ。

コーヒーテーブルに本を置き、カレンは立ちあがってリビングルームの窓のカーテンから外を覗《のぞ》いた。パトカーが二台家の前に停まる。

「カレン？　大丈夫か？」

「保安官事務所が」

「何？」

「保安官事務所の人が来た」声を張りあげて繰り返す。みぞおちにむかつきを覚えた。ダンスに行ったアリソンに何かがあった。ひとりでにカレンの頭がシナリオを描きはじめ、じょじょに深刻になっていく。誰かが正面玄関をノックした。彼女の見た限り、保安官補は車から出ていない。それなら誰が……？

急いで正面玄関のドアを開けると――

「出るわよ」カレンの母親がいった。〝ハロー〟でもなければ〝元気？〟でもなければ〝入っていい？〟でもない。「ここは安全じゃない」

カレンはカッとなった。「ママ！　こんな必要あるの？」

ローリーの肩越しに保安官補が四人緑石に集まっているのに気づいた。思い思いに重苦しい表情を浮かべている。再びカレンは最悪の状況を想像しはじめた。保安官補が関わっているとすれば……

体が震えはじめる。手も震えている。母が気づいてその手をとり、きつく握った。激しい感情の波に飲みこまれそうだった。母の目は光っているが、抑えが効いて決然として見えた。反して、カレンは足もとで地面が揺れているように感じた。

キッチンからレイがタオルで手を拭きながら現れ、その場に固まった。

「君の母親はここで何をしているんだ。いったはずだぞ、保安官事務所に通報すると――

――？」

「アリソンはどこ」構わずローリーがカレンに訊《き》いた。

正体不明の恐怖が再びわき起こり、まるで火山が噴火してカルデラから溶岩が流れ出したかのように心の内をかき乱す。行方不明？　本当に何かが起きた――？

「アリソンはどこ？」娘の沈黙を受け、質問を繰り返すローリーの声に深い憂慮の色がこもる。

「ダンスに行った。キャメロンとスクールダンスに」

「じゃあ、知らないのね？」

「何を……ママ？　何のこと？」

ローリーは一瞬保安官補たちを振り向いてから、口を開いた。「保安官がダンスを中止したの。学校から避難させた。全員家に戻されたわ」

「なぜ――なぜそんなことを？　何が起きたの？」カレンがとり乱してたずねる。「事故？」

「ニュースを見ていないの？」

「見てない。ずっと……なぜ？　何のこと？」

「あいつが脱走した」

「誰が――？」

「マイケルが。護送バスは目的地に着かなかった。あいつが刑務官と運転手を殺した。ガソリンスタンドで四人殺し、それから……」

「それから？」カレンが母親の腕をつかむ。揺さぶって、口に出さずにいる内容を吐きださせたい衝動と戦いながら。「何が起きたの？」

「少なくともふたりの人間をハドンフィールドで」ローリーがそっといった。「わかっている限りふたり……うちひとりはベビーシッター」

「ベビーシッター……」

「またはじまった。あいつはわたしの所へやってくる。はじめたことを終わらせるために。あいつがわたしを追ってくるとすれば、お前は安全じゃない。アリソンも安全じゃない。今夜やつを止めようとしたけど――」

「今夜？」レイがいった。「実際に見たのか？」

「撃った。でも、逃げられてとどめをさせなくて……問題はあんたたちが安全ではないということ。あんたたちの誰も」

「だけど保安官補が――表にいるのは？」カレンが緑石の方に手を振った。

「そう、あんたたちとわたしの警護につけられた。だけど、彼らは何を相手にしているかわかっていない。まるであいつを――わかってるみたいに考えてる。本当のあいつではなく」

「筋が通ってないぞ」とレイ。

「この家は安全じゃない。武装してないって認めたでしょ。こんな窓やドアじゃあいつを防げない」ローリーが首を横に振る。「ここじゃ、何ひとつあいつを止められない。遅らせることすらできない」

「君の提案は？」レイがたずねた。

「一緒に来て。保安官は同意した。わたしの家なら安全だから。防犯が整ってる。それから……その、武器庫があるし」ローリーはカレンの顔を優しく両手で包んだ。「お前にずっとこのための準備をさせてきた。わたしのようにマイケル・マイヤーズの相手をする用意はほかの誰もできていない。一九七八年以来、ただそれだけを考えてきた」ローリーは深呼吸をした。「さあ、アリソンに電話してここを出るのよ」カレンはうなずき、ローリーを後ろに従えたままリビングルームのコーヒーテーブルまで携帯をとりに行き、アリソンの短縮ダイヤルを押す。「留守電だ」あらかじめ吹きこまれたメッセージが再生され、カレンは携帯を両手で握りしめた。状況の深刻さをアリソンに確信させる必要があるものの、死ぬほどおびえさせてもいけない。落ち着いて助けを呼ばせなければ。

「アリソン、これを聞いたらすぐに電話して。保安官がダンス会場からみんなを避難させたって聞いた。でも、あなたから連絡がない。保安官が、おばあちゃんの家に安全のために行けって。あなたが心配なの」

ローリーが携帯をとりあげ、何とか冷静に話しはじめる。カレンが今したいのは叫びだすか泣くことだけだ。自分がばかに思えた。これまでずっと母を無視し、母の懸念を否定してきた。なにより、脅威を真面目にとりあわなかった。自分の不用心が娘を危険にさらしている。もし何かあれば――

カレンの胸のうちを察してレイが手を握りしめる。カレンは夫の腕のなかで目を閉じ、母親がアリソンに話しかけるのを聞いていた。

「保安官があなたの家で待機してる。家に戻って。そしたらわたしの家に連れてきてもらえるから。みんな一緒よ。愛してる……」感情がこみあげ、ローリーは空《あ》いている手で一瞬口を押さえ、それから続けた。「どこにいようと……今夜、外は安全じゃないの」

電話を切り、携帯を返すとカレンは手のひらで包み、液晶画面を見つめて電話かテキストか、何でもいいからアリソンがメッセージを聞いた印を待った。

「あれでじゅうぶんだったかな？」レイが訊いた。「ぜんぶ教えるべきじゃ……？」

「だめ。あの子には緊急だってわかるわ。家に帰れるように落ち着かせなきゃ。もしパニックになったらどんな行動に出るか――」

「カレンが正しいといいけどね」ローリーが割って入る。「隠しておくともっと被害を大きくすることがある。どんなに恐ろしくても、真実を話した方がいいかもしれない」

「まだ十代なのよ」

「わたしもあのときはそうだった。アリソンは機転が利く。お前が思うより強い子よ」

「ママが正しいことを願うわ。神様にママのいう通りでありますようにってお祈りする」

第三十二章

　アリソンと歩道を並んで歩きながら、オスカーは応援席の下から持ってきたビールのパックを苦労して運んでいた。三回オスカーは缶ビールをすすめ、三回アリソンは断った。彼なりに親切でいっているのか、それとも荷物を軽くしようとしているのかはわからない。

「信じろって。ビールを二本飲んだあとは、キャメロンのことでそんなにカッカしなくなるよ。三本か四本、あとはそもそも何でカッカしてんのか忘れる」

　アルコールを勧められるたびにアリソンは返した。「いらない」

「先に延ばすほどビールがぬるくなるよ」

「飲めっていわれるほどいらついてくる」

「じゃあいいよ。社交的にしようとしただけだ」

「そんなムードじゃない」

「わかった」

「もうがっかりするのはうんざり。大目に見てあげて、変わるだろうと考えるたびにみんなが本性を現すんだから。キャメロンは他人から批判されるのをいやがるくせに、そのあとでばかみたいに振る舞った。酔っ払って逮捕された」

アリソンはオスカーがついて来ないのに気がついて、とまどって引き返した。オスカーを怒らせた？　彼の大事な友人を侮辱して。

「君にはふさわしくない」サングラスをズボンのポケットに突っこんで、オスカーがいった。

「君は学校一賢くてきれいな女の子だ。それがわからないやつはどうかしてる」

アリソンはオチを待ったが、続きはない。仕方がないのでいわれたことを検討し、微笑んでみせた。「ありがとう、オスカー。優しいね」

オスカーがアリソンの背後に目をやる。

「見ろよ。パトカーだ。ランデブーは回避しよう」

ビールのパックを抱えてオスカーが二軒の家の間に入った。アリソンが振り返るとパトカーが一台、二ブロック先をゆっくりこちらへ進んでくる。車体脇にとりつけたスポットライトが夜を切り裂き、夜間外出禁止令を破るティーンエイジャーというよりは逃亡犯を捜しているようなもののしさだ。車両が通り過ぎ、ふたりは家の裏手にしゃがんで身を隠した。

＊

ホーキンス保安官補はパトカーでハドンフィールド郊外の並木通りを走り、錯乱した連続殺人犯を捜した。サルテイン医師がショットガンに弾をこめながら、車体にとりつけた多目的スポットライトを照らす。ほとんど一八十度弧を描いて強力なスポットライトを前後に振り、車の前方から後方まで、庭の奥や民家と民家のはざまの暗闇を切り裂いた。

ふたりはどちらも、もし路上でマイケル・マイヤーズを見かければ気がつくと自負していた。マイヤーズがまだ黒のつなぎを着替えていないと想定して——そして、まだ白い死のマスクを被《かぶ》ったままだと。

サルテインがパトカー右手の家並みを調べているあいだ、ホーキンスは前方と左手全体に集中し、スポットライトを四十五度の角度に保った。一瞬、歩道から脇道に入るふたつの人影をとらえたが、近くまで来たときには消えていた。ふたりの安全をさしあたり心配するほかは、夜間外出禁止令を破った以外にとがめる理由は何もない。マイヤーズは単独犯だ。もし通りでやつを見つけたら、ひとりでいるか家に押し入る最中だろう。仲間とほっつき歩いたりはしない。

ホーキンスはサルテインとの関係改善を図ろうと決め、共通の話題をとりあげた。「医者の目から見てローリー・ストロードは正気を失ったと思いますか?」

サルテインは考えてみた。専門的な見解を下すには一度会っただけ、それも十分やそこらではとても足りない。「悲劇と暴力で犠牲者がどう変わるかは、人それぞれです。常におびえることに慣れていく。絶え間なく恐れて暮らす。弱くもなれば強くもなる。だが、別の面がある」

「というと？」

「加害者に与える影響です。研究を通してわたしが惹《ひ》かれるのはそこなのです。マイケルの犯したような犯罪が、彼をどう変えるのか？　何を感じるのか？　行き当たりばったりなのか、それとも感情に突き動かされるのか？　何かきっかけになるものがあるはずだ。常人には聞こえない進軍命令が彼という存在に刷《す》りこまれているのか？　悪の化身なのか」サルテインは間を置いて、スポットライトを操作する手を休める。

「マイケルとわたしには特別な繋《つな》がりがあるが、彼が対話を拒むために、わたしには決して理解できない感情の流れがある」

「他人の靴を履いて歩いてみる（人の立場に立ってみるの意）とかそういうことですかね？」ホーキンスは首を傾《かし》げ、その考えに身震いした。「おれは真っ平だ。あのおいぼれの靴は、あいつが履けばいい」

サルテインの仕事はマイヤーズのような患者を理解することで、それについてはホーキンスに異存はない。保安官補として、彼はおぞましい車両事故やマイヤーズのような人間が犯した犯罪の犠牲者と向き合ってこねばならなかった。ホーキンスの悪夢をむしばんだ光景に、サルテインが食指を動かすかどうかは疑問だった。

「彼の子ども時代の家がどうなったか、教えてくれませんか」

「あそこはある種の聖地になりました。といっても連続殺人鬼の信奉者やデスメタル・バンドの連中に限ってですがね」

「興味深い」サルテインは想像がつくかのようにうなずく。

「破壊行為で見る影もなくなって、わたしが参加している地元の団体がとり壊してコミュニティガーデンにしました。悲劇を美に変えたんだ、信じられないことに」

＊

通りを離れて裏庭を突っ切っているため、ふたりの進む速度は這《は》っているのも同然だった。少なくともアリソンはそう感じた。疲れていらいらし、将来の見通しが全くわからなくなった。楽しいはずの一夜が不確実のかたまりに終わった。キャメロンとすっかり打ち解けてうまくいっていたのに、今はもう一度会いたいかすらわからない。ダンスパーティのみんなが見ている前で裏切られて恥をかいた。因縁のある保安官たちとやりあったボーイフレンドは、こちらの手に余るほどの問題を抱えているのかもしれない。一歩前に進むごとに、実のところ二歩ずつ間違った方向に進んでいるように思えた。何より今は家に帰って毛布の下に潜りこんで眠りたい。引きこもって、あらゆる些細《ささい》なことに執着するのをやめたい。オスカーは缶に入った憂さ晴らしを勧めてくるが、その選択肢には二日酔いのおまけが付いているのを理解する程度の知恵はまだある。

ふたりは行き止まりに来た。上部に短い黒の錬鉄柵をとりつけた擁壁《ようへき》をのり越えてエルロッド宅の裏庭に入らなければ、数軒分の家を迂回《うかい》して戻るしかない。今さら逆戻りするなんて、ごめんだ。

脇に抱えたビールのパックに手こずりながら、オスカーが柵によじのぼる。反対側に飛び降りた拍子にバランスを崩し、危うくビールを落としかけてその上に倒れこみそうになったあと、なんとか立て直した。振り返って、広々とした敷地を見わたす。アリソンはオスカーの視線を追った。月明かりで、向こう側の鉄柵が遠くに見える。オスカーに合流するべく柵をのぼりはじめたアリソンは、ダンスパーティに着てきたコスチュームがスラックスで、ドレスのような夜の不法侵入向きではない服装じゃないことに感謝した。

「ツタウルシに気をつけて」柵のてっぺんに脚をかけながらアリソンがいった。「そこらじゅうにある。不便な近道ね」

「危険がいっぱいだ」オスカーがまじめにいっているのか、こちらをからかってるのかさっぱりわからない。「ごめん。手を貸して」

オスカーが手を伸ばし、柵のてっぺんとその下のセメント壁から降りるのを手伝う。もう一本の足もまたぎ越え、ほとんど滑りそうになったもののオスカーが両手を腰にまわして安全に地面に降ろした。

「ありがと」アリソンはくじいた足首を引きずるか、もしくはもっと悪い状態で残りの家路を歩かずにすんで感謝した。

気まずい沈黙のあと、。ふと腹にまわされたままのオスカーの手に気づき、アリソンはあわてていった。

「何？　何やってんの？」

「君にはもっとふさわしい相手がいる」保安官をまく前にいった発言を繰り返す。ついで、今度は体を寄せてキスを迫ってきた。

「やだ。オスカー。何すんのよ？」

ほとんど反射的に相手を押しのける。オスカーはというと、アリソンの反応に不意を突かれたようだ。「待てよ、もうキャメロンと一緒じゃないっていったじゃないか」

「だからってあんたと……離してよ」

「ぼくに合図を送ったと思ったんだ」

「絶対に違う。離せ！」

その場に突っ立っているまぬけ男をすり抜け、アリソンは庭を横切って反対側から出て行こうとした。キャメロンとの関係について決めかねている段階で、別れたと宣言するわけがない。

それに、あんなことをするやつがいる？　キャメロンはオスカーの友だちなのに。しかも、ほとんどあいつのこと知らないし。

オスカーが走ってきてふたりの距離を詰めた。

「悪かった。キャメロンにぼくがしたっていわないでくれ。ぼくも何とも思ってない」

「キャメロンにいうな」だって。じゃあ誤解じゃないんだ。ただの最低ヤローだ。アリソンは歩みを止めてオスカーに向き直った。「最低。わたしは家に帰る。そっちも好きにすれば」

下手ないいわけにうんざりして、アリソンはひとりでずんずん歩いていった。

＊

アリソンに二度目に置いてけぼりを食らってしばらく、オスカーはついていくのをためらった。頭を冷やさせた方がいい。それから追いつこう。

少し距離を置き、アリソンの態度が軟化するのを待とうと決めた。

とそのとき、裏庭のモーションセンサーの照明がついて、強力なスポットライトを浴びた。

いうことないね。怖がりの家主が保安官事務所に通報するぞ。

オスカーはひとりごとをつぶやいた。「酔っ払ってたんだ。もう……べろべろに。それからパーティですごくムラムラ来て、女の子とダンスして、ぼくなんかには手の出ない子で、頭のなかがセックスでいっぱいになって、その子はおっぱいがぱつんぱつんで、グアカモーレ（アボガドのディップ）をエロい感じでぼくに食べさせて――」

いいわけを考え、万が一（いや、絶対だ）アリソンがキャメロンに告げ口したときの練習中に、脇に抱えていたビールのパックが滑った。缶が一本落ちて、地面に激しくぶつかり、そこらじゅうに泡を吹いた。

「くそ！」

ダンボール製のパックをつかむと、破れたところからさらに缶が落ちて、ばらばらの方向に転がった。這いつくばって缶を拾い、破れたパックにしまう。立ちあがったとき、五メートル先の庭の真ん中に黒い人影が立ち、モーションセンサーの照明を受けてシルエットをさらしているのに気がついた。照明から目を守りながら、オスカーには青白いマスクだけが見えた。

「ハッピー・ハロウィン、エルロッドさん」気楽に振る舞おうとしていった。「クールなマスクですね。すみません……あなたの家に入りこむつもりはなかったんですが、あそこのきれいな女の子と話してて」いいわけの裏付けに、反対側の柵へ歩いていくアリソンを指さした。「ずっと気になってたんです。それでボーイフレンドに愛想が尽きたって聞いて、だからもしかしてって思って……ばかですよね?」

相手は立ったまま、動かない。

もしオスカーが男同士の共感を、おそらくは報われない恋のひとつやふたつ過去にしたであろう年配の男性に望んだとしたら、まったくの無反応にがっかりした。エルロッド氏をよくは知らないが、「おれの芝生から出て行け」と怒鳴るような、前途ある若者をすべからく憎む偏屈じじいのたぐいではないと知っている程度のつきあいはあった。

「わかった、ピース。どうも」

突然、モーションセンサーのスポットライトが消えてあたりが暗闇と化し、オスカーは目を環境光に合わせて再調整した。明るい電球の残像に目がくらみ、しきりにまたたきするあいだその場を動かず、落ちたビール缶を踏んづけて転ぶのを避けた。

*

庭の反対側で、アリソンはオスカーが誰かに話しかけているのを聞いたが、ひとりごとだろうと思った。モーションセンサーの照明はアリソンが柵につく頃には消えていた。

路地に面したこちら側の柵は、二メートル弱の高さがあり、鉄の支柱一本一本に剣先が付いて不法侵入者を威嚇しているが、アリソンはエルロッド家の庭から出たいのであって入りたいのではない。ふくらはぎの高さの胴縁《どうぶち》をブーストに使って用心深く柵をのぼり、剣先のひとつに押しつけた手を、あわてて引っこめた。カミソリ並みの鋭さがあるわけではないが、柵のてっぺんを越えるときに体重をかけたくはない。上体を剣先の上に乗りだし、できるだけ注意しながら胴縁に両手を置いて体重を支え、両足を振りかぶっててっぺんを越える。体が剣先を越えると同時に反対側に飛び降りた。

少しばかり誇らしく思いつつ、両手の汚れをスラックスで払う。危険な柵を、自分だけでけがをせずに越えた。小さな勝利だ、それ以外はろくでもない夜の。でも、アリソンは満足した。オスカーも、あいつの手でつかまれるのも、下手ないいわけもいらない。

*

再び、モーションセンサーが反応して庭の照明を点灯させた。

前腕で目を覆い、オスカーは照明が消える前に〈シェイプ〉がいた場所を見やる。誰もいない。左右を見たが、何もない。照明が消える頃にはいやな予感を覚えはじめ、人影は結局エルロッドさんではないのかも、といぶかりはじめた。

「ねえ、どこに行ったんです？　すごく挙動不審ですよ、今」

いいか、パニックになるな、オスカーは心の底からアルコールの霧が晴れてくれるように願った。たぶんあれはエルロッドさんで、家に入ったのかも。明かりに背を向けていたから目が暗闇に慣れていて、それでぼくがただ単にまぬけな恋わずらいのティーンだってわかって、ぼくを無視してなかに入った。それとも保安官を呼ぼうと決めた。どっちにしてもここからずらかるぞ！

できるだけビールを集め直し、パックを胸に抱えて向こうの柵へ走っていってアリソンに合流し、まだ怒っていたら——

オスカーは突っ立ったままの人物にぶつかった。黒っぽい人影、不気味な真っ白いマスクを被《かぶ》り——オスカーが息を呑《の》む。本能的に一歩下がり、さらなる謝罪をしようとしたそのとき、人影が右腕をあげた。手に握られた長い包丁が露《あら》わになり、明かりを反射して刃先が光る。

破れたビールパックが力の抜けた両手から再び滑り落ちて、地面に当たった。缶が数本、プシュッと音を立てる。

オスカーは必死に腕をあげて包丁を防ごうとした。

次の瞬間、スポットライトが消え、オスカーを完全な暗闇に突き落とした。

第三十三章

自分自身にさえ認めたくはないが、アリソンは暗い路地を歩いて、神経質になっていた。口から息をして、腐った食べ物と新鮮な小便の不愉快な臭いを避ける。くさい臭いを放つ金属の大型ゴミ用コンテナが道沿いにいくつか並び、ネズミやそのほかの害獣がなかに潜んでいるのに違いなく、考えたくもないのにどうしても想像力が悪い方へ膨らんでしまう。ゴミ用コンテナごとに、ネズミの隠れ場所――やだやだ――や、待ち伏せできる死角をよからぬ者に提供している。アリソンが通り過ぎ次第、もしくはもう安心と油断するタイミングを狙って、背後から襲いかかってくるかもしれない。

最後のコンテナを過ぎたとき、頭をぐるりと回し、物陰に誰もいないのを確かめた。安《あん》堵《ど》のため息をついた次の瞬間、心臓が口から飛び出そうになる。か細い鳴き声とともに、野良ネコがコンテナから飛び出してきた。一瞬ふちでバランスをとり、それから飛び降りると前方に向かって通りを走っていく。

はらぺこのネコに、腹は立たなかった。最良のシナリオではハドンフィールドのネズミ人口が減る。とりわけ不気味なこの路地の。最悪の場合は、夜間の狩りで狂犬病にかかる。その不愉快な考えは、狂犬病ネズミの妄想を刺激した。

路地が交差している通りまで早足で歩いて曲がり、ぽつぽつ点在する街灯が放つぼんやりした明かりに感謝した。歩きだしたそのとき、鋭い叫び声が聞こえた。立ちどまって今来た道を振り返る。音は路地のつきあたりの方から来たようだ。

路地の入り口に戻って、もと来た道の暗がりを見つめる。戻るという考えにぞっとなった。

＊

照明が再びともる頃には、オスカーはすでに柵の方へ走っていた。前腕の刺し傷から血が肘に流れ落ち、走ったあとに点々と印《しるし》をつける。肩越しに振り返ると、〈シェイプ〉――絶対にエルロッドではない――が、決然とした足どりで背後を歩いてくる。オスカーの血が付いた包丁を握って。襲い手が誰で、なぜ襲うのかを考えるには動転し過ぎていた。オスカーは、生きのびることのみに集中した。前方の鉄柵を見すえ、位置を頭に叩《たた》きこんで照明が消えても正確な場所を思い出せるように備えた。絶対必要なひとつのことが繰り返し頭を駆け巡る。

柵を越えろ、怪物を振り切れ！

アドレナリンの奔流につき動かされ、柵の胴縁《どうぶち》に手をかけて飛びついた。片足を振りあげたとき、突然の抵抗を感じてヒヤリとした。それは、包丁を持った頭のおかしな男ではなく、支柱の鋭い剣先に絡まったケープのしわざだった。

恐怖とあせりで原始的な叫びがのどから飛びだす。**「くそおおお！」**

素早く振り返ると、〈シェイプ〉が間合いを詰めてきていた。包丁を振りあげ、オスカーの血を滴らせた刃先が照明を受けて光る。

ケープを無理やり引っ張って引きちぎろうとしたオスカーは、はっとして息を呑《の》んだ。炎の剣に切り裂かれたような痛みが背中に走り、息ができない。包丁が刺さったのだ。鉄柵の上に乗り出したまま、腕と足の筋肉が疲労に震えるのを感じた。一瞬後、力強い両手がオスカーの足をつかんで引っ張り下ろそうとする。柵を離すまいと踏ん張るが、痛みと失血が彼の努力を裏切った。

出し抜けに照明が消え、闇がオスカーを包む。

ついで、腕が屈服した。

もう少しで自由になれるところだったのに――無念のオスカーの体が柵の上に落ちる。体の下になった支柱の鋭い剣先が、のどの柔らかい肉を切り裂いて、あごを串刺しにした。

＊

暗い路地を通るのは不安だったが、アリソンは叫び声を無視できなかった。オスカーがけがをして、助けが必要なのかもしれない。今夜を台無しにした責任の大部分は彼が負っていたが、暗闇のなかでひとりで苦しめてはおけなかった。もし自分が助けられなくても、状況を判断して助けを呼べる――キャメロンがわたしの携帯をナチョチーズボウルに投げ捨てたりしなければ、もっと楽だったのに。

「オスカー？」アリソンが呼んだ。「オスカー！」

暗くて足もとのよく見えない路地を急ぎ足で進む。くさいゴミ用コンテナを通り過ぎるたびに歯を食いしばった。少なくとも最初に通ったときにコンテナに誰も隠れていないのはわかっていた。路地の端に着いたとき、エルロッド邸のモーションセンサーが反応して照明が再びつき――

アリソンは恐怖で凍りついた。

オスカーがいた――鉄柵に引っかかって。オスカーののどを鋭い鉄の剣先が刺しつらぬき、上下の歯のあいだから突き出ている。あごが異常にせり出したせいで、剣先が目の前に来ていた。あごの骨が頭蓋骨からはずれ、顔の皮一枚で繋《つな》がっているというおぞましい考えをアリソンは頭から追い払った。

柵からぶら下がったオスカーの片足が、ぴくぴくと震えながら下の胴縁に乗っている。足もとの地面には見るみるうちに血溜《だ》まりが広がっていった。

オスカーは自分の血で窒息し、ごろごろ音をたてている。

目は半ば閉じられ、消えいりそうな声で必死にことばにならないことばをしぼりだす。

「いーあ……」

逃げろ？　助けを呼べ？　どっちにしろ、オスカーを助けることはできない。ひとりでは。過呼吸になって判断がつかずにパニックに陥り、誰かいないかと周囲を見回す。

目の隅でほんの一瞬、黒い人影が柵のこちら側に立っているのをとらえる。血まみれの包丁を持って――

それから、明かりが消えた。

アリソンは声の限りに叫んだ。

オスカーの苦境と、すぐそばに知らない人間が立っている恐怖に圧倒され、アリソンはきびすを返して路地を駆けぬけた。ゴミ用コンテナの角にぶつかった勢いでバランスをくずしてよろめいたが、なんとか立て直して暗い道を一心不乱に突っ走る。

全速力で通りに飛び出し、歩道に乗るには勢いがつきすぎたため左右のレーンをまたいで走り、幸運にも車に轢《ひ》かれずにすんだ。

走るのに向いている服装ではおよそないものの、日頃からみっちり走りこんでいたおかげでこの状況でなければ、慣れた足どりとリズムを取り戻していたかもしれない。その代わり、全身全霊で走る。まるでゴールがひと足ごとに遠ざかっていくかのように。だが全速力には代償が付いた。永遠にはスピードを維持できない。

左右に素早く目を走らせて、一階の照明がついている最初の家に狙いをつける。左に曲がって緑石を飛び越え、歩道を横切って正面の芝生を走りぬける。ポーチの階段を駆けあがり、ドアに体当たりするようにしてやっと足を止めた。拳を丸めてドアを叩き、肩越しに素早く目をやってから叫ぶ。「助けて！　ドアを開けて！」

家のなかでふたつ目の照明がついた。

「開けてください！」

アリソンがドアを叩き続けていると、心配そうな顔が窓辺に現れた。

早く！　早く！　早く！

＊

フィリップス保安官補がパトカーを運転し、助手席にはフランシス保安官補が座っている。ローリー、カレン、レイは後部座席に座っていた。一様に神経質に黙りこくり、三人ともぴりぴりしている。パトカーの安全地帯に座り、法執行機関のプロふたりの後ろにいても、リラックスはできない。アリソンが行方不明なのだ。

夜間アリソンがひとりきりで、マイケルが逃亡中の戸外にいることをローリーは考えまいとした。アリソンに危険が迫っている。家族で一番無力なのに。一方、おとなたちはパトカーで安全なわが家に向かっている。

少なくとも、アリソンは移動しているはず。おそらく標的になる危険性は低い――しばらくは。だが、自分の説を信用できなかった。疑り深いのは経験のなせる業だ。外にいるのはわたしのはずで、アリソンは安全にわたしの家にこもっているべきだった。わたしが家を要塞化したのは、ときが来たらあいつを阻止するためじゃないか。なのに今、空《から》っぽだなんて。なんて残酷な皮肉なの。

カレンの携帯が鳴り、三人はぎょっとなる。カレンが応答する前に、ローリーは画面を盗み見た。不明な相手からの着信。

手を震わせながら、カレンはボタンを押して電話に出る。「カレンです……アリソン？」安堵の笑みがこぼれ、抑えていた緊張が肩からとけ出す。カレンは空《あ》いている方の手でレイの手を握った。「よかった、無事なのね。保安官があなたを捜してるわ。どこにいるの？今どこ？」

カレンがアリソンの話を聞くあいだ、ローリーは窓に映る自分を見つめていた。アリソンの安全が確認され消息がわかったなら、当初からの目的、マイケルのとどめを刺すことに集中できる。

＊

歩道脇に立つ大木の幹に隠れ、〈シェイプ〉は再度右と左、背後を向いて、女の気配を捜した。または、道をひとりで歩く誰でもいい。だが、通りには人気《ひとけ》がない。

出し抜けに、パワフルなエンジン音を響かせて、郊外の道路を車両が猛スピードで走ってくる。

〈シェイプ〉が女を見失ったのは路地を出たあとで、どちらに走っていったかはわかっていた。そのため〈シェイプ〉はあとを追ってそちらへ向かう。疑問や心配はなく、息づかいは規則的だ。そして、目的は揺るぎない。

〈シェイプ〉が木の後ろから出ると同時に、パトカーが通り過ぎていく。左に曲がった、青と白の車両に、ふたつの顔が見えた。見覚えのある顔だ。

ふたりは〈シェイプ〉に気がつかなかった。

＊

ホーキンス保安官補は、緊急通報のあった通りへ向かっていた。ようやくアリソンの所在が判明し、おびえてはいるが無傷とのこと。ホーキンスはアリソンをローリー・ストロードの家に連れて行くよう指示を受けていた。そのあとで、マイケル・マイヤーズの確保に専念できる。くだんの家の正面に、近所の住人が集まって小さな人だかりができていた。頭数の多い方が安全というしな、とホーキンスは思った。

野次馬の手前で緑石に車を停め、ボタンを押して短くサイレンを鳴らし、道を開けさせる。パトカーから出ると、女の子が人混みを抜けてこちらへ走ってきた。母親が保安官事務所に提供した写真を見ずともアリソンだとわかる。一家の歴史、とりわけ四十年前の有名なローリーとマイヤーズの因縁を考えれば、職業上の好奇心で家族の動向を押さえておくのは当然だ。

「保安官！」アリソンが近づきながら呼びかける。「あいつを見ました。友だちが襲われたんです。どこからともなくやってきて――」

アリソンは息を切らしていた。恐怖と緊張が波となってアリソンからあふれ出し、パニックが安堵に変わるのをホーキンスは感じた。落ち着かせるように手を肩に置く。「深呼吸しなさい、アリソン。大丈夫だ。ゆっくり息をして」

アリソンがうなずく。

「友だちのことを教えてくれ。その女の子はまだ息が……？」

「男子です。わかりません。一瞬しか見なかったから。刺されて――たぶん一回以上。それから柵が、彼が落ちて柵が――」

「柵がどうしたんだ？」

「柵が――鉄柵のてっぺんがとがっていて、彼が落ちて――オスカーが落ちて、それから――剣が――あごに突き刺さって、貫通してた！　ひどかったわ！　助からないと思う……もう死んでるかも。でも、そのときあの男を見て、人殺しがそこにいて、包丁を持ってて、だからわたしは逃げて――走らなきゃいけなかった、じゃないと――あいつが……」

「もちろんそうだ。逃げて正解だ。君が生きているのは正しい判断をしたからだ」

「でもオスカーは……」

「彼はどこだ？　救急車を送ろう」

「エルロッドさんの家。路地のそばの家です」

「わかった。救急車を呼ぶ。それから君は一緒に来てくれ」

「なぜ？　わかりません」

「君の家族のところへ連れて行く。おばあさんの家だ。ご両親は今頃そこでローリーと一緒にいるはずだ。君はそこにいて、おれたちがマイヤーズをつかまえる」

心配の色がアリソンの顔をよぎる。「家で何か起きたの？」

「いや。だが、向こうの家にいる方が安全だ。どうもローリーは家を要塞化したらしい」

「ああ」アリソンがうなずく。「それならわかります」

君の世界だけでな、お嬢さん。うらやましくはない。

ホーキンスがアリソンから離れて指令係に連絡していると、人だかりから質問が飛びはじめた。心配そうな声が重なりあう。

「何が起きて――？」

「何人殺されたの？」

「保安官事務所は何をやってるんだ」

「誰が殺――？」

「マイケル・マイヤーズが戻ってきたって本当？」

ホーキンスが手をあげて静まるよう訴える。「みなさん！　落ち着いて欲しい。全員家に戻ってくれ――今すぐ！　戸締まりをしっかり。今は容疑者を追いつめているところだ」誇張があるが、容疑者を捜している途中だと教えるよりは安心させられる。「誰か、もしくは何か疑わしいものを見たら通報して欲しい。容疑者がつかまり次第、保安官が記者会見を開いて質問にすべて答える。今は家に帰って錠をかけ、安全にしていてくれ！」

しぶしぶ、人々は静かになり散っていった。全員比較的近所に住んでいるため、家に戻るのに遠くまで歩く必要はない。ホーキンスは無線で指令係にエルロッド家の裏庭に救急車を向かわせるよう伝えたが、アリソンが説明した傷の状況から判断すれば、若者が生きているとは思えない。

そしてその若者が、今夜最後の犠牲者になるとも。

第三十四章

人里離れた森のなかの一本道を通り、フィリップス保安官補が砂利《じゃり》を敷いたローリーの私道にパトカーを乗り入れると、勾配屋根に設置された対《つい》のスポットライトが一斉に作動し、彼らと前庭全体に光の洪水を浴びせた。助手席のフランシス保安官補が腕をあげて目を覆う。「日焼け止めを持ってくるの忘れたよ」

「すごいな」フィリップスがいった。「電気代がかさみそうだ」

「モーションセンサー式だから。滅多に訪問者はいないし」ローリーが説明する。

フィリップスはインターコムまで車を進め、肩越しに家主を振り返った。「ゲートのコード番号は？」

「わたしの席のドアを開けて。やるから」

「気づいてないかもしれませんが、わたしたちはいい人間ですよ」

「わたしは人を信用できないたちなの。訴えていいわ。それにこの座席、背中が痛くて。何でできているの、プラスチック？」

フランシスがくすりとする。「上質なレザーからゲロを拭きとったことあります？」

「いいでしょう」フィリップスが車から降り、後部座席のドアを開けた。コントロールボックスに歩いていくローリーに、フィリップスが笑って訊《き》いた。「コードを打ちこむあいだ、目を覆ってましょうか」

「指のすき間から覗《のぞ》くかも。あっち向いてて」

「まじですか」

ローリーが肩をすくめる。「後悔先に立たずよ」

コードを入力するやゲートがガラガラと開き、ローリーは狭苦しく居心地の悪い後部座席に戻った。

カレンがレイにいう。「ママは間違ってない」ローリーのために席を詰める。「座席のこと」

「現在の乗員をのぞいて」フランシスがいった。「後部座席は犯罪者用です。贅沢《ぜいたく》な道中だと思わせたくはない」

「思わないから安心して」とローリー。ゲートが大きく開くとフィリップスはギアを入れ、あいだを抜けた。

「あなた方を下ろしたら、ゲートに立ってアリソンを待ちます。目下彼女と現地で接触している保安官補がいます」

*

ローリーは一分ほど費やして正面玄関の錠をはずし、デッドボルトを回し開いてカレンとレイをなかに入れた。室内を見回したレイは、すべての窓には鋼鉄の面格子を、すべての室内ドアにはデッドボルト錠をとりつけてあるのに気がついた。カレンは室内を歩き回って、子どもの頃、母の庇護《ひご》から引き離される前に暮らした記憶を新たにしている。

リビングルームに来たカレンは、薪《まき》ストーブの前で止まった。通気管がレンガ壁を通り、ふたをした煙突と九〇度の角度で繋《つな》がっている。脇に積まれた薪が、ストーヴは装飾的な目的以上であるのを示していた。「暖炉はどうしたの？　使ってないのは見ればわかるけど」

「侵入経路になる。だから塞いだ」

「常識だな」レイが当てこする。

レイの発言は無視し、ローリーは続けた。「煙突にコンクリを流して壁はレンガを積んだの」

「通気口はいいのか？」レイがたずねた

「直径が狭すぎる」ローリーが顔色一つ変えずにいった。「マイケルは入れない。バラバラにならない限りはね」

「家庭ってのはあったかいもんだ、そうだろう、ローリー？」

ローリーは腕を広げて笑った。「ミ・カサ・エス・ス・カサ《どうぞごゆっくり》、レイ」

ローリーは彼を見つめ、さらなる皮肉を待ち受けた。

だが、レイはうなずいて何もいわなかった。カレンについてキッチンに入り、窓の面格子や裏口にかかるいくつもの錠に目を留めた。レイを通してローリーは自分の家を新たな視点で見た。優美な花柄模様の壁紙のキッチンは、ウッドパネルと赤レンガのリビングルームよりも明るい。レイの注意は棚に面して置かれた小さな机と椅子に向いた。防犯カメラのモニターが四台、パソコン、保安官事務所の無線が載っている。

「ここから敷地全体を監視できる。ゲート、正面玄関、左右の側面、家の裏手。不意打ちはなし」

レイはうなずいて、玄関に面した壁を見た。グレイの溶接用マスクをカントリースタイルのキッチンの飾りつけのようにかけてある。いいや、ローリーは思った。異常なところはどこにもない。どの家庭にもひとつはある。

一方、カレンはキッチン中央にあるクリーム色のアイランド型カウンターで足を止め、両手を青いカウンタートップに置いた。レイはパントリー付近の床にどきりとするものを見つけた。お手製らしい罠《わな》にかかって死んだネズミ。罠を組み立てた人間は、中世の拷問道具をお手本にしたかのようだ。ローリーがキッチンにやってきたとき、レイは風変わりな仕掛けを指さした。「あれは何だ?」

「死んだネズミ。見たことないとは驚きね、レイ。裏の野原に住んでるんだけど、ちょくちょく基礎にできた割れ目から入ってパントリーを狙うのよ」

「死んだネズミぐらい見たことある。ないのはあれ――あの装置……内臓をえぐってる」

「あなたの罠を見た。えさはピーナッツバターとマシュマロ？」

「それが？」レイが身構える。

「成果はあるの？」

　ふたりの会話を無視し、カレンがアイランドに体重をかけて全体を反時計回りに押すと、タイル敷きの床に水平に作られた隠し扉が現れた。かがんで扉を開けると、地下室のシェルターに通じており、カレンは真っ暗闇のなかを覗《のぞ》きこんだ。背後に立ったレイが、妻の肩越しからもの珍しそうに見る。

　カレンは闇を見つめつづけ、まるで彼女にしか見えない何かにうっとりしているようだ。

　レイはローリーを見て、それからカレンにたずねた。

「これは何？」

「わたしの子ども時代」カレンがそっといった。

「ここで身を守る」いいながらローリーは自分のことばに驚いた。

　そんなことばをいうつもりはなかった。数え切れないほど何度も幼い頃の娘にいい聞かせてきたフレーズ――ローリーがカレンを育てたあいだは。州が娘をとりあげるまでは。

ここで・身を・守る。

この三つのことばがローリーの奇行、異常な備え、すべての答えになった。おびただしい錠の、夜中の訓練《ドリル》の。武器の扱いの習得と射撃練習の。おおかたの人間が普通とみなす生活を犠牲にしても最悪の日が戻ってきたときのために備えた。あいつが戻ってきたときのために。当初は暗闇が自分の人生に再び入りこむまでに、四十年かかるとは想像もしなかった。母と娘の失われた時間にその価値はあったのか、今惑うのはたやすい。だが人生に絶対の保証はない。マイケル・マイヤーズが生きているあいだは、心の平安はやってこない。どんな道を選んだとしても。だからローリーは、恐怖で突っ走る道を選んだ、心配で身動きできなくなるよりも。

無言で、カレンは地下シェルターへと続く木の階段を下りた。途中でスイッチを入れて照明をつける。「下りて来て」上のふたりを呼ぶ。

ローリーは、床に空いた穴を手振りでレイに促した。「お先にどうぞ」

うなずいてレイが降りはじめたが、上半身が穴から出た状態でおそるおそるいった。「まさかやる気じゃないよな……」

「何を？」ローリーがとぼける。

「ぼくらをここに閉じこめる？」手で引用符を作って、つけ加える。「〝身を守る〟ために？」

「考えもしなかった」ローリーが笑顔をゆがめていった。「でも、そういうなら――」

「やめろ！」あわててレイが階段をのぼりはじめる。

「レイ」カレンがシェルターからいった。「扉はこっちから錠がかかるの」

「ああ、そうか」ほっとしたようにレイがいう。「もちろんだ。知ってたとも」

「それからママ……」

「何？」

「レイを怖がらせるのやめて。この状況全部、神経にさわるんだから」

「そう、そうね」そういって、ローリーはレイをとどめた。「わたしが先に行く」

ローリーが階段を下り、頭を下げてアイランドにぶつかるのを避けた。「頭に気をつけて」下から声をかける。「頭をかち割らないように」

簡素な木の階段を下りきってカレンの横に立つと、レイが続いた。シェルターに視線を走らせる。箱入りと缶詰の食料が整然と棚に収まり、水のボトルケースが列をなし、片隅にはきちんとメイクされたベッド、もう一方には帆布の目隠しが吊《つ》り下がり、その後ろにキャンプ用のトイレが設置されていた。

ローリーの右手にあるのは武器の保管庫で、ずっしりした鋼鉄製のキャビネットにセキュリティキーパッドが付いている。

レイがカレンを見ると、憑《つ》かれたような表情を浮かべており、それがローリーの胸を痛めた。ここでの暮らしを思い出しているのだ。避難訓練《ロックダウンドリル》はカレンをおびえさせた。訓練の目的はおびえさせることにあり、恐怖を押して行動し生き残るすべを見いだし、絶望してくじけないことを学ぶ。ローリーは娘にも自分と同じだけ準備をさせたかった。その結果、生ける災厄と対峙《たいじ》する準備に忙しく、楽しい思い出を作る余地がほとんどなかった。

しばらくして、カレンは暗いムードを振り払ったようだった。

ローリーはふたりを武器庫に連れていき、六桁《ろっけた》のセキュリティコードを入力する。103178（一九七八年一〇月三一日）。LEDライトがまたたいて赤から青に変わり、ドアが開く。ふたりを振り返ってローリーがいった。「武器《ポイズン》を選んで。各種とりそろえてるわ。備えあれば憂いなし」あたかもゲーム番組の賞品を披露するかのように、腕を広げる。「小口径の護身用、ブラックアウト弾使用のセミオート、戦術行動用のショットガン、大口径のハンドキャノン、それとも精度とストッピングパワー（拳銃等の小火器から放たれた銃弾が生物に命中した際、対象物をどれほど行動不能に至らしめるかの指数的概念）のライフル？」

ローリーを見つめていたふたりは、典型的な夫婦間の目配せを交わした。彼女は準備万端なのか、それともたがはずれてしまったのか、迷っているに違いない。

*

　ホーキンス保安官補がローリー・ストロードの自宅に向けてパトカーを走らせるあいだ、孫娘アリソンは静かに後部座席に座っていた。頭を窓に預け、長い戦歴の兵士が見せる何かにとり憑かれたような、焦点の定まらない、ホーキンスにはおなじみの目つきをしている。たぶんショック状態になり、友人を心配しているか、もしくは単に今晩のできごとにぼう然としているか。肩越しに、前後を仕切る金網の向こうのアリソンに声をかけた。

「大丈夫かい?」

「え?　はい、大丈夫です」

「友だちには救急車を呼んだからな」

「どうも」それから間をおいて、「彼は……?」

「聞いてない」口調をニュートラルに保とうとした。楽観視はしていなかったが、これ以上アリソンを刺激したくない。家族と再会すれば、もう心配はない。殺されかけた人間にとっては百パーセント安心とはいかないかもしれないが……。

「いいニュースがある。ご両親とおばあさんは向こうに無事着いたそうだ」

「そうですか」

　その間、サルテイン医師は無言で助手席に座りこみ、傷ついた左腕を抱えていた。

　ホーキンスが道路に注意を戻すと、無線が鳴った。

〝六〇一へ。連絡事項。セントパークのバイパス南、一一番通りで容疑者の目撃情報。複数の通報あり。連絡事項。武器を携帯し危険〟

標識を見て、ホーキンスの目が見開かれる。

ここから二ブロックしか離れていない……

フロントガラス越しに前方を覗き、目をこらす。遠くで、頭部が白くぼやけた黒っぽい服装の男が路上に現れた。

ホーキンスはマイクを握りしめた。「了解、発見した」

バックミラーに目をやり、身を乗りだし前方を覗きこんでいるアリソンと視線を交わす。

「あれは――?」

ホーキンスがうなずいた。「つかまれ!」

ライトバーをつけ、アクセルを踏んだ。

*

〈シェイプ〉はだらりとたらした手に包丁を握り、ハドンフィールドの人気《ひとけ》のない通りを歩いていた。深く息をするごとに死の暗い期待にうずき、柄を強く握りしめる。この握っては緩めるサイクルは、意識的な行為ではなかった。心臓が脈打ち、肺が呼吸し、手に力がこめられる。〈シェイプ〉は狩り、〈シェイプ〉は殺す。いつでも用意はできている。

吸って……吐いて……握って……緩める。狩って……殺し……ひとりまたひとり。それが〈シェイプ〉の知るすべて——もしくは求めることの。まことの目的。

〈シェイプ〉は車のエンジンのうなり声を聞いた。見覚えのある顔を連れてくる聞き覚えのある音だが、目的の妨げにはならない。

通りに歩み出て、狙いをつけた獲物に近づきながら、行く手を阻む者が現れないか注意を払う。通りの反対側に建つ家々の明かりのついた窓を覗きこみ、包丁の柄を再び握りしめた。攻撃の衝動が訪れるのを待ち——それともやり過ごすか——

通りの真ん中で、〈シェイプ〉はエンジン音が再び響くのを聞いた。保安官事務所の青と白のSUV車が猛スピードで向かってくると、横滑りしながら曲がり、〈シェイプ〉の方へ突進してくる。

今回は〈シェイプ〉をやり通り過ごさない。じっと立ち、〈シェイプ〉は見つめ——待ち——心臓がひと打ちするより短く——ひと息——ひと握り——

最後の瞬間、ブレーキが音を立て、タイヤがきしみ、SUVが〈シェイプ〉にぶつかる。

衝撃で〈シェイプ〉が後ろに吹っ飛んだ。

突然の動きで——アスファルトに叩きつけられる。

〈シェイプ〉は横たわったまま……

第三十五章

「なかにいろ！」ホーキンスがアリソンに叫んだ。

アリソンは衝撃で固まっている。シートベルトをつけたかつけないかのうちに、パトカーがマイケル・マイヤーズをはねた。

最後の瞬間、ホーキンスは思いとどまってブレーキを踏み、人殺しのくそ野郎にぶつけただけで轢《ひ》き殺すまでにはいたらなかった。温情的な衝動がどこから来たのかわかない。肩に乗った天使が悪魔に勝ったと思いたいところだが、たぶん後部座席にいるティーンの女の子と関係があるのだろう。心のどこかで、純粋な若者の見ている前で冷酷に人を殺めるのをためらった――たとえ、マイヤーズが十二分に値《あたい》したとしても。

あとから考えればアリソンと彼女の機能不全家族全員のために――ハドンフィールドの住民全体はいうに及ばず――彼にできる最善の行為は、マイケル・マイヤーズをきれいさっぱり始末してしまうことだった。ウォーレン郡の検察官が、ホーキンスに無謀運転以上の重い罪を進んで課そうとする陪審員をひとりでも見つけられるかは疑わしい。運がよければ、マイヤーズは衝撃で死んでいるだろう。ホーキンスの良心はちくりとも痛まない。

ホーキンスはサルテインとともにパトカーから降り、うつぶせにのびているマイヤーズに左右から近づいた。拳銃を握りしめ、ホーキンスが用心深くにじり寄る。素早くパトカーを振り返るとアリソンが身を乗り出して、フロントガラス越しに様子をうかがっている。

サルテインは片膝をついて、道の真ん中でのびている〈シェイプ〉を調べ、前かがみになって無傷の方の手を伸ばし、首の脈を取った。

安堵《あんど》した様子のサルテインが顔をあげ、ホーキンスを見た。「息をしている」

そうか、そうすんなりとは行かないか。

うなずいたホーキンスは銃を伸ばし、頭部を狙って銃身を下げた。額の真ん中、青白いマスクに半ば隠れた両目のやや上。

「もう長くはない。下がってくれ」

と突然、いきり立ったサルテインが叫んだ。「ホーキンス保安官補、わたしの患者を撃つな！」

ホーキンスの指がトリガーガードの横に置かれる。サルテインが尊大なけつをあげ次第、これは終わる。「こいつにとどめを刺す。それが約束だ」

「だめだ！」挑戦的に医師が叫んだ。「彼は武器を持っていない」一瞬後、ホーキンスは相手がこうささやいたように思った。〝だが、わたしは違う〟

「何ていった？」

「もし実行すれば、最も重い罪に問われるぞ」

「チャンスにかけるよ」なに、市長はこの狂犬を殺した褒美に市の鍵（市から住民に贈られる名誉賞）をくれるさ。

ホーキンスが再び狙いをつける。

サルテインが割って入った。

「そこをどけ、先生。撃つぞ！　**下がれ！**」

その代わりにサルテインはポケットからペンをとり出し、神経質そうにカチカチ鳴らした。

「二度はいわない、先生」ホーキンスはじれるあまり、唾を吐かんばかりに叫んだ。「容疑者から離れろ！」

*

パトカーの後部座席から、アリソンは見通しの悪い視界を通して道路の様子を見ようとした。指を金網にかけ、身を乗りだして鼻先を金属に押しつけながら、フロントガラス越しに一心に見つめる。

ホーキンスはマイケル・マイヤーズに車をぶつけたが、殺すにはいたらなかった。少なくとも、サルテイン医師――スミス・グローヴのマイケル・マイヤーズの担当医らしい――が脈を確認した限りでは。運転席の半分開いた窓からはけんか腰のやりとりの一部しか聞こえなかったが、争点は明白だった。ホーキンスはマイヤーの脳天をぶち抜きたくて、サルテインは患者を救いたい。

個人的にアリソンはホーキンスの肩を持った。さっさとこの悪夢を終わりにして欲しい。一瞬でも目を閉じれば、鉄柵につらぬかれたオスカーが目の前で血を流す、おぞましい光景が見えた。収監されて四十年、マイケル・マイヤーズは祖母を脅かし続け、不運にも通りがかった人間を誰かれなしに巻きこんだ。どうみても司法システムは失敗に終わった。

一方、サルテインは間合いを詰めたあと、ホーキンスに二度と話しかけなかった。そのかわり、高級ペンを手でもてあそび、クリップをねじり――

――五センチ分の輝く刃先がペンから飛び出した！

サルテインがペンを下げ持ってホーキンスの視界から刃を隠したと思った次の瞬間、ペンを逆手に持ち替えた。

だめ！

警告の叫びは間に合わず、サルテインはホーキンスの銃を左の手首で払い、右手でペンの刃を相手の首に突き刺した。ホーキンスが発砲し、標的を大きくそれて弾はアスファルトを越えていく。

サルテインが刃を深く差しこんで前後に切り裂くと、ホーキンスは銃を落とし、体が揺れた。左に傾《かし》ぎ、首の裂傷から血が吹きだす。ついでパトカーのボンネットの下に倒れ、保安官はアリソンの視界から消えた。

人殺しの医師はパトカーのヘッドライトのあいだに冷たい表情で立ち、ペンのクリップをひねって血の付いた刃を引き抜いた。フロントガラス越しに彼を見つめ、アリソンは恐怖にすくみあがった。

＊

サルテイン医師はホーキンス保安官補の死体を見下ろした。

首からあふれ出る血はすぐに止まった。もしまだ臨床的に死んでいないなら、その瞬間はほんの数鼓動先だ。サルテインは新鮮な血のにおいを吸いこみ、肺いっぱいに殺しの瞬間をためこんだ。おのれの殺しを。

再び、サルテインはパワーと自由を感じ、それは生身の体に刃先を沈め体内の命をかくたびにマイケルが毎回感じたものだとわかっていた。圧倒的な優位、他人の運命を、その意志に逆らいねじ曲げるパワー。傷ついた肩から発している不快感にもかかわらず、完璧に穏やかな感覚が全身に流れ、彼を活気づかせた。

特注のペンから出る血まみれの刃をしばらく調べてから本体をひねるや、音を立てて刃が引っこみ、視界から消える。

ペンをジャケットのポケットに戻してパトカーを振り向くと、後部座席からぼう然としたアリソンが見つめている。サルテインは冷静な口調で命じた。「動くなよ、お嬢さん。叫ぶな。じっとしてるんだ」

あの少女はこの先、端役でしかない。しゃしゃり出るような真似《まね》はごめんこうむる。

＊

パニックになったアリソンはすぐにドアのハンドルをつかんだが、ロックされている。当然だ、遅ればせながら気がつく。パトカーは囚人を護送するんだから！　固定された金網の仕切りと、居心地の悪い座席とロックされたドアのあいだで、アリソンは小さな監獄に囚《とら》われているようなものだった。

武器はなく、閉じこめられ、アリソンは無力だ。車の前方の動きが目に入る。マイケル・マイヤーズの前にしゃがみこんだサルテインが視界から消えたと思いきや、片膝をマイケルの胸に置いて揺さぶり、突然動きを止めた。次に両手を動かしてから背中を起こして深呼吸をすると、後ろへ下がった。

立ちあがったとき背中はこちらに向けており、何だか違って見えた。

振り返ったサルテインは、マイケルのマスクを被《かぶ》っている。

再びそれを目にしたショックは耐えがたく、アリソンは自らを守るように丸まって叫んだ。

恐怖を抑えることができない。先ほど目撃したこと――そして、この瞬間の。

サルテインが両の拳でボンネットを叩きながら叫び声をあげ、アリソンの声をかき消した。と突然、静かになってマスク越しにアリソンを見つめる。

息を詰め、新たな恐怖とともにサルテインを見つめ返すアリソンの目からあふれる涙が両頰を伝う。アリソンは懇願した。「お願い……やめて」

サルテインは車の脇に回って、後部窓のそばに立ち、不気味にアリソンを見つめた。サルテインがこの場を制していた。アリソンの側からはドアがロックされていても、医師はハンドルに手をかけてドアを引っ張り彼女をつかまえればよかった。マイケルのふりをしているのだろうと、マイケルになりたいのだろうと違いはない。サルテインは武器を持ち、アリソンは持っていなかった。医師は冷徹に人を殺した。意図と目的のすべてにおいて、彼もまたマイケル・マイヤーズなのかもしれない。アリソンは戦う決心をした――命がけの。これという武器も戦闘訓練の経験もなく、あるのは絶望と自己防衛本能だけだった。それは心許《こころもと》ない組み合わせであり、恐怖が内からこみあげてくる。

サルテインが人差し指をあげて恐ろしい白マスクの唇に持っていき、〝シーッ〟の音を作った。それからどこかへ姿を消した。

アリソンは金網をつかんで安堵のあまり、深いため息をついた。気を緩めるなと自分をいましめる。まだ終わってない。終わりには程遠い……。

金網に指を差し入れて、はずれないか試してみた。左右どちらかをはずせられれば、身をよじって前部座席のドアまで手をのばせる。車内の前後を仕切る網の真ん中が少したわんだが、固定金具からは遠く、びくともしない。端を調べ、全力で引っ張ってボルトが緩むよう祈り、それから指先を端に沿って這わせて角を引っ張れるぐらいすき間が空《あ》いていないか探す。そこここで金属がきしむが、どれも動かない。アリソンより腕力のある者でも、似たような結果に終わっているのだろう。アリソンはサルテインの様子をフロントガラス越しにうかがった。今はマイケルを見下ろし、意識をとり戻させようと話しかけている。「これは夢だ、マイケル」

違う、悪夢よ！　あなたは何を――？

次にサルテインはマイケルのそばにしゃがんで、うつぶせになった体の下に右腕を差し入れた。それからふんばってマイケルを持ちあげ、まずは座らせると、まだ吊っている左の腕で胸部を押さえて立ちあがり、意識のない患者を担ぎあげた。前かがみになってマイケルの体重を支え、ゆっくりパトカーの方へ歩いてくる。

アリソンは金網と窓を叩《たた》いてサルテインの注意を引こうとした。「やめて！　お願いやめて！　お願い！」

近づくにつれ、サルテインの荒い息づかいが聞こえた。けがをした腕でマイケルを車に運ぶ大仕事で、疲労こんぱいのようだ。心臓発作を起こせばいいのにと期待するアリソンをよそに、当の医師ははじめたことを終わらせると決心していた。マイケルを車の脇にもたせかけて後ろのドアに回る。アリソンは車内からドアに体当たりしたが、ガラスに打ちつけた頭が激しく跳ね返って、意識が遠くなる。

サルテインはうなりながらマイケルのぐったりした体を後部座席に押しこんだ。マイケルの足を持ち、ドアを閉められるように車内に押し入れる。膝が高く持ちあがったためマイケルが後ろに倒れ、アリソンにぶつかった。マスクの汗でベトつくまばらな髪がアリソンの腕をかすめ、嫌悪で身震いする。

「席を空けてくれ、お嬢さん」ドアフレームの端をつかむサルテインの顔は、気味の悪いマスクの裏に隠れている。「美しいお嬢さん、わたしの患者に気をつけて」そういって、後部座席にのびている〈シェイプ〉を見下ろす。「気がついているか、マイケル？　聞いてるか？」返事はないものの、サルテインはうなずいて再びアリソンを見た。「間違いなく彼はすべてを聞いているはずだ」

つかの間、怒りが燃えあがり、嫌悪が恐怖にうち勝って、アリソンはマイケルを押しのけ、居心地の悪い座席の隅に押しやった。それからできるだけ体を離し、後部座席の狭苦しい檻《おり》のなかで縮こまる。

ドアを閉める前にサルテインは死のマスクを脱いで座席に放り、アリソンとマイケルのあいだに落ちた。ドアを叩き閉められて人殺しと一緒に閉じこめられ、アリソンは体をすくめた。パニックになって、拳で激しく金網を叩き、誰にともなく叫んだ。「**いや！　ここから出して！　助けて！**」

ひしゃげたマスクに目を落とすと、空っぽの目がこちらを見返してるような気がする。おぞけが走り、親指と人差し指で付け毛の塊をつまむとできるだけ遠くへ放った。ドアにぶつかり、それから本来の持ち主の膝にぽとりと落ちる。

ドアが開かないとわかっていても、アリソンはドアと窓を叩いて体当たりすることを続けずにはいられなかった。

一方、サルテインは車のギアを入れ、ホーキンス保安官補の死体をよけて、夜のなかへ走りだした。

第三十六章

パトカーの後部座席から抜けだそうと無駄に労力を費やしたあと、アリソンはドアにもたれてわずか数十センチの距離に座る意識のない殺し屋から身をすくめた。アリソンにすればこいつはカチカチ動く人間時限爆弾だ。今にも意識をとり戻し、迷いひとつ見せずにこちらを殺すのではと恐れた。どうにかしてこいつが暴れだす前にパトカーから出ないと一巻の終わりだ。

心を決め、座席の向こうのあいつを見つめていると、体が硬直して震え、感覚のすべてが研ぎ澄まされる。影になったあいつの顔からは何の手がかりも読みとれない。すでに目を覚まして、アリソンをもてあそんでいるのかもしれなかった。アリソンにはわからない。車体の動きに合わせて体が揺れる、それだけだ。

車が左に曲がるとマイケルの体がこちらへ傾いて、再び倒れこんできそうになる。片手で金網をつかみ、もう片方で座席の背もたれをつかんで両足を振りあげ、男の体を押し戻す。もしあいつに手で触れれば、その途端に手首をつかまれ引っぱられ――

やめるのよ！

深呼吸をしてばかな考えを追い払う。平静を保ち、脱出のわずかな機会を逃さないようにしなければ。頭の奥から、ある思いがわきあがってきた。

おばあちゃんならどうする？

ローリー・ストロードはマイケル・マイヤーズの魔手を生きのびた。それを肝に銘じ、自分も生きのびられるという望みにしがみつかなければ。もちろん、方法はさっぱりわからないが……。もし、望みを捨てたら自分で自分の首をしめることになる。

サルテインが金網越しに振り返った。「みんながマイケルを殺したがるが、これはまたとない観察の機会なんだ。わたしの現在の疑問は……誰を誰から守るべきか？　だ。彼は君のおばあさんを追跡し、それが彼を生き続けさせているように見える。捕食者になるという考え、あるいは獲物になる恐れが両者を生きのびさせている」

アリソンはそのことばを考え、目の隅から涙をぬぐって言った。「その通りだわ」

「え？」サルテインがかすかに驚きを示した。この少女がすんなり同意するとは腑《ふ》に落ちない。

「あなたは正しいと思う」アリソンは現在の苦境にまったく備えができていなかったが、何年も、何十年もかけて準備してきた人物を知っていた。今回の対決のためだけに備え、決着を心待ちにしている。「目的の場所を教えるわ。こいつが目を覚ましてわたしたちを殺す前に……さよならをいいたい人物に心当たりがある」

アリソンは住所を教えた。期待に満ちた笑顔を浮かべ、サルテインが次の交差点を右に曲がる。

*

悪夢のようなドライブの一秒おきに、アリソンはパトカーの固いベンチシートの反対側に座るマイケル・マイヤーズに目をやった。つぶれた顔のように、今は無力に見えるひしゃげたマスクが膝の上に載っている。サルテインがせき払いをして、期待をこめて後ろを向いた。

「マイケル？　起きているか、マイケル。友人のアリソンがご親切にも家に招いてくれたぞ。もうすぐだ」間を置いて、不吉につけ加える。「必要なものは持ってるな？」

「どういう意味？」アリソンは不安そうに訊《き》いた。

「必要なものは持っている」そう繰り返す彼の目が、バックミラーに映る後部座席のマイケルに据えられている。

心臓をどきまぎさせ、アリソンはマイケルの動かない体を調べた。マスクのことをいっているの？　それとも――？

それから目をとめ――息を呑《の》んだ。

包丁の柄が油で汚れたつなぎの左ポケットから突き出ている。すぐにアリソンは気を静めて、今見たことを悟られまいとした。サルテインには、彼の意図に気がついていないと思わせておくのだ。サルテインと自分のそばに横たわる黒い体を交互に見ながら、アリソンは後部座席の向こうににじりじり近づきはじめた。

サルテインの注意が道路に向いているあいだにアリソンは少しずつ手を伸ばし、マイケルの右足を過ぎて、それから膝の上の白いマスクを越え、意識のないサイコパスをつついたり触ったりしないように細心の注意を払う。だが、腕が届かない。じょじょに、アリソンは横に倒れていき、ついに指が柄に届こうというそのとき――

サルテインがバックミラーを一瞥《いちべつ》して叫び、アリソンをぎょっとさせた。「それは彼のだ！」

アリソンが残りの距離を埋める前に、サルテインがハンドルを激しく左に切った。バランスを失ってアリソンはドアに叩きつけられ、頭を窓にぶつける。車を左側の土手に落とさないようにサルテインが再び右に切り、反対方向に投げつけられたアリソンは、とっさに右手を網に引っかけてマイケルにぶつからないように体を押さえる。

車が適切なレーンに戻り、アリソンがバランスと落ち着きをとり戻すと、サルテインはくすりと笑った。先ほどの無謀運転が彼女を驚かすための無邪気ないたずらに過ぎないかのように。ふと左を見ると何かが――消えている。

青白いマスクがマイケルの膝の上からなくなっていた。息を呑み、寒気が背筋を走る。

影になっていてさえ〈シェイプ〉がこちらを見つめているのがわかった。

遠くからサルテインの声がする。

「起きろ、マイケル！」

叫び声をあげる前に髪をつかまれ、アリソンは後部ドアに投げつけられた。それは攻撃ではなかった。単にアリソンが邪魔だったのだ。マイケルは素早く後ろ向きに倒れ、ブーツの足を大きく振りあげた。後部座席の窓ガラスが衝撃で枠が少しはずれたように見えた。マイケルの行動にサルテインの気がそがれ、車はコントロールを失って、いなか道の左右のレーンをまたがり、前後に揺れた。アリソンは金網につかまり、反対側のドアに体を押しつけてその場にじっととどまった。

やつが再び窓を蹴り、今度はガラスが割れた。

サルテインがブレーキを踏む。パトカーは暗い車道の真ん中で、ゴムの焼ける臭いともにきしり音を立てながら止まった。ヘッドライトが夜気をつらぬいている。

パトカーの後部座席に押しこめられ、監禁に怒ったマイケルは肩をドアに、背中をシートに、前腕と拳を金網に当てて突っ張った。

少なくともしばらくは自分を殺すのは最優先ではない。アリソンは荒れ狂うマイケルから離れてドアに体を押しつけた。もしあいつがこちらを拘束の一部、もしくは自由への障害物とみなせば望みは薄くなる——まったくのゼロに。

マイケルに目をやる代わりに、サルテインは冷静にフロントガラスの先を見ている。アリソンは視線を追って医師が注意を引かれたものを見た。三人は祖母の敷地内にいた――そして希望がまたたいた。

パトカーがゲートを守っている。

＊

ホーキンスがアリソンを連れてくるのを待つあいだ、フィリップス保安官補とフランシス保安官補はパトカーに座ってロックを聴きながら、サンドイッチを食べていた。究極のパラノイア、ローリー・ストロードたちを降ろしてから、ふたりは静かな夜を過ごしていた。無線の呼び出しを聞き、容疑者が目撃された地点にホーキンスの車両が向かったが、それ以来応答がない。

誤報だったのだろうと推測したが、無線からは何の連絡もない。市民にブギーマンが脱走したと教えたが最後、臆病者ぞろいがカーテンを覗《のぞ》いて物陰に何かを見るのだ。毎年病的なまでに大がかりになるハロウィンの装飾が、さらに事態を悪くした。骸骨とゾンビとかかしがポーチに突っ立ち、前庭に座り、木から吊《つ》り下がる。となり近所を脅かすために趣向を凝らした小道具が飾りつけられ、その結果、近所の住人はあらゆる下生えと窓に不審人物を見つけだす。典型的なから騒ぎだ。

「バインミー・サンドと合うのは何だか知ってるか?」フィリップスがベトナムサンドイッチを頬張りながらたずねた。

パトカーは人気《ひとけ》のない道路の暗闇に停まっていたが、フランシスは物音を聞いたような気がした。上体を前に倒すと、遠くに車が見える。ヘッドライトと点滅する警光灯。救急車──もしくはパトカー。

「ＩＰＡ《インディアンペールエール》ビールさ」フィリップスが自分で質問に答える。

「あれは何だ?」フランシスが指さした。

座席に座るフィリップスがそちらを向いて目をこらす。「道路の真ん中にいるみたいだ……」

「あそこに停まってる。一台きりで……」

＊

こそりとも音を立てず、アリソンは必死に気配を押し殺しながら、〈シェイプ〉が絶対にパトカーから出てやるぞとばかりに再び窓を蹴るのを見守った。前部座席ではサルテインが落ち着いた口調でしゃべっている。まるですぐ後ろの騒ぎに気がつかないように。「ふたりの旧友が再開する光景以上に感動的なものがあるかね。マイケル・マイヤーズとローリー・ストロードの、歴史的再会だ」

影と化し、〈シェイプ〉は動きを止めた。

こいつは聞いているの？

アリソンにはわからなかった。この男のボディランゲージを読むのは不可能だ。

サルテインが沈黙を破る。「マイケル、彼女は君を待っている。用意はできたかね？」

サルテインが肩越しに振り返ると同時に、マイケルが恐ろしいまでの怪力で鋼鉄の仕切りに体当たりした。さきほどの手荒い仕打ちでおそらく緩んでいたのか、仕切り全体が内側にたわんで金具がはずれ、医師の頭を激しく打ちつけた。

マイケルは緩んだ仕切りをつかむと、前部座席越しにサルテインの頭に繰り返し叩きつけ、ハンドルにつっぷした医師はやがて動かなくなった。車の警笛が、バンシーの泣き声のように鳴り響く。

突然の爆発的な暴力に、アリソンの固い決意が粉々になる。目の前の残酷な仕打ちが抑圧した恐怖を呼び覚まし、アリソンは叫んだ。

＊

「何か変だ」フィリップスがいった。「何であんなところに止まってるんだ?」

ヘッドライトのまぶしい光が目をくらませ、車内の様子は見えない。ホーキンスが自分たちを待っているのか? 車が故障して、エンコした? けがをして残りの道のりを運転できない? その他もろもろの疑問がフィリップスの頭で渦巻いた。

窓を下げると、車の警笛が鳴り響いた。

それでフィリップスの腹は決まった。肩のマイクを握りしめて呼びかける。

「六〇六だ、六〇一? 六〇六から六〇一へ。ホーキンス。無線をつけろ、ホーキンス?」

まるで応答なし。雑音ひとつしない。

フランシスが肩を小突いてきた。「調べに行くぞ」うなずいて、フィリップス保安官補は車のギアを入れ、ローリー・ストロードの私道を出て調査に向かった。

*

動かなくなったサルテインをハンドルに叩きつけ、マイケルが座席に戻った。

アリソンは口に手を押し当て、その場を動けずにいた。

マイケルが左肘をあげ、割れた窓に突きたてた。ガラスが外に向かって割れ、破片がアスファルトに降り注ぐ。窓の割れ目から手を伸ばしたマイケルは、ハンドルをひねりドアを開けた。

息を大きく吸って、アリソンは自分を飲みこもうとするパニックの波と戦った。そしてこう祈った。あいつがわたしのことを忘れて、闇のなかに消えてしまいますように。

車から降りたあと、マイケルは運転席のドアを開けてサルテインの足をつかみ、路上に引きずり出した。頭部がアスファルトに激しく叩きつけられ、アリソンはたまらず身をすくませた。医師の身の上を気にしないわけではないが、次は自分だと思うと怖かった。

頭を打って、サルテインは気がついたらしい。医師は抗《あらが》ったが、弱々しい抵抗ごときでは殺人鬼を止めることはかなわず、マイケルはかたわらに片膝をつくとサルテインの首を絞め、命をしぼり出しはじめた。

次の瞬間、鳴り響く無線の音に、アリソンは反射的に叫びぶまいと唇を嚙《か》み、下唇から血がにじむ。

〝ホーキンス、応答しろ〟

〈シェイプ〉はサルテインののどから手を離し、立ちあがってローリーの家の方角を見た。一台のパトカーが近づいてくる。

足もとのサルテインと、近づくパトカーにマイケルが気を散らされているすきに、アリソンは素早く座席を移動して開いたドアから、外に滑り出た。これこそアリソンが待っていた瞬間、マイケルの魔手と確実な死からすり抜ける、ただ一度のチャンスだった。

アリソンは死ぬ気で走った。いなか道の路肩を越え、森のなかへ。

＊

〈シェイプ〉は医師のかたわらに立ち、近づいてくるパトカーと、逃げ出した女が森の方へ走って行くのを見守った。一瞬〈シェイプ〉は逃げる女の方を向いて追おうとしたが、影のなかに見失った。彼の足もとで医師が手を伸ばし、足首をつかんで注意を引く。

〈シェイプ〉が期待をこめて見下ろす。

弱々しく小さな声で、医師が抗議する。「観察させると約束したじゃないか」

〈シェイプ〉はもはや医師を必要としなかった。ブーツをサルテインの頭上に持ちあげると、にやりと笑った医師の割れた唇と緩んだ歯から血が染み出した。とどのつまり、医師はこれを望んだのかと〈シェイプ〉はいぶかしんだ。彼の目的に奉仕する——だが、そう思ったのもほんのつかの間だった。

医師の頭蓋骨を踏みつけ、骨が割れて屈するのを感じた。ブーツをあげ——もう一度踏みつける、さらに激しく。頭蓋骨が完璧に陥没し、血と脳髄の濡《ぬ》れた塊が道路に飛び散った。

＊

身を低くして森に入ったアリソンは、がまんできなくなった。振り返らずにいられず、そうしてしまってすぐに後悔した。振り向くと、ちょうどマイケルが医師の頭を砕いていた。吐き気がして、胸が焼きつき、胆汁がのどにこみあげる。

一方、マイケルは散らばった骨と血の塊を見下ろして首を傾げ、あたかも自分の暴力行為の結果に好奇心を抱いたようだった。

嫌悪も、悔いもなく、人間性のかけらもない。

彼の中身は空《から》っぽで、決して埋まることはない。

狂気に背を向け、アリソンは必死で道なき道を進んだ。

第三十七章

フィリップスはパトカーを道路の真ん中、ホーキンスの車両と向かい合わせに停めた。安全のためライトバーをつけると、青と赤の点滅する照明が夜気にあふれた。今一番お呼びではないのはどこかのスピード狂が両方のパトカーに突っこんでくることだ。フィリップスとフランシスのふたりは目をこらし、ヘッドライトの輝きの向こうで何が起きてるのか確認しようとした。少なくともひとりの人物が立っていたが、ライトの先にいて、識別できない。

フィリップスが懐中電灯をともし、向きを調整して影になった人物を照らす。青白いマスクと黒のつなぎは見間違えようがなかった。

「あいつだ」フランシスがいった。

パトカーの屋根にとりつけた拡声器のスイッチを入れ、フィリップスはマイクを口もとに持って行き、通話ボタンを押した。「両手を見えるように出せ！　**動くな！**」

〈シェイプ〉は両手をあげるやいなや、地面に体を落として見えなくなった。

勇気を奮い起こし、フィリップスがいった。「行こう」

フランシスが神経質そうにうなずく。

ふたりは小さな町の保安官補で、器物破損や未成年の非行や車両の盗難、まれには武装強盗も扱うことがあるが、大量殺人、連続殺人、暴れ回る精神障害者を相手にした経験はない。

何にでも最初がある、フィリップスは自分にそういい聞かせた。誰だって、ポリスアカデミーでこんな事態を教わるわけじゃないんだ。

彼とフランシスはパトカーを出て武器を構え、二手に分かれてホーキンスの車両に両側から近づいた。軍事用語では挟撃《きょうげき》作戦と呼ばれ、両面から敵を攻撃するための戦術だが、フィリップスに考えられるのは、同士討ちの可能性が大だということだ。

もしひとりが早まれば、反射的にパートナーを殺してしまうかもしれない。

フィリップスは左に回ってパトカーの側面と後部を調べたが、何も見あたらない。右へ回ったフランシスが、車の横で立ちどまる。フィリップスは相棒が吐き気を催す音を聞いたように思った。

「ああ、何て……」フランシスは手の甲を口に当てた。

「どうした?」

「スミス・グローヴの先生だ」

「死んでるのか?」フィリップスが運転席側にやってくる。

「脳みその大半が頭蓋骨からはみ出てるところからすると、そうだな。この哀れな先生は完全にことされてるな」

「何てこった」道路が飛び散った血漿《けっしょう》に覆われているのを見てフィリップスはいった。「どうやってサンドイッチの残りを食べりゃいいんだ？」

「お前ならやり遂げるさ。車の下を調べるか？」

「まさか――よせよ！」フィリップスは神経質に叫んだかと思うと、しゃがんでパトカーの下を覗《のぞ》いて罵った。制服のズボンの膝が濡《ぬ》れてべとべとしたものを踏んづけた。「何もないぞ」

「やつはここにいた。一体どこに消えた？」

「それからホーキンスと女の子、アリソンはどうしたんだ？」

＊

ふたりの保安官補が車から出るより先に、〈シェイプ〉は女の例にならって体をかがめ、森に入っていった。だが、逃げたのではない。ふたりをこっそりやり過ごし、土手沿いを進んでふたりのパトカーの背後に隠れた。一方、ふたりは医師の死体を調べるのに気をとられていた。

〈シェイプ〉は様子をうかがい……

思い出せないほど何度もやったように、ローリーは自宅の部屋を回り、戸締まりを確認した。ベッドルームではバルコニーに出るドアまで歩いていき、単純なラッチロックに加え、何年も前に追加した錠をかける。次に、窓の錠がかかっているか確かめた。ここの窓にも一階の窓すべてにとりつけたのと同じ面格子で補強してある。
もちろん、どれほど用心しても絶対に安全とはいえない。だが家のなかのどこにも侵入しやすい場所がないよう確かめた。誰かが防犯システムを破ろうとすれば大音量の警報が鳴り響く。自分の家で不意打ちはあり得ない。

*

マイケル・マイヤーズがつかまるか殺されるまでカレンは母の地下シェルターにとどまるつもりだったが、アリソンの到着を待つうち、不安になってきた。時間が過ぎるごとに彼女の不安はいや増していき、とうとう狭苦しい部屋から逃げ出した。一階に出ると、ファームハウス全体で多少なりとも安心できる部屋に戻る。子ども時代のベッドルームの、むき出しのマットレスに腰かけ、気持ちを落ちつかせようとした。感情が流れこみ、忘れたかった思い出に圧倒されそうになる。暗闇を追い払いたくて両脇のランプをつけ、暖かい明かりで満たした。装飾のほとんどないウッドパネルの部屋を見わたす。つばひろの夏の帽子がヘッドボードの上にかかかり、白いアナログ時計と、カレンと母親が映る白黒の額入り写真がテーブルの端に載っている。自宅に戻ってきてもやすらぐことはなく、温かい思い出はひとつもなかった。唯一普通の子ども時代の思い出を呼び覚ますのは、床に置かれた二階建てのドールハウスだけだ。繊細な作りで、なかに照明がついている。八歳のときにこのドールハウスで遊んだ記憶があり、普通の家庭の暮らし、絶え間なく心配せずとも、恐怖で血がにじむまで爪をかじらなくてもすむ暮らしを想像した。

母が話して聞かせる雲をつくような危険を理解したことは一度もなく、幼少期の情緒はないがしろにされ、喜びや発見や驚きを感じる余裕は決して与えられなかった。あらゆる暗がりに危険が潜んだ。眠り自体が危険だった。寝ているときは無防備になる。カレンの子ども時代の眠りが、常にぼんやりとした悪夢にむしばまれたのも不思議はない。子どもには理解できない夢や幻が起きているあいだも脅かし、常にカレンを恐怖で満たした。

正直いってやすらぎを感じたことは、児童福祉局が母親と、母親が〝危険な家〟と呼んだこの家からカレンを救いだすまでなかった。どれほど家が安全に見えても、母はじゅうぶんではないとおびえていた。カレンはいつも母親のなかに不安を感じた。どうして子どもがやすらげるだろう、親が絶え間ないパニック状態で毎日を過ごしていたならば。カレンのベッドルームにやってきた母が、窓の戸締まりを確認する。鋼鉄の格子で塞がれているというのに。

変わらないこともある、カレンは苦々しく思った。

最後の窓辺に立って、ローリーがブラインドから外を覗いた。

「何かある？」

「まだ何も」

まだ。いつでも〝時間の問題〟だからだ。

「わたし怖い」カレンが認めた。「どうやって向き合えばいいのかわからない」

ベッドに来て、ローリーがカレンの手をとり目を見つめた。

「あの夜のことを話すと、お前はいつも聞きたがらなかった……」

カレンが抗議しかけるが、ローリーはかぶりを振った。

「でもこれがその理由。生きのびるために戦うの。あいつは人殺し。だけど今夜、殺される。ずっとわたしはこの日に備えてきた。そして自覚していようとなかろうと、あなたもそうなのよ」

突然、カレンはすすり泣いた。「そうね」とうなずく。なぜならそれが母の信じたいことだからだ。カレンの用意はできていると。今、カレンは母を確信させる方法を見つけなければならない。母の同情するようなまなざしで、揺れているこちらの気持ちを察したのがわかる。

「ここに来るってどうしてわかるの？」

ローリーは口を開きかけ、それからやめた。カレンのとなりに腰かけ、娘の膝をつかんで目を見交わす。「カレン……許して。今までのすべてを」

ローリーの目に涙がこみあげる。めったに見せない弱さだ。母は強さと揺るぎない決意を誇りにしていた。あらゆる戦いに備え、後退も屈服もしない。母の弱さが自分のそれを反映していると感じとり、カレンは母にもたれかかって抱きしめた。つかの間驚いたあと、ローリーは強く抱きしめ返した。

＊

アリソンは必死で森を抜け、祖母の敷地の裏手に回りこんだ。暗闇のなかで一度ならずくじいた足首が、心臓の鼓動ともにうずく。疲れ果て、片足をひきずって汗だくで、アリソンは木につかまってしばらく息を整えた。ぶざまに下生えにつまずき、両手は泥で汚れ血がにじんでいる（それに顔にも絶対、何度も涙をぬぐって虫を払ったから付いているはずだ）。

前方の空き地をうかがうと、半月のあかりに照らされ、幽霊じみた白い人影が見えた。座ったり立ったり、枕木を組み合わせて作った壁の前でまったく動かない。二、三歩近づいて立ちどまり、気がついた。正体はマネキンで、何体かは手足を失っている。トラクター・タイヤの周りでポーズをとっているものもある。彼らの凍りついた弾痕だらけの顔が、気色の悪い活人画《タブロー》を構成している。人間ではないとわかっていても、その存在は空き地に不気味な雰囲気を与え、まるで呪われた場所のようだ。

静かに並ぶマネキンたちの前に立ち、アリソンは不思議な感じがした。もし月明かりの下で彼らに加わったら、命を失い、冷たい骸《むくろ》となって、ともに永遠にここに囚《とら》われる。死んで凍りついたまま。

＊

地下シェルターから出る、少なくともアリソンが到着するまでは、とカレンが宣言するが早いか、レイはひとりでここにいるのは意味がないと結論を下した。キッチンに戻ると、情緒が不安定になっている妻はひとりで自分の不安と向き合ってもらい、ドアと窓の錠やボルトを再度点検して回るローリーは避けた。今三人は、ひたすら待つしかすべがない。キッチンアイランドにもたれ、カレンがコミュニティセンターから持ち帰ったヨーヨーをチェックする。子どもがひもを絡ませて結び目がいくつかできたため、センターに戻す前に、結び目をほどくのが得意なレイが頼まれたのだ。すっかり忘れていたが、保安官補に連れられてローリーの家に来て以来、ぬぐえない不安と心配を追いだす必要があった。結び目を解く作業は保安官補がアリソンを連れてくるのを待つあいだ、いい手なぐさみになる。数分後、最後の結び目が解け、レイはひもを巻いてヨーヨーを試した。ヨーヨーを投げ落とし、回るのを見て、それからさっと引っ張って自分の手のなかに戻す。

照明がまたたいてレイの注意を引いた——防犯カメラのモニターだ。屋根にとりつけられたモーションセンサーのスポットライトが点灯している。手にヨーヨーを握ったまま小さな白黒スクリーンに近寄ると、頭上の照明を浴びながら家の正面にやってきたパトカーが一台、無造作にゴミ箱二個をなぎ倒してから止まった。

レイは眉をひそめた。ゲート前でアリソンを待ちながら、一杯ひっかけてたのか？

娘を家に連れてくるのにずいぶん長くかかったが、少なくとも待ちの時間からは解放される。自分たち夫婦はやっと安心できる……まあ、サイコパスがまだうろついていて、おそらく夜が終わる前にカレンの母を殺したがっている、なんなら自分たち全員を、という状況が許す範囲でだが。

レイはキッチンのアーチ型の廊下を通ってリビングルームに行き、ラヴソファの後ろを回り、正面玄関で足を止めた。装飾的なすりガラスのスリット窓から外を覗く。ガラスのゆがみを通し、見分けがつくのはパトカーと赤と青の照明だけだった。白黒の監視モニターよりもさらに不鮮明だ。しかも、それ以上の動きがないため屋根のスポットライトは消えてしまった。

三十秒ほど費やして複数の錠を開け、閂《かんぬき》をブラケットからはずしてフロントポーチの色あせた床板を踏むと、古い板が少しだけ体重でたわんだ。もうとっくにアリソンが車から飛び出し、ポーチの階段を駆けあがってきてもいいはずだが、パトカーはただその場でアイドリングし……待機している。

「何かわかったかい？」何気なくヨーヨーを上下させながらレイが呼びかけた。

無反応。

ポーチの屋根に吊り下がる風鈴の、ちりんちりんという金属的な音だけが響く。

何をぐずぐずしてる？　今頃娘はここに着いているべきなのに。

「娘について、その後連絡は？」さらに大声で訊《き》いた。「コーヒーでも飲むかい？」

レイが身を乗りだして目をこらすと、車の前部座席に座るフィリップスが見えた。手を振るものの、またも反応がない。レイは途方にくれて両手を広げた。なぜ無視するんだ？

「どうなってる？」ひとりごち、腐りかけたポーチの階段を下りたときは踏み板が割れずに感謝した。「おっくうすぎて車から出られないとでもいうのか？」

パトカーが家の正面に近過ぎるためレイの動きはセンサーに引っかからず、あたりは薄暗いままだった。前部窓から車のなかを覗きこむと、懐中電灯とおぼしき明かりと曇ったガラスのせいで、運転席に座るフィリップスのぼやけた姿以外見分けがつかない。

いらついて、レイは運転席の窓を叩いた。

相変わらずフィリップスは身動きひとつせず、じれたレイはドアを開け――

――ショックで後じさった。

フィリップスののどがぱっくりと裂け、保安官補のジャケットに血のエプロンができている。先端から薄い刃の飛び出した金属製のペンが、耳に刺さっていた。

フィリップスの膝に載っているのは人間の生首だった。

しかも、生首が光っているではないか！

人間の頭部がジャコランタンを真似《まね》て彫りこまれていた。頭蓋骨に三角形の目がうがたれ、三角形に切り取られた鼻が本来あるべき位置に、口の両側からギザギザの新たな口がのびていた。懐中電灯が首に開いた穴から突っこまれ、おぞましい悪夢を照らしている。

顔の特徴が削りとられて定かではないが、髪型には見覚えがある――フランシス保安官補に間違いない。

衝撃に打ちのめされ、レイは後ろによろめいた。

ポーチの風鈴の音が突然、本来より大きく――近くに――聞こえた。

音の方を振り向くと、真っ白なマスクの黒い人影《シェイプ》が速攻で間合いを詰め、風鈴の鎖をレイの首に巻きつけた。空気を求めてあえぎながら、レイは金属の鎖をのどの柔らかい肉深くに食いこませる力強い手に抗《あらが》う。両の拳を激しく振り回したが、反動が足りず、渾身《こんしん》の一撃とはならなかった。体をよじり、左右によろめいて逃れようとしたが、〈シェイプ〉はぴたりと動きを合わせ決して手を緩めようとしない。一秒ごとにレイは弱っていった。焼けつく筋肉とせき止められた酸素が彼を裏切る。

夜空よりも暗い闇が彼の視界に押しよせ、速やかに広がっていく。両足が屈して両腕が脇に落ち、レイの命の灯《ともしび》はかき消えた。

第三十八章

ローリーは二階から階段を下りると、施錠していない正面玄関にまっすぐ向かった。12ゲージのポンプアクションショットガンを握りしめ、鞘《さや》に収めた狩猟用ナイフはバックアップ用だ。リボルバーかボルトアクションライフル、アクションショットガンを持っているときが、一番安心する。

カレンの子ども時代の部屋にいたローリーは、一階で物音を聞いたように思った。さきほど二階にあがる際、レイはよりによってヨーヨーをいじっていた。だが音は家の正面からだった。アリソンが着いたとの知らせを期待したが、錠をいじる音のほかは何も聞こえてこない。何か起きたのだろうか。

家の守りの固さは一番安全性の低い出入り口にかかっているが、他人を家に入れることで新たな不安要素が増える。人間の不安定さだ。常に最悪の事態を想定しないカレンやレイのような人間の危うさ。

「レイ？」

ローリーが危ぶんだように、レイは保安官補と話をするために外に出ており、当然、正面玄関に錠をかけていかなかった。ローリーは右側のスリット窓を覗《のぞ》き、外の様子を確かめようとした。

最初に見えたのは、〈シェイプ〉だ。フロントポーチの下に立ち、背中をこちらに向けている。次に目に入ったのは、彼の足もとに不自然に横たわる体——レイ！

ローリーは息を呑《の》んだ。驚きのあまり体が前によろけ、ドア枠を押さえて支えなければならなかった。できるだけ静かにすべてのドアの錠をかけ、閂《かんぬき》をブラケットに戻す。

カレンが急いで階段を下りてきた。「ママ？」

レイの死のショックから気を取り直し、ローリーは防衛モードに滑りこむ。何年もかけて訓練を重ね武器に親しんできたのは、このときのためだ。ローリーは用意ができていた。自制している。パニックにはならない。

カレンに首を振って見せると、唇に人差し指を当て、沈黙を指示する。ひとつうなずいて、ドアから離れて部屋の真ん中に行くよううながす。「あいつがここにいる、カレン。マイケルが来た。シェルターに入って隠れてて。そこなら安全だから」

よもや実際に訪れる日が来ようとは夢にも思わなかった恐怖に目を見開き、カレンは現実を受け入れたようだった。だがローリーに受けた訓練のたまもので、パニックには陥らない。カレンの心配は実際的だった。「レイはどうしたの？　アリソンは？」

「わたしに任せて」ローリーが保証し、カレンがこちらの自信と決意を感じとってくれるよう願う——心臓の鼓動を早める一筋の恐怖ではなく。「いよいよだよ。今夜すべてが終わる」

涙目でうなずくと、カレンはキッチンに急ぎアイランドを反時計回りに回した。床のタイルと水平の秘密の扉を開いたが、シェルターへの階段を下りる前に、武装し、長年自分を脅かしてきたサイコパスに対峙《たいじ》する覚悟のできた母を振り向いた。ふたりは張りつめた顔を見交わした。その瞬間、ローリーは娘の考えていることがわかった。これがさよならなの？　また会えるの？

唇をきつく結び、カレンは母に短くうなずいて、数段下りてから扉をつかんで閉めた。ローリーは娘が消えたあとを見つめ、アイランドが回転して戻り、もう一度シェルターの入り口を隠すのを見とどける。

すぐさまショットガンを携え〈シェイプ〉の様子を見に正面玄関に戻る。右側のスリット窓に近づいた途端、拳が左側の窓を破り、マイケルの右手がローリーの顔をわしづかんでワイヤーフレームの眼鏡を飛ばし、ドアに引き寄せた。ローリーは身をよじって逃れようとしたが、力強い手が下に滑りおりて首に巻きつき、顔面を木のドアに押しつける。抵抗したものの、〈シェイプ〉の力にはとうていかなわず、無力にドアに釘《くぎ》づけにされた。ドアがふたりを隔てているため、〈シェイプ〉は絞め殺すまではできずにいる。すると、左腕が反対側のガラス板を突き破って現れ、獲物をつかもうと手探った。両手で頭を――顔をつかまれたら――

ローリーはおぞましい考えを振り払い、つかまれたまま体をよじって何とか拘束を緩めようと試みる。背中をドアに押しつける格好になったが、その結果、両手が自由になった。ショットガンの銃身を窓へ向け、安全装置をはずして弾を空《から》の薬室にこめる。マイケルの恐ろしい左手が銃身の上に被《かぶ》さったそのとき――

引き金を引き、一時的に爆音で耳がばかになったが、マイケルの左手で血しぶきが爆発し、人差し指と中指が完全に吹っ飛ぶのを見た。

ローリーを手放した両手が、破れた窓から引っこむ。すかさずローリーはドアから離れてそのまま階段下まで移動し、体勢を立て直した。

割れた窓ガラス――新たな弱点――を振り返ると、再検討の時間が必要だった。キッチンを横切り、回転軸を基点にアイランドを動かして秘密の扉を開き、地下シェルターのカレンに合流する。階段を下りきるとすぐに壁のブレーカーを切って一階の照明を落とし、スイッチを押してアイランドを元の位置に戻した。

＊

深く落ち着いた息づかいで、〈シェイプ〉は無事な方の右手を錠に一番近い位置の割れたガラス窓から差し入れ、閂のバリケードを持ちあげて投げ捨てた。それから側柱に沿って錠を探り当て、ひとつずつはずしていく。最後にドアノブのデッドボルトを回し開く。押さえがなくなるか無効になり、〈シェイプ〉がドアノブを回してローリーの家に入ると、室内は暗闇に覆われていた。

*

地下シェルターに下りたローリーは武器庫を開け、12ゲージのショットガンをハイパワーの着脱式マガジン付ボルトアクションライフルに変えた。それからおびえるカレンの前に立ち、手を握りしめる。

「いよいよだよ。今夜すべてが終わる」

前にいったことばを静かに繰り返し、恐怖が終わる、もうすぐ終わると悟った娘が勇気づけられるように願った。「用意はできてる——ふたりともね。わたしを信じる?」間が開いて、カレンがうなずいた。「よし!」

束の間沈黙があり、ふたりは離れた場所で床板を踏む足音、梁《はり》のかすかなきしみを聞いた。音の方向からローリーはリビングルームだと踏んだ。

カレンが天井を見あげ、音を追う。「あいつだ」とささやいた。「そうでしょ?」

ローリーがうなずいた。

数分が過ぎ、ローリーはいぶかしみはじめた。何を考えてる？　家のなかを探すのに何でそんなに時間がかかる？

それから階段できしみ音を聞いた。

家のなかに防犯カメラを設置して、シェルターからモニターできるようにすべきだった。あいつが家のなかをうろつき回っているのに、どこにいて次に何をするのかさっぱりわからないなんて、頭がおかしくなりそう……

膨れあがる不安に圧倒される前に、ローリーはきっぱりといった。「お前には手出しさせやしない。この家はわたしの檻《おり》だと思ってる？」

ローリーが微笑んだ。「それは正しいわ。でも今夜は違う。今夜、ここは罠《わな》になる」

ふたりは天井を見あげた。ついに、落ち着いた足どりの音が近くに来た。ほぼ真上に。

薄いほこりの霧が降りてきて、照明に光った。

キッチンにいる。

「怖い」カレンがいった。

「できるよ。やつを倒せる」ローリーがささやく。その声は先ほどよりひそやかだった。

「あのマザーファッカーを八つ裂きにしよう」

手をあげて、沈黙をうながす。

ふたりはそのときを待ち、耳をすませた。足音が真上から聞こえる。

肩までライフルを掲げ、銃身を上に傾けてローリーが足音を追う。つかの間両目を閉じて音だけに集中し、秩序だったひと足ごとに居場所を思い浮かべる。ついで目を開け、ボルトを引いて狙いをつけて撃ち、そのあとでみっちり練習した射撃の動きを再び繰り返した。そして続けざまに三度目を見舞う。

ローリーはじっとたたずみ、首を傾《かし》げて上からの物音に耳をすませた。木くずが床に舞い落ちる音以外、何も聞こえない。

新たな沈黙のなかで、カレンがいった。「これがママの運命ね」

娘を見つめると目にはもはや恐怖は消え、家族の悪夢が終わりを迎えるのを見とどけようという悲壮な決意だけがあった。カレンは母が本当に最後の挑戦に立ち向かう準備をしてきたのだとついに認めた。マイケルを止める——永遠に。

それらの感情すべてをふたつのことばに集約し、氷のような冷静さでカレンは口にした。「あいつを殺して」

スイッチを入れてアイランドを動かしたあと、ローリーは地下の階段をのぼり、秘密の扉を持ちあげてやつの形跡がないか、キッチンを見わたした。周囲が安全なのを確認し、扉を最後まで開けて静かにタイルに下ろすと、残りの階段をのぼってキッチンに出た。

暗く静かな家で、ローリーの感覚は研ぎ澄まされ、左右に目を配ってほんのかすかな音、わずかな動きに備える。

慎重に、音を立てずに足を運んで自分の位置を教えるヒントを与えないように歩き、リビングルームにやってきた。クローゼットを向き、スムーズな動きでボルトを引き、閉じたドアに弾を撃ちこむ。静かにたたずみ、耳をすませる。しばらくしてドアを開け――

――だが、クローゼットは空っぽだった。

ドアを閉めて次に向かい、短い廊下を歩いて一階のベッドルームへ行く。ドアを開けて暗い室内を覗きこむ。小さな懐中電灯をポケットから取り出して点灯し、一歩足を踏みいれて細い光線を部屋じゅうに当てた。家具はいっさい置いておらず、隠れる場所はない。空っぽだ。

部屋から下がりながら、壁のスイッチに手を伸ばして押した。すかさず金属の防犯シャッターが壁から吐きだされ、乾いた音と共に落ち――ロックされる。

一階のつきあたりの部屋で手順全体を繰り返し、再び空っぽな室内に懐中電灯で誰もいないのを確かめ、別のスイッチを押してふたつ目の防犯シャッターを落とした。

懐中電灯をハードウッド材の床に向けると、血の跡があり、濡《ぬ》れて光るしずくが階段まで点々とのびて段をのぼっていた。階段をあがりきったあと、血の跡は右に曲がった。ローリーは左に曲がってカレンの子ども部屋へ忍び足で近寄り、部屋のすぐ外の壁につけたスイッチを押し、また別の防犯シャッターを落とした。

後退し、ローリーは階段をやり過ごして床に落ちた血の跡をたどり廊下の反対側奥、自分のベッドルームに進む。やがて、部屋のドアがかすかに開いているのに気がついた。部屋を出たときはドアを閉めておいたはず。暗い室内からほの暗い明かりが漏れている。

ローリーは最後の二、三歩をつま先立ちで歩き、左手をあげた。指先を伸ばしドアを押し開け……

第三十九章

両手でライフルを握りしめ、ベッドルームに足を踏み入れる。

一階の雑然とした部屋と違い、ローリーのベッドルームは品のよいミニマルな装飾で、視覚的な障害は少ない。隠れ場所は限られていたため当然、バルコニーに出るガラス製のドアに背を向けて立ちポーズをとったマネキン四体のシルエットに目が行く。

忙しく働いてたわけか……

以前ここにはなかったはずのマネキンに気をとられていると、突然そばに他人の息づかいを感じた。あわてて振り返ったローリーはクローゼットと対面し、見下ろすと血の跡がそこに続いている。そのときクローゼットのなかから別の物音を聞いた。躊躇《ちゅうちょ》なく、ライフルのボルトを引いて撃つ。

慎重に少しのあいだ待ち、クローゼットのドアを一気に開ける。すると、クローゼットの床にどさりと死体が落ちた。レイ！

息を呑《の》んで死体からあとじさり、バルコニーと三体のマネキンの方へ近づく。三体⁉

突然、ぼやけた残像のように、〈シェイプ〉が背後から襲いかかり、力強い両腕を巻きつけてきた。ローリーはなんとかライフルのボルトを引いたが、狙いをつけられない。前に上体を倒して〈シェイプ〉の羽交《はが》い締《じ》めをほどこうと、バルコニーの方へよろめく。だが、〈シェイプ〉がぴたりと動きを合わせ、ローリーの右手からライフルの銃床を払って奪いとる。とり戻そうとする拍子に、ふたりのうちどちらかが引き金を引いた。弾丸が天井に穴を開け、ライフルは回転しながら床を滑った。

ライフルを手放すと同時に、幸いにもローリーはマイケルの拘束からすり抜けたものの、勢い余ってマネキンに突っこみ床に倒れこんだ。がたつくマネキンにもまれながらベルトを探り、鞘から狩猟用ナイフを引き抜く。一瞬後、飛び起きた彼女の手にはナイフが握られていた。

間合いを詰め、ローリーはナイフを〈シェイプ〉に向けて切りつけた。相手はローリーの手をとらえて攻撃を止め、圧倒的な腕力で刃先を逆に向けてくる。ついで荒々しいひと突きで、ナイフをローリーの腹に刺し入れた。

激痛に、ローリーが体を折り曲げる。

それから〈シェイプ〉はローリーの頭をわしづかみにし、頭皮に爪を食いこませて顔面を持ちあげると、その目を覗きこんだ。

こいつはこれで満足なのか？　意味があるのか？

とうてい人間のものとは思えない力がさらに加えられ、〈シェイプ〉はローリーを後ろ向きに放り投げた。バルコニーのドアガラスを突き破った勢いのまま、腰の高さの手すりに片方のかかとをかすめて越え、ローリーは地面に墜落した。

＊

倒れたマネキンのがらくたを通り過ぎ、〈シェイプ〉はバルコニーに出るとブーツを履いた足で割れたガラスを踏みしめて、手すりから地面を見下ろした。

ローリーの体は大の字にのびて、ぴくりとも動かない。

〈シェイプ〉はじっと立ちつくし、静かに呼吸を繰り返した。

何も欲求がわいてこな……

「ママ？」

ベッドルームの向こうで声がした。

〈シェイプ〉はその声を知っていた、パトカーで一度聞いている。

一番若い女――アリソン。

きびすを返し、ドアの開いているベッドルームの入口を見た。しばらく耳をすませる。

バルコニーに向き直って夜気を吸い、再び見下ろし――

ローリーの姿は消えていた。

＊

「ママ？」

地下シェルターのなかからカレンは娘の声を聞きとった。わが身の安全は顧みず、すぐさま階段を駆けあがってリビングルームの真ん中にいるアリソンを見つけた。あたりは暗かったが、娘が散々な目にあったのがわかった。破けた服、額とあごは汚れ、髪の毛は乱れ放題。それから森のなかでひと晩過ごしたような臭いがした。だが、たずねている時間はない。

「ベイビー」切迫した声で呼びかける。「こっちよ、隠れて！」

アリソンは不安そうに部屋を見回した。「おばあちゃんはどこ？」

＊

〈シェイプ〉は廊下に出るとローリーのベッドルームとは反対の突き当たりにあるベッドルームへ向かい、ドアを塞ぐ防犯シャッターの前で止まった。バーをつかんでゲートの強度を試したが、ピクリともしない。アリソンはここにはいないとわかり、振り返って階段に向かう。

　カレンは階段の一番上で重そうな足音がするのを聞いた。

　口早にアリソンにささやく。「やつが来る」

「わたし、怖い」カレンはおびえる娘の手をとり、アーチ型の廊下をキッチンまで戻った。ついで、床に開いたシェルターの入口を指さす。「入って！」

　アリソンのあとについて階段を下り、体をねじって背後の扉を静かに閉じると、スイッチを押して頭上のアイランドをもとに戻す。

＊

　階段の下で〈シェイプ〉はリビングルームを見わたし、クローゼットのドアの穴に目をとめて、なかを調べた。何もない。短い廊下を歩いて行くと、残りふたつの部屋にも防犯シャッターが降りている。袋小路だ。

　そのとき、音がして〈シェイプ〉はすばやく振り返った。

　リビングルームに戻り、薪《まき》ストーブの後ろから火かき棒をつかみあげる。ゆっくりと向きをかえ、奇妙な明かりがキッチンの天井を照らしているのに気がつく。

アーチ型の廊下を歩き、光源を見下ろした。床に穴がいくつかあいている——弾丸であいた穴。

カウンタートップに火かき棒を置いたあと、〈シェイプ〉はアイランドをつかんで揺すりはじめた。

＊

頭上の足音がキッチンを横切り、床板と梁《はり》がかすかにうめくのをカレンは聞いた。それから天井に弾丸が開けた穴を通し、人影が横切るのが視界に入った。次に、重たい金属的な何かがカウンタートップに当たる音がした。

「今の何——？」

「シー！」不安そうにたずねるアリソンに、階段から離れろと手で示す。

もしものため……

一瞬後、争う音を聞いた——いや、争っているのではない、誰かが重たいものを持ちあげている。木がきしり、金属がきしみ、頭上の天井が震える。

「ああ、だめだ！」

「何？」

「下がってて」娘にささやくと、急いでカレンは階段をのぼった。

マイケルが地下の隠れ場所を見つけ、アイランドを引き倒してこちらへ来ようとしている。回転させる方法を探り当てない限り――

階段の上で、重い金属がキーキー鳴る音がする。損壊したアイランドが苦しそうにがたつき、もとの位置から回転してシェルターの入口が露《あら》わになる。カレンがミスを挽回《ばんかい》するにはほとんど時間がなかった――隠し扉に錠をするのを忘れていたのだ。スライド式ボルトのノブをつかんでロックしたのと同時に、マイケルが上に引っ張った。押さえている錠に逆らって扉が震える。だが、万全ではないとカレンはわかっていた。

階段を駆けおりて母がカレンのために置いていったスミス&ウェッソン・リボルバーを手にとる。最終手段だ。

扉が再び揺れ、次にマイケルの足が叩きつけられる。それでも扉はなんとか持ちこたえた。つかの間、すべてが静まり返る。

「ママ、あいつは――？」アリソンがそっと訊《き》いた。声に希望がにじんでいる。

カレンは相手があきらめたと思うほど、無知ではなかった。母と共に過ごした年月、その程度には教えこまれていた。

カレンはきっぱり首を振り、そのときを待った。

重い物体が扉にぶつかる音に、身をすくませる。それからとがった釘《くぎ》らしきものが木を突き破り、長い割れ目が扉をふたつに裂きはじめた。釘ではない、錬鉄の軸がえぐりとった穴から突きだす——火かき棒だ。

数秒で扉が破壊されスライド式の錠が役立たずとなる。あいつの手が伸ばされ、壊れた扉を引っ張ってどかした。

カレンは階段下で立ち位置を変え、上にあいた暗闇の空間にリボルバーを向けた。アリソンが寄りそっていたことに、腰が密着して初めて気がつく。娘を下がらせるべきだとわかっていたが、のどがからからで声が出ない。

上にあいた空間を見つめる。

今すぐにもあいつが……

「ママ……？」震える声でカレンは呼びかけ、一縷《いちる》の望みを自分のなかに見いだした。消え去ったと思っていた希望を。いつも恐れていた、いつかこの日が来たら——もし来たら——自分のなかに、母のように行動するパワーを見いだせないことを。凍りつき、引き金を一度も引かず、恐怖で、あるいは人間の命を奪う覚悟がつかずに麻痺することを。今、自信を失ったかつての孤独な夜がよみがえり、カレンは声に出した。「……できない」

アリソンが母の腰に腕を回す。

自己不信にカレンが打ちのめされたと思われた瞬間、〈シェイプ〉が姿を現した。戸口を塞ぐようにして、火かき棒を握りしめ、幽霊じみたマスクの魂のない目で見下ろしてくる。階段の下からでさえ、あいつの激しい息づかいが聞こえた。まるで母娘の恐怖を吸いこんで、自分を満たしてからふたりの命を消し去ろうとでもいうように。

次の瞬間、カレンがつぶやく。「もらった」

腕をしっかり固定し、引き金をしぼる。

弾丸がやつの胸にめりこんだ。

よろめいて後退し、やつが視界から消える。

＊

パントリーの物陰から静かに歩み出たローリーは、血を流している下腹部の新たな焼けつく痛みに顔をゆがめた。脈打つ痛みに反し、その声は穏やかだ。

「ハッピーハロウィン、マイケル」

自身も傷を抱えた〈シェイプ〉が火かき棒を手に、ローリーに向き直る。だが、すでに間合いを詰めたローリーはためらうことなく、大きな包丁を〈シェイプ〉の肩に突き刺した。マイケルがよろめいて一歩後退し、必死にバランスをとり戻そうとしたが、ローリーは容赦せずその体に何度となく振りおろし、息つくひまを与えまいとする。

何とか床の穴に落ちるのを踏みとどまった〈シェイプ〉は、火かき棒をバットのように振り回して宿敵の頭蓋骨を叩き割ろうとした。すんでのところでローリーが脇にかがんでよける。頭部の直撃は避けられたものの、バランスを崩して足もとがすくわれる。

マイケルが火かき棒を振りあげた瞬間を見逃さず、ローリーは相手のふところに飛びこんで、包丁を持つ手を思い切り突き入れた。自ら倒れこみながら〈シェイプ〉の下半身に体当たりして仰《あお》向けに倒し、バランスを失った〈シェイプ〉はシェルターの階段を雷のような音を立てて落ちていく。

ローリーは冷たいキッチンの床にうつぶせに横たわり、突然訪れた静けさを、苦しげな息で破った。

第四十章

黒い人影がシェルターの入口から転げ落ちてくるより前、カレンは胸をつらぬいた弾丸がマイケル・マイヤーズを止めるのにじゅうぶんであれと願ったが、それははかない望みだった。普通の人間ならば動けなくなったはずだが、あいつは普通とは程遠かった。母が続けてマイケルに襲いかかったが、助けに入るには間に合わない。

カレンにとって幸いだったことに、ためらったその瞬間、マイケルが手足を振り回しながら荒々しく階段を落ちてきた。

ぎょっとして、アリソンが金切り声をあげる。

マイケルの両脚がしなり、手すりのなかほどの支柱を真っぷたつに折ったあと、階段の残りを転がって背の高い貯蔵棚にぶつかる。途中、ブーツのひとつがカレンのかかとに引っかかり、仰向《あお》きに倒されて頭を打ちつけた反動で拳銃が手を離れた。床の反対側に回転して行く銃を、なすすべもなく見守る。銃は棚の下に滑りこみ、手が届かない。

さすがのマイケルも面くらっているようだ。

「ママ——大丈夫——？」

「平気」カレンが階段に向かって手を振り、娘に叫ぶ。「行って！」

横向きにのびたマイケルを大きく見開いた目で見つめてから、アリソンはうなずいて階段を駆けあがった。

カレンが立とうともがくあいだに、マイケルが棚に背をもたせて座った。右手が後ろにのびて棚を支えにしてよろめきながら立ちあがる。

そのふらつきが、カレンに一歩先んじる余裕を与えた。

マイケルを迂回《うかい》して手すりをつかんだものの折れてしまい、危うくバランスを失いかける。素早く立ち直ったが、マイケルがすぐ後ろから階段の方へよろめき進んできた。階段をのぼるカレンのかかとを指の欠けた血まみれの手がかすめる。つまずいて前に倒れたカレンは、とっさに手で踏み板をつかみ、落下を防ぎ、立ちあがってのぼり続けた。

床の入口を半分出たとき、助かったと思ったが、カレンの下で階段をがたつかせマイケルが駆けあがってきた。今度は無傷の右手がカレンの足首をきつくつかみ――引っ張る！

カレンは前のめりに倒れ、上半身がタイルの床に広がり、両足はシェルターの下に残った。マイケルに足首を引っ張られ、なすすべもなく階段をずり落ちたカレンは何でもいいからつかもうと両手でまさぐったが、なめらかなタイルはカレンの汗じみた両手に何の引っかかりも提供しない。数秒後には、かろうじて頭と前腕だけがキッチンフロアに残った。両腕を扉のフレームに突っ張ったが、万力のような手につかまれた足首の痛みに顔がゆがむ。

アリソンが膝で滑りこんできて手を伸ばす。「ママ！　つかまって！」

左手で母親の上腕をつかみ、右手で母親の左手を握って、ありったけの力で引っ張った。足りなかった。短いこう着状態のあと、アリソンの分が悪くなる。入り口に向かって膝が滑り、母の頭が床から落ちはじめる。苦痛に顔をゆがめてカレンが悲鳴をあげ、目に涙を浮かべた。結末を悟り、娘もろともマイケルのえじきになることをカレンは断固として拒む。

「だめ。ベイビー、逃げて！」

苦しい息の下でアリソンがいった。「ママを……置いて……逃げはしない！」

だが、虚《むな》しく指が滑っていき、カレンが覚悟を決めたそのとき――

「誰も逃げはしない」

ローリーがキッチンの壁から引きちぎった白黒の防犯用モニターを抱えている。バスケットボール大の旧式なＣＲＴディスプレイ。

「よけて！」ローリーがカレンに警告する。

カレンが素早く反応して、思いきり伸ばした両腕のあいだに頭をうずめる。

ローリーがモニターを投げつけ、胸のすく鈍い衝撃音とともにマイケルの頭を直撃した。続いてさらなる大音響をたててマイケルが二回目に階段を転げ落ち、カレンの足首を苛《さいな》む圧迫感が消えた。足が木の踏み板に落ち、アリソンが引っぱりあげる。

シェルターから出たカレンはすぐさま傾いたアイランドに振り向き、カウンターの下に手を伸ばしてボタンを押した。

水平の防犯シャッターが床にあいた空間を閉じ――〈シェイプ〉を地下室に閉じこめる。

目をまんまるに見開いたアリソンの顔を見て、カレンは笑った。「これは檻《おり》じゃないの、ベイビー。罠《わな》よ」

*

ローリーは、ロックされた防犯シャッターの頑丈な棒のすき間から下を見下ろした。

〈シェイプ〉は地下室の床に大の字に横たわり、静かに呼吸を繰り返している。

ローリーはシャッターから離れてカウンターにもたれると、火かき棒が危うくかち割りかけた頭を手で押さえた。シャツは血でぐしょ濡れ、痛みで体がずきずきし、不規則なドラムビートを刻んでいるかのようだ。体内のアドレナリンの最後の一滴が消えてなくなった。倒れないで立ち続けるためだけに、意識を集中する。

まだ終わっていない、自分にいい聞かせる。閉じこめた、それだけだ。まだ……

「やらなくちゃ……」

「わたしがやるわ、ママ」カレンがいった。「ママが教えてくれた」

痛む足首をわずかに引きずってキッチンの壁に歩いていき、四つの波うつ取っ手を押しあげる。シェルターに設置された天然ガスのコックが四つ、静かな家のなかで不自然なほど大きな音を響かせた。

カレンはアイランドにもたれるローリーのところに戻り、引き出しを開けて小さな箱を取り出した。「最後にもうひとつ……」

「やらせて」ローリーが弱々しくいった。

このときを四十年間待った。せめて、最後は自らの手で終わらせたい。

カレンは黙って箱を手渡した。

慣れた手つきで箱をスライドさせて開け、木のマッチをとり出して頭を側薬でする。残った力を振り絞って、最後の仕事に集中した。防犯シャターに覆いかぶさり、マイケルを見やった――仰向《あお》けに横たわり、片膝を曲げている。

「さよなら、マイケル」

いいながら、火の付いたマッチを金属棒のすき間から落とす。マッチ棒の先端が階段の三段目に当たり、回転しながら床に落ちる。

女三人、そろって身を乗りだした。終わりを見届けるために。炎が地下室を飲みこんで、燃えるものすべてを包みこんでいく。たちまち炎は木製の階段を駆けあがり、キッチンじゅうに広がった。

わたしの家でマイケルが燃える、ローリーが思った。「何年もとっておいた思い出の品と写真、これまでずっとわたしたちを鼓舞《こぶ》するとともに脅かしてもきた思い出とともに」アリソンとカレンが両側からローリーに腕を差し入れて背中を支え、正面玄関まで歩いていった。ローリーひとりでは、自分の仕掛けた最後の罠から逃れる力は残っていなかった。

ポーチを下りるのは思ったより難しく、一段ごとに不快な痛みが爆発する引き金になった。うめき声がいく度となく漏れる。すべてを焼きつくす炎の恐ろしい音はすぐに咆哮《ほうこう》となり、その音に背中を押されるように一歩踏みだした。そしてもう一歩……

レイを前庭に誘い出したパトカーがゴミ箱を倒して駐《と》まっていたが、タイヤはすべてパンクしていた。車内の残酷な光景をちらっとだけ見てローリーは目を背けた。

カレンが立ちどまって、枯れ芝に落ちた明るい黄色のヨーヨーを拾いあげる。ローリーはパトカーの後部座席のなかで、カレンがコミュニティセンターに戻す前に結び目を解くよう彼に頼んだのを思い出した。

「ママ……？」カレンの唇からすすり泣きが漏れた。「レイは――何が起きたの……？」

「ああ、カレン」ローリーが静かにいった。「本当にごめん……」

アリソンの頬を涙が静かに伝い落ちる。

庭を横切るあいだにも熱気は窓を割り、ポーチを炎が包んだ。燃える屋根がきしんでうめき、対のスポットライトが炭になった木材のあいだにひとつずつ、まるで機械の目が永遠に閉じるように崩れ落ちた。

三人の女たちは一般道路へ向かって歩き続けた。娘と孫娘に支えられてさえ、ローリーは止まったが最後、再び歩きだす力が出ないのではと恐れた。安全な距離から三人は振り返り、古いファームハウスが地獄の炎に屈するのを見守った。

ローリーはじっと家を見つめて、すべてが灰になることをどう感じたものか考えあぐねていた。だがそれから、自分が失うものはほとんどすべて、浄化の炎に備えてとっておいたのだと思いいたる。炎がその役目を果たしたのは、否定できない。

何より、娘と孫娘を自分の人生にとり戻した。あとどれだけの時間が自分に残されているかはわからないが。再び母となり、そして祖母となる自由を炎は与えてくれ、そしてその役割を受け入れる妨げとなるものは、もう何もなかった。

さらなる激しい痛みにひるみ、ローリーはベルトに手をやった。マイケルを地下室に送りこんだ凶器を、そこに差していた。包丁を引き抜いて、アリソンに渡す。

孫娘は血まみれの包丁を、こんなもので何をすればいいのかわからないというように見下ろした。ローリーは微笑んで、ずっとわからないままでいるように祈った。

「これでおしまい……」ローリーが弱々しくいった。「ここに座らせて……」

「ママ、だめ！」カレンが叫んだ。「助けを呼んでくる」

「おばあちゃん、お願い」アリソンの声が感情で張りつめた。「あきらめないで！」

ふたりの腕にもたれ、痛みと戦いながらローリーはゆがんだ笑みを浮かべた。「ストロード家の女は、絶対あきらめない」

「見て！」カレンが叫び、ばかみたいに手を振る。「誰か来る」

がたごとと近づくトラックの音を聞き、ローリーが割れ鐘のような頭を回すと、一組のヘッドライトが大きくなるのが見えた。アリソンは自由な方の手を、同じく頭の上で振った。

赤いピックアップが速度を落として三人のそばに止まった。格子縞《こうしじま》のシャツとジーンズ姿の白髪の男が、助手席の窓から身を乗りだす。「乗ってくかい？」

「病院に行かないといけないの。今すぐに！」カレンがいった。

「ひどくけがしてるの」とアリソン。

「喜んで。だが三人乗れるとは思うなよ」

「いいの。後ろに乗る」カレンがいった。

アリソンは車体の横にローリーをもたせかけ、カレンが後あおりを下ろして荷台にのぼる。それからアリソンに手を貸して、ローリーをできるだけ動かさないように持ちあげた。そうしてさえ、ローリーは何度か苦痛に息を呑んだ。どうにか、三人全員が荷台の片側にもたれ、ローリーを両脇から挟むように横並びに座る。

ピックアップが道路の真ん中で立ち往生しているパトカーを迂回し、アリソンは最後にもう一度、燃えさかる炎と、祖母の家の崩れていく骨組みを振り返った。

アリソンの年頃から今の今まで忘れていたやすらかな感覚を噛《か》みしめ、ローリーは目を閉じた。

＊

燃える家屋の地下室に囚《とら》われた〈シェイプ〉は、周りをとり囲む炎のなかで立ちあがり、激しい熱気を物ともせず、燃え上がる階段をのぼった。

自分を閉じこめる金属棒を両手で握りしめ、ロックされた防犯シャッターを超人的な強さと怒りで責めたて、内側から揺する。〈シェイプ〉を突き動かす暗い力、目的を遂げるまで果てしなく求め、疲れも弱まりもせず、止めも屈服もせず——目的に奉仕する自由のために戦い続ける力……

〈シェイプ〉の手の肉が熱い金属棒で焼けはじめても、戦い続ける。〈シェイプ〉の足もとで階段が炭になって崩れても、戦い続ける。〈シェイプ〉が吸いこむ空気が肺を焼いても戦い続ける。つなぎが燃え、マスクが泡だち〈シェイプ〉の隠された顔に溶けていってても戦い続ける。

そして〈シェイプ〉の体の肉全部が焼け、ジュージューいっても戦い続け……焼けた手で檻を揺すり、呼吸は拷問となり、疲れ果て——

——心臓の鼓動が遅くなり——

——〈シェイプ〉は——戦い……

*

古いピックアップ・トラックの揺れが、眠気をもよおす。

疲労感がアリソンの体に入りこんで、眠りにいざなう。

金属同士の鳴る音にびっくりして目が覚めた。左を見ると、祖母の頭がトラックの荷台の端に傾いていた。反対側ではアリソンの母親が夜を見つめ、顔には夫を失った悲しみと母の容態への心配が刻まれていた。

恐ろしい一瞬、アリソンは祖母が息をしているのかわからなかった。眠りに落ちているあいだに死んだのではと恐れた。すると祖母の右手がのびてアリソンの左手を覆った。まだ生者の仲間だよ、と保証しているように。だがその手は冷たく、弱々しかった。たくさん失血していた。

アリソンはローリーの手を握りしめた。ふたりと一緒にとどまって、運命が自分たちから奪った、母と祖母になって欲しかった。だが同時に、真のローリーを尊重もした。一生をかけて戦ってきた勇敢な女性。

「おばあちゃん……?」

ローリーがつぶやくようにいった。「今日はまだその日じゃないよ、アリソン」

アリソンは笑い、熱い塊がのどにこみあげる。

右手を見ると、まだ自分の目を覚まさせた原因を握っており、ローリーがくれた血まみれの包丁をしげしげと見つめる。これの何が大事なんだろう。炎上する家を脱出してから祖母が捨てなかったのは、なぜだろう。しばらくして腑《ふ》に落ちた。

恐怖の源が、強さの象徴《トーテム》へと変わる。

謝辞

本書の執筆にあたり、終始励ましとサポートをくださり、またはじめて映画作品のノベライゼーションを書く機会を与えてくださったタイタン・ブックス社の担当編集者エラ・チャペルに感謝いたします。同じくタイタン・ブックス社のヴァレリー・ガードナー、ジョアンナ・ハーウッド、ヘレン・マリー、ルークモン・オグンバデージョ、キーラン・リハルにも感謝いたします。

わたしを仲間に迎え入れてくださったミラマックス社と、マレク・アカッド、ビル・ブロック、ジェイソン・ブラム、ジョン・カーペンター、ジェイミー・リー・カーティス、デヴィッド・ゴードン・グリーン、ダニー・マクブライドに感謝いたします。デヴィッド・ゴードン・グリーン、ダニー・マクブライド、ジェフ・フラッドリーのお三方には、恐ろしくて不気味な脚本のお礼を！　もちろん、『ハロウィン』第一作目の非凡な登場人物と設定を生み出されたジョン・カーペンター、デブラ・ヒル御両名なくして本書は存在しませんでした。休日に『ハロウィン』を観るのはわが家の定番です。

タンジェリン・ドリームの『Quantum Gate』には執筆中のＢＧＭとして、おおいに意欲をかき立ててもらいました。

最後に、ストーリーにすっかり入りこんでいたわたしを支え、理解してくれた家族に感謝を。

訳者あとがき

二〇一八年十月、ホラー映画『ハロウィン』の続編がアメリカで公開になりました。
本書は、その公式小説です。

一九七八年製作のシリーズ第一作目は、精神病棟を脱走した殺人鬼が、ベビーシッターを含む若者ばかり五名を惨殺するハロウィンの一夜をスタイリッシュに描き、低予算のインデペンデント映画ながら大ヒット。ＳＦ・ホラー映画の鬼才ジョン・カーペンター監督の出世作となりました。白いマスクに黒い作業つなぎを着た不気味な殺人鬼、マイケル・マイヤーズこと〝ブギーマン〟はホラー映画のアイコン（アイドル？）として、不動の人気を得ます。

その続編である本作『ハロウィン』は、一九七八年の「ベビーシッター殺人事件」から四十年後、つまり二〇一八年のイリノイ州ハドンフィールドを舞台に、事件唯一の生き残りローリー・ストロードと〝ブギーマン〟（小説では主に、もうひとつの異名〈シェイプ〉をマイケル・マイヤーズの呼称として使っています。ホラーゲーム『Dead by Daylight』のプレイヤーにはこちらの名称の方がなじみ深い？　シェイプ《幻影》と呼ばれるゆえんについては、二〇一八年版の監督であるデヴィッド・ゴードン・グリーンは、「自然と超自然のあいだにいる霊みたいなものだから」と語っています）の二度目の対決が語られます。人気作であれば当然、四十年のあいだに何作も続編が作られていますが、そのたびにつけ加えられていったり変えられていった設定（マイケルとローリーは実の兄妹だった、等）は、今回思い切りよくバッサリ切り捨てられ、いわば続編のリブートになっています。ローリーの娘カレン風にいえば、「やり直し」たわけですね。で。どのような展開になるかというと――

あれから四十年。マイケル・マイヤーズは一九七八年の事件のあと拘束され、再び州立の精神医療施設に収監されている。マイヤーズに友人たちを殺され、自身もあやうく殺されかけたローリー（マイヤーズはローリーのとっさの反撃で左目を失明）は、いつか必ず、マイヤーズが再び自分を殺しにやってくると思いこみ、その日に備え、自宅をなかば要塞化、裏庭の私設射撃場で射撃の腕を磨く日々を送っている。娘夫婦や孫娘のアリソンはそんなローリーを理解できず、家族関係はぎくしゃくしていた。ところがハロウィン前夜、別の施設への移送中に、マイヤーズが逃亡（もちろんその際に数名を殺害）。あいつが自分のもとへやって来ると確信したローリーは、むざむざ殺されるのを待つよりは、自ら〝ブギーマン〟を倒しに行こうと決断し――。

四十年前のオリジナル作品のレガシーを裏切ることなく、今の時流に即したヒロイン像をみごとに打ち出して、新旧両方のファンからの支持を集め、映画は評価、興行成績ともに大成功を収めました。一作目でローリー役を演じて「絶叫クイーン」の名を冠されたジェイミー・リー・カーティスが、今回は絶叫を雄叫びに変えて、不死身の〝ブギーマン〟と死闘を繰り広げます。力ではかなうはずもないローリーの秘密兵器、それは銃でも、要塞化した家でも叡知でもなく……。

百分ちょっととコンパクトにまとめた映画に比べ、〈小説版〉は映画にケンカを売るような、微に入り細に入った描写で約四百ページと読みでがあります。執筆時にすでに画《え》ができていたのか、室内の内装や人物の服装などの場面の再現性はかなり高いです。もちろん、小説ならではのアレンジを加えているところも多く、映画ではカットされた場面もたくさんあります（そのうちのいくつかは、米版ＤＶＤ／ＢＤの特典映像に削除シーンとして収められています）。なんといっても、登場人物たちの内面描写を読めるのが〈小説版〉の醍醐味のひとつですしね（ご安心を、寡黙な〈シェイプ〉がペラペラしゃべったり、つらつら考えを披露して興ざめするようなことはありません！）。故ルーミス医師の弟子ながらマイヤーズへの接し方が真逆のサルテイン医師、星回りの悪いベテラン保安官補ホーキンスなど、脇役もくせ者ぞろい。過去、テレビドラマの〈小説版〉を数多く手がけてきた作者のジョン・パサレラは、『ハロウィンII』（一九八一年）が結構お気に入りなのか、そこからの小ネタをちょこちょこ小説中に潜ませているので、探してみてください。

ひとつ、気づいたら勲章もののトリヴィアを。アリソンの彼氏キャメロン・エラムは、一作目でローリーが子守をしていた少年、トミー・ドイルを学校でいじめていた悪ガキのロニーが父親なのだそうです。それでやたら意味深に、彼の家族の話が出てくるのですね。トリヴィアといえば、マイケルのマスクが『スタートレック』のカーク船長（役のウィリアム・シャトナー）を型どりしたものがもとになっているというのが、おもしろいとりあわせです。そのうちふたりが共演……はありそうもないか。

四十年とまでは行きませんが、ずいぶん昔、ホラー少女マンガ雑誌の映画情報コーナーを担当していた頃や、日米のホラー系自主映画のボランティアをしていた当時を、なつかしく思い出しながら訳させていただきました。

いつにも増して、時間と手間と能力と赤インクをたくさんかけてくださいました竹書房の富田様、校閲の魚山志暢様に深く感謝いたします。

二〇一九年　聖パトリックの日

有澤真庭

【著】

ジョン・パサレラ John Passarella

共同執筆した『Wither』でホラー作家協会主催の権威あるブラム・ストーカー賞の最優秀処女長編賞を受賞。同作はコロンビア・ピクチャーズが出版前の先買入札で映画化権を獲得した。他の著書に『Wither's Rain』『Wither's Legacy』『Kindred Spirit』『Shimmer』がある。他に『SUPERNATURAL／スーパーナチュラル』『GRIMM／グリム』『吸血キラー／聖少女バフィー(バフィー ～恋する十字架～)』『エンジェル』といったドラマシリーズのオリジナル小説を手がけている。2012年1月、パサレラは初の短編小説集『Exit Strategy & Others』を上梓。本書『ハロウィン』は14冊目の著作にあたる。

ホラー作家協会、国際スリラー作家協会、国際メディアタイアップ作家協会の会員であるパサレラは、ニュージャージー州南部に妻と子どもたち、2匹の犬と暮らす。AuthorPromo.comを運営し、ウェブデザイナーとして多数の、主に作家たちをクライアントに持つ。

公式ウェブサイトはwww.passarella.com。サイトにて、author@passarella.com宛てに電子メールを送って無料のニュースレターに登録すると、著者の本や記事に関する最新情報を入手できる。Twitterのアカウントは@JohnPassarella。

【訳】有澤真庭 Maniwa Arisawa

千葉県出身。アニメーター、編集者等を経て、現在は翻訳業に携わる。主な訳書に『自叙伝ジャン＝リュック・ピカード』『幻に終わった傑作映画たち　映画史を変えたかもしれない作品は、何故完成しなかったのか?』『キングコング　髑髏島の巨神』(竹書房刊)、『エンタイトル・チルドレン：アメリカン・タイガー・マザーの子育て術』(Merit Educational Consultants)、『ディズニー・セラピー　自閉症のわが子が教えてくれたこと』(ビジネス社)、『スピン』(河出書房新社)、字幕に『ぼくのプレミア・ライフ』(日本コロムビア)がある。

ハロウィン
HALLOWEEN
- THE OFFICIAL MOVIE NOVELIZATION

２０１９年4月１１日　初版第一刷発行

著……………………………………………… ジョン・パサレラ
訳……………………………………………………… 有澤真庭
編集協力………………………………………………… 魚山志暢
ブックデザイン………………………………………… 石橋成哲
本文組版…………………………………………………… ＩＤＲ

発行人………………………………………………… 後藤明信
発行所……………………………………………… 株式会社竹書房
〒102-0072　東京都千代田区飯田橋２－７－３
電話　03-3264-1576（代表）
03-3234-6208（編集）
http://www.takeshobo.co.jp
印刷・製本…………………………………… 凸版印刷株式会社

ISBN978-4-8019-1837-5　C0197
Printed in JAPAN